Eveline Hasler

# ANNA GÖLDIN
# LA ÚLTIMA BRUJA

Vegueta Narrativa

**Eveline Hasler** nació en Glaris un 22 de marzo de 1933 y actualmente reside en Tesino, al sur de Suiza. Es miembro de la asociación *Autorinnen und Autores der Schweiz* y del PEN Club Internacional. Estudió psicología e historia en las universidades de Friburgo y París, trabajó como profesora en San Galo y es doctora *honoris causa* por la Universidad de Berna. Escritora prolífica, ha publicado más de cuarenta títulos de literatura infantil y juvenil, además de una veintena de libros de narrativa y poesía para adultos.

Su obra ha sido traducida a doce idiomas y premiada en múltiples ocasiones. En 1989 ganó el Premio Literario Schubart y en 1991 el Premio del Libro de la ciudad de Zúrich. También fue galardonada con el Premio Droste (1994), el Homenaje de la ciudad de Zúrich (1988) y el Premio de Cultura de la Ciudad de San Galo (1994).

Publicada originalmente en alemán en 1982 y traducida al castellano por primera vez en 2023 de la mano de Vegueta, *Anna Göldin. La última bruja*, gozó de un éxito comercial inmediato. Fue llevada al cine en 1991 y se convirtió en una de las producciones suizas más exitosas de la época.

**Vegueta Narrativa**
Colección dirigida por Eva Moll de Alba

Título original: **Anna Göldin. Letzte Hexe** de Eveline Hasler

© 2021 Nagel & Kimche in der MG Medien Verlags GmbH
© de esta edición: Vegueta Ediciones
Roger de Llúria, 82, principal 1ª
08009 Barcelona
www.veguetaediciones.com

Esta obra ha contado con el apoyo
de la Fundación Suiza para la Cultura Prohelvetia

fundación suiza para la cultura
**pr☉helvetia**

Traducción: José Aníbal Campos
Diseño de colección: Sònia Estévez
Ilustración de cubierta: © RooMtheAgency
Fotografía de Eveline Hasler: © Erbengemeinschaft Dr. med. Peter Friedli

Primera edición: marzo de 2023
ISBN: 978-84-17137-98-4
Depósito Legal: B 1455-2023
IBIC: FA

Impreso en España

MIXTO
Papel | Apoyando la
silvicultura responsable
FSC® C165587

**Eveline Hasler**

# ANNA GÖLDIN LA ÚLTIMA BRUJA

Traducción de José Aníbal Campos

Vegueta Narrativa

*Y vino a él el tentador, y le dijo: «Si eres Hijo de Dios,*
*di que estas piedras se conviertan en pan».*
Mateo 4, 3

# 1

Anna, triste celebridad.

Solo piedras allí donde uno trata de encontrar su rastro.

Sennwald, lugar de origen de Göldin, es paraje de escarpados prados y campos de labranza erizados de peñascos, de elevadas paredes de roca desmoronadiza y de montes picudos como dientes, como cuernos.

Una vez hubo en los montes Kreuzberg un desprendimiento que llegó hasta el Rin. En Salez, los abetos aprisionan desde entonces unos pedruscos entre sus raíces. Nada rueda ya por las laderas, el polvo se ha disipado y los pájaros revolotean entre las ramas, pero la paz es engañosa.

Las piedras dieron nombre también al pequeño condado: *Sax*, *Sassum* son nombres germanos para piedra. En 1615, cuando al conde de Sax se le acabó el dinero y solo le quedaron pedruscos, vendió el territorio a los habitantes de Zúrich, que hasta la revolución iban a tenerlo bajo su «honorable autoridad y jurisdicción».

Y en Zúrich, los que en su día entregaron vidas y bienes por la libertad, envían ahora a sus gobernadores, a veces a un tal Ziegler, otras a un tal Ulrich, a habitar el castillo de Forsteck, situado sobre el montículo rocoso en el que se produjo aquel desprendimiento y entre cuyas hayas se abrió un claro.

Y allí permanece sentado el gobernador, tras su pesada mesa de roble, y lleva pulcra cuenta de sus súbditos en libros para «libres» y «vasallos». Porque hay familias libres y otras que no lo son, y hay familias en las que se mezclan ambas categorías de dependencia: si una mujer libre se casa con un vasallo —o viceversa—, su primer hijo es propiedad del gobernador, el segundo es libre, el tercero no lo es y así sucesivamente. Pero incluso los llamados «libres» están sujetos a la autoridad de Zúrich; solo han comprado su libertad en relación con ciertos pagos.

Cuando seguía el rastro de Anna, busqué en esos libros a los paisanos de aquellos campos pedregosos. Ya en el siglo XVIII, más de un tercio de los habitantes de Sennwald lleva el apellido Göldi. Un nombre que suena a oro —gold—, pero que poco esconde del preciado metal, sino que responde más bien a la raíz de una palabra recogida en el diccionario dialectal de la zona: Gôl, Gôleten, que significa rocalla, canto rodado. También los nombres propios se parecen entre sí: hay muchas Annas, muchas Anna Göldin.

Por la época en la que Anna nació, a finales de agosto de 1734, su padre había sembrado las primeras patatas y un surco de maíz de la variedad llamada «turca». Con esos nuevos cultivos se libraron por un tiempo de los diezmos a la autoridad y contuvieron los decretos supervisados y aprobados por los respetables señores de Zúrich, abordando un periodo de gracia que les permitió sobrevivir.

En el campo de lino de Adrian Göldi se alza una roca imponente. La pequeña Anna la conoce bien; conoce las grietas y ranuras en las que crecen el cedacillo y el geranio; conoce sus blanquecinas vetas de cuarzo. Un castillo almenado, un Forsteck en miniatura en medio del campo. Las cabras trepan por la roca y alzan sus cuernos hacia las nubes hebrosas que surcan el cielo, empujadas por el cálido aire alpino; Anna y su hermana Barbara siguen a las cabras y las ahuyentan con sus varas de avellano.

Pero el regidor no soporta la roca. Confía en obtener mayor rendimiento de los campos de sus súbditos si los limpia de piedras. Envía a un siervo del castillo a dinamitar la roca junto al padre de Anna.

La madre lo observa todo desde la puerta de casa; las niñas, con los rostros rubricados por la curiosidad y el miedo, se aferran a los extremos de su falda. ¡No, no!, grita Anna, pero los hombres le vuelven la espalda sin escucharla y siguen maniobrando con la pólvora y las mechas.

La piedra escupe otras piedras, grandes como puños, que impactan contra el campo de lino y ruedan entre las plantas de maíz.

Nadie debería enfadarse con las piedras, solía decir el padre de su padre, quien, por lo demás, se enfadaba con todos y era siempre requerido por el gobernador por ser un pendenciero y un patán beligerante.

Han querido deshacerse de una piedra y ahora tienen cientos de ellas repartidas por doquier, dispersas por el campo de maíz que silba al viento. El terreno está plagado de ellas. Las niñas se agachan a recogerlas y se llevan las manos a la espalda, doloridas.

# 2

En septiembre de 1780 Anna tomó posesión de su último empleo en casa de los Tschudi, la familia del doctor y juez de paz en la corte de cinco jueces de Glaris.

Ya había estado antes en la región, se había marchado y había regresado, cambiando varias veces de empleo. Un rastro bastante intrincado.

Primero aquí, después allá.

Y todo a una edad en la que otras ya se habían asentado hacía tiempo. Las mujeres no se comportan como ella. Al menos no las de su clase social.

Derogar la ley de las piedras, que se quedan quietas allí donde caen. Los parientes dicen que debió quedarse en Sennwald. Uno se queda en el sitio al que pertenece; quien no se queda, no pertenece ya a ningún lugar.

Ella es la única culpable.

A los cuarenta y tantos años, Anna sigue con aquel afán por cambiar de sitio, por buscar otro paraje, un espacio bajo techo ajeno, un lugar frente a otro fogón.

Tira de la cuerda de la campana y echa la cabeza atrás para mirar hacia arriba, hacia lo alto del muro. Es una de esas casas señoriales de Glaris construida al estilo de la región: cinco plantas, techo a dos aguas, una torrecilla sobre la escalera.

Robusta, inexpugnable, una pequeña fortaleza. Sólidas han de ser esas casas, resistentes, si pretenden subsistir entre las paredes de aquellas montañas.

Le habría gustado servir en una de esas mansiones modernas con hastiales orlados y columnatas en el frontón, con alcorques en miniatura y laberintos en el jardín. En la «mansión del prado», por ejemplo, ahora habitada por el fabricante Blumer. Aunque también la casa que tiene ahora delante le parece digna para sí. Es la honra profesional de quien ha pasado por todos los niveles del servicio doméstico y ha obtenido cartas de recomendación de las mejores familias. Hija de campesinos, Anna empezó a trabajar a los catorce años en Meyenfeldt, una granja de estancias estrechas y sucias en la que apenas había algo más a lo que hincarle el diente que en la casa paterna, de la que tuvo que marcharse para no morir de hambre.

Más tarde, en la vivienda del armero de Sax, tuvo más comodidades, de lo contrario no habría aguantado allí seis años, aunque eso no fue nada en comparación con la casa del párroco de Sennwald. Lo que la envidiaron por aquel trabajo. La gente es tonta, sin duda, y ella misma lo había sido al creer que aquella casa de madera correspondía a una vivienda distinguida. No fue hasta llegar a la región de Glaris, cuando trabajó con la familia Zwicki en Mollis, que supo lo que significaba la verdadera distinción. Qué duda cabe: la casa Zwicki suponía un empleo para toda la vida, uno con el que soñaría cualquier criada tras haber tenido que sacarse de la cabeza, a manotazos, la idea del matrimonio. Una vivienda confortable, vitualla abundante, señores afables... Mas resultó que aquel tampoco llegó a convertirse en un empleo para siempre. La vida le dio alcance, le pegó una sacudida y la echó de allí. Asentarse de una vez por todas, pues, siguió siendo un anhelo insatisfecho.

Dondequiera que estuviera, la superficie del agua se crispaba como si alguien le hubiese arrojado un pedrusco.

Los Tschudi vendrían a ser sus octavos o novenos señores, sin contar con los empleos que había tenido de por medio: en la casa del maestro de pescadores de San Galo, en la del encuadernador de Glaris... Eso, si es que llegaban a darle el empleo.

Pero Anna no tenía dudas. Una criada llevaba escrito en el rostro si entendía lo que significaba hacerse cargo de una casa. Cualquiera que conociera un poco la naturaleza humana lo vería. Y quien no lo viera, tampoco merecía tener una buena criada.

Su mano acarició el picaporte de latón amarillo oscuro, que casi ni se veía por la suciedad. Tampoco se habían limpiado los herrajes. ¡Si ella asumiera las labores de esa casa, todo aquello brillaría!

También la escalera de piedra caliza está cubierta de manchas y muestra los rayones de la limpieza. Alguna de esas criadas jóvenes y poco versadas habría trabajado allí y restregado el suelo con toba volcánica, ese viejo remedio campesino. Ella misma lo había empleado en la casa del párroco, en Sennwald, pero luego aprendió otros trucos con la familia Zwicki.

En ese instante se aproximan unos pasos. Anna se arregla la cofia, se alisa la falda de domingo.

Una anciana la conduce escaleras arriba. Anna respira el agrio olor de los medicamentos, los aires del terruño en la casa de los Zwicki, cuando, tras la muerte de su padre, Melchior abrió la consulta médica en la planta baja de la casa.

El salón es amplio, luminoso, pero Anna se horroriza al ver las ventanas, porque, aunque fuera hay claridad, los cristales están oscuros por culpa de la pared de roca amenazadoramente cercana, que lo cubre todo con un manto de penumbra.

En el techo, molduras de estuco: alegorías de las cuatro estaciones. El diván, las onduladas sillas con dibujos florales, un espejo de pared enmarcado en oro, una estufa con sombrerete y escenas campestres en los azulejos. Una repisa con jarras de zinc y plata noble.

Un rápido repaso al inventario, con la mirada avezada de quien está acostumbrada a trabajar en casas ajenas, la llena de satisfacción. No quiere bajar de cierto nivel de comodidades. Una tiene su orgullo. Los señores, en cambio, no sospechan que en realidad sus casas pertenecen a las criadas. Y a los gatos. Entre las paredes y los muebles se urden vínculos que, si pudieran verse, serían como telarañas. La dueña de la casa, sentada al fondo junto a una ventana, deja a un lado el bastidor de bordado, los hilos de colores y las agujas, y sale al encuentro de la nueva sirvienta.

Saludos, señora doctora, soy Anna Göldin.

Steinmüller, el cerrajero que esa mañana le había hablado de la plaza vacante, sabe que Elsbeth Tschudi está a punto de cumplir los treinta años y tiene cinco hijos. Ambos son parientes lejanos. Él ha alabado los rasgos de la cara de ella; su piel blanca, fina y transparente, como una taza de té inglesa a contraluz.

Una comparación curiosa. A Anna casi le entra la risa. ¿Acaso han escapado a los ojos parpadeantes de Steinmüller, dañados por el fuego de la herrería, el rictus torcido en torno a la boca y las finas arrugas sobre las cejas?

Es cierto que aquí, cuando sopla el cálido viento de los Alpes, la luz es como una navaja: su filo implacable lo saca todo a relucir.

Ahora también acude el señor, que sale de su gabinete. Quiere saber a quién acoge en su casa.

Saludos, señor doctor y juez de paz.

Anna conoce bien la variedad de títulos de la región de Glaris; un haz de plumas de pavo real, traídas después de servir en ejércitos extranjeros; títulos heredados, adquiridos, adjudicados por el destino. Cualquiera que se preciase un poco se atribuía varios sin dudar: teniente alcalde, comandante de plaza, doctor de la Iglesia, juez de paz en tribunales de cinco o nueve jueces, consejero, alférez, tesorero... De ella se dice más tarde, cuando ya corren malvados rumores, que «no es una persona basta». Una mujer bien plantada, piensa el doctor Tschudi. No una criatura sin sangre como la última, con brazos como palillos, que parecía incapaz de cargar con una tina de agua. Esta no es demasiado joven, pero tampoco muestra rasgos que alerten sobre los inconvenientes de su edad.

¿Qué edad tenéis?

Unos cuarenta.

Anna se calla los años que, como la mala hierba, le crecen por encima de esa cifra. Es un asunto privado. Sabe que todos la toman por más joven. Entre los rizos oscuros que sobresalen de la cofia aún no se ven los hilillos plateados. Quien está obligado a sacudirse a cada tanto el polvo de los zapatos preserva la juventud. En cambio, quien se achanta en un sitio, se petrifica. En lo que a fuerza y movilidad se refiere, Anna puede medírselas con cualquier mozalbete.

El doctor ha estado últimamente sumido en el estudio de los *Fragmentos fisionómicos* de Lavater: esa criada es de complexión rellena pero bien proporcionada, tiene el cuello flexible y unos ojos grises y ágiles que dan fe de una mente despierta; la nariz robusta, estrecha en su nacimiento, habla de su independencia, y también el mentón es expresión de autonomía, mientras que el óvalo descendente de la cara promete armonía y proporción.

Sana, sin duda. Se le nota en la piel clara y libre de impurezas, en las manchas rojizas del arco cigomático, que hablan de una buena digestión y una circulación magnífica.

Una persona sólida, de buena presencia. Mejor que una moza inmadura como la última criada, la Stini. Hace poco ha leído un alarmante escrito de su colega Friedrich Benjamin Osiander en el que se habla de las tendencias pirómanas de ciertas jóvenes sirvientas. La atracción por las llamas, el gusto de prender fuego a las cosas, está relacionado con la situación hematológica de las mujeres. En sus años de desarrollo, el sexo femenino es dominado por una venosidad desmedida y la congestión venosa en la zona de los nervios oculares genera avidez de luz... Teorías demostradas a partir de ejemplos cercanos. Hacía poco, en Näfels, una joven de dieciséis años, sin que mediara conflicto previo alguno, prendió fuego a la casa en la que servía.

Por eso es importante observar con atención a las sirvientas.

Una criada con la que se puede contar, piensa la señora Tschudi. Con experiencia, versada en todas las labores de una casa; la podrá dejar hacer y deshacer a su antojo.

Aunque precisamente esa idea es la más inquietante.

A juzgar únicamente por su figura, esa mujer ocupa el doble de espacio que ella misma.

Es cierto que no ha tenido mucha suerte con las criadas demasiado jóvenes. La Stini, por ejemplo, demasiado dócil y tímida, dejó que los niños le tomaran el pelo y, a la larga, aquello resultó ser demasiado para ella. Ayer mismo se levantó y se largó. Justo el día que esperaban invitados: el teniente Becker, el expresidente Heer, el alférez Zwicki. No era de recibo. La voz correría como el fuego por toda la ciudad. Ya se comentaba, de hecho, que en su casa no había criada que aguantara mucho tiempo. Esta, en cambio, parece capaz de poner en la mesa comida para doce personas, con calma y en poco tiempo... No obstante, no sabe bien qué pensar.

Tal vez sea la propia actitud de la Göldin: no hay rastro de sumisión en ella. Ha conocido a otras que solicitan empleo y, en su nerviosismo, no saben qué hacer con las manos. Esta, en cambio, se mantiene erguida y le sostiene la mirada. Pensándolo bien, viste con demasiada arrogancia. La señora Tschudi examina la ropa de Anna Göldin. ¡Una falda con los colores de moda! Solo la esposa del teniente Marti posee una prenda como esa. Se dice que ese violeta chillón, tirando a marrón, es la última moda en París. En su último encuentro para tomar el té, las damas pudieron constatarlo: hoy en día es preciso mirar dos veces para distinguir quién es señora y quién sirvienta.

También la cinta de seda en torno al cuello. Vaya moda tan estúpida. La plebe lo llama *Bettli* y se supone que con ella la piel parece más blanca.

Anna sostiene a la patrona su mirada escrutadora.

¿Dónde ha estado empleada?, se apresura a preguntar la señora Tschudi.

En varios sitios. En la casa de un maestro de pescadores en San Galo, más tarde en Sennwald, en la parroquia...

¿Y en la región de Glaris?, inquiere el doctor.

El último empleo fue en la casa de un encuadernador. Antes en otra parroquia.

¿Dónde?

En Mollis.

Anna nota la mirada pensativa, se sonroja, se traba cuando explica que el pastor murió cuando ella llevaba cuatro años trabajando para él y que entonces se quedó junto a su viuda y sus hijos ya crecidos, uno de los cuales se hizo médico...

¿No serán los Zwicki de la Kreuzgasse?

Sí, los mismos.

¡Qué curioso que mencione a la familia Zwicki en último lugar! ¡Demonios! ¡Esas sí que son referencias! Ha servido a los Zwicki, que, por lo que se comenta, figuran entre las familias más ricas de la región. Una casa señorial y una señora que es célebre por ser dadivosa y hospitalaria. Una referencia, sin duda, para cualquiera que frecuentara esta casa. ¿Y ella la menciona como de pasada? ¿Habrían quedado descontentos con ella, quizá? ¿Tiene alguna recomendación de la casa Zwicki?

Anna saca un papel de su bolsito de tela, su *ridicule*, y se lo extiende al señor.

Una valoración de sus servicios, firmada por Dorothea Zwicki-Zwicki, viuda del antiguo pastor de Bilten, Johann Heinrich, fallecido en la paz del Señor. Recomienda a la sirvienta con palabras entusiastas, lamenta su marcha repentina y le da su bendición para su trayectoria futura.

Lo que bueno fue para los Zwicki ha de ser igual de bueno para él. Sobre todo porque, en la hospitalidad de aquella casa, habrá aprendido a cocinar platos refinados y deliciosos. Cabe imaginarla buena cocinera con tan solo fijarse en su aspecto: rellenita, de mejillas sonrosadas, aseada, con la alegría de vivir reflejada en el rostro.

¿Cocinabais en la casa de los Zwicki?

Para satisfacción de todos, he de decir.

Es comedida en sus palabras. Ni rastro de la verborrea habitual, esos ungidos discursos, promesas y aseveraciones típicas de ciertas mujeres que esperan favores.

A él le parece bien que Anna Göldin se quede... A cuenta de qué tantos remilgos. Es hora de regresar a su consulta.

Tal vez yo también quiera decir algo, comenta la señora Tschudi.

La sonrisa del señor se esfuma. Él había pensado que ur-
gía... En el patio trasero de la casa ya estaban sacrificando las
gallinas, en un par de horas estarían allí los invitados...
La mujer lo interrumpe con un gesto, juguetea con su pelo.
Bien, estoy de acuerdo.

# 3

Con la última doncella las cosas no fueron bien por culpa de los niños, le comenta la señora Tschudi mientras recorre con Anna el pasillo, rumbo a la cocina, pues no paraba de protestar y cotorrear, resoplando en son de queja al menor pretexto, a pesar de que los niños la querían mucho. Puede que fueran un poco gamberros, sí, pero si se los sabía tratar, todo era muy fácil. Para ella es muy importante que Anna se las arregle bien con los niños; de lo contrario prescindirá de su ayuda. ¡Tener solo media sirvienta es pura necedad!

Anna asiente. Su mirada se desliza por las calderas de cobre, verifica su grosor, su limpieza, sus ojos se desplazan del brillo rojizo al fogón, a los coladores de latón, los embudos, las escobillas, los cazos. Asiente de nuevo a lo que dice la patrona, la sigue hasta la ventana, que ofrece una vista panorámica del patio y del jardín.

Gracias a que la casa colinda con la esplanada de entrenamiento, el jardín cobra anchura y profundidad. Hay arbustos en abundancia junto a los muros, formando una pared de árboles y vegetación; Anna percibe el olor a canela de la madera de los tejos.

Justo bajo la ventana del patio pavimentado, en alguna parte, ocultos por la marquesina del edificio adicional, debe de haber unos niños a los que se oye reír y gritar. Cuando se inclina hacia adelante, Anna solo alcanza a ver un tocón de madera para cortar; un gallo agarrado por la mano de un hombre; el ave que se sacude; el destello de un hacha que se abate sobre el cuello del animal.

Griterío de niños.

El viejo Jenni, que vive en el lagar, se encarga de la matanza. Toda una fiesta para los críos, dice la patrona. Pero ahora los llamará para que suban. Están solo los tres mayores. Barbara, de tres años, y Elsbeth, de uno, están con una vecina que ha pasado a recogerlas para llevarlas a dar un paseo por Ennetbühls. En esta región de Glaris es preciso correr tras el sol más que en ningún otro lugar.

La señora se inclina hacia adelante y grita: ¡Züsi! ¡Anna Migeli! ¡Heiri!

Susanna, la mayor, llega primero. En dos años será la chica más guapa de Glaris, ha profetizado Steinmüller, y puede que tenga razón. Con qué gracia se aparta el pelo de la cara, antes de tender la mano a Anna; qué modo de asentir con su mirada vivaz. Tan mayor ya y tan razonable. Anna siente alivio, tiene poca experiencia con niños pequeños. Ahora llegan los otros dos, que suben corriendo la escalera con estrépito y gritos, empujándose el uno a la otra, y entran en la cocina.

¡No alborotéis tanto!, protesta su madre, tapándose los oídos.

El chico de cuatro años abre los brazos, da un golpe al aire con rápidos movimientos y chilla: ¡Muerto! ¡Quiquiriquí!

Heiri, saluda, lo conmina su madre, pero el niño menea la cabeza como si esta pendiera de un solo tendón.

Por fin se tranquiliza y, tras una nueva orden de su madre, extiende a Anna su mano rechoncha. Es un crío rollizo, de piel morena, muy buen mozo. Quiere ser médico, como su padre, le dice la señora Tschudi, pero para eso falta tiempo aún. Y aquí, dice empujando ante sí a la otra niña, la segunda mayor, Anna Migeli o Anna Maria. No es de las que suele deformar los bellos nombres tradicionales, esas que dicen Züsi en lugar de Susanna, pero en Glaris es una práctica habitual mutilar los nombres propios; a ella misma le cuesta pronunciar completos los nombres del bautismo.

Que Anna Maria se parezca a Susanna no repercute en ventaja de la primera, que queda siempre a la sombra de su hermana mayor, ante la cual todo parece algo más deslucido: los ojos, el pelo, también el rostro es menos franco y expresivo. Sin embargo, vista por separado es una linda mocita, aunque nada llamativa, de unos ocho o nueve años.

Heinrich, que está de pie detrás de su hermana, deja escapar una risita y le da un empujón.

Anna Maria tiende la mano a la nueva sirvienta.

Anna la suelta de inmediato. ¡Dios Todopoderoso! Ha tocado algo rígido. ¡Aquello no es una mano, sino una garra!

Ha estado a punto de lanzar un grito.

La pata de la gallina, oculta bajo la manga de Anna Maria, cae al suelo.

¡Ah! ¡Toma! ¡Ha caído en la trampa!, grita Heinrich, doblado de la risa.

Vaya ocurrencias que tiene esta chiquilla, dice la madre, meneando la cabeza. Sobre todo en los días en que sopla el viento cálido de los Alpes, como hoy, sus hijos la sacan de quicio. Será mejor que Anna suba a su habitación y se cambie de ropa, porque no pretenderá ponerse a trabajar con esa falda, ¿verdad? La patrona clava de nuevo la vista en la llamativa prenda de la sirvienta. Anna le dice que en la bolsa lleva ropa de trabajo. El resto se lo enviarán a casa de los Steinmüller con el coche de posta de Werdenberg. Sí, conoce a los Steinmüller

desde hace tiempo; trabó amistad con ellos cuando trabajaba
en casa del encuadernador de Glaris. Sí, sí, un hombre curioso, ese Steinmüller. Pero se podía hablar muy bien con él y con
su esposa Dorothea. Eran gente lista y de fiar.

    ¿Su habitación? Cinco escaleras más arriba. No, con su do-
lor de cabeza la señora no desea subir hasta allí; ese viento
cálido y seco la afecta mucho. Además, el mes pasado dio a
luz a una niña que nació muerta. Susanna le enseñará su habitación.

    ¡No, yo! ¡Yo quiero!, grita Anna Maria.

    La niña corre ya escaleras arriba, Heinrich la sigue, ascien-
de un escalón tras otro con sus piernitas regordetas, ayudán-
dose de los barrotes torneados de la barandilla.

    La típica recámara de sirvienta. Anna no esperaba otra co-
sa. Está en el desván, detrás los muebles y trastos en desuso:
un cuarto pequeño y poco iluminado, con una única ventana
en el techo. La cama, en cambio, parece extremadamente grande y ocupa todo el espacio como si fuese una barcaza con las
velas replegadas.

    Las sábanas están manchadas, son las mismas que usó Sti-
ni, informa Susanna. Anna retira la ropa de cama. Al parecer
la señora lleva un tiempo sin asomar la cabeza por esa habitación. Y ese aire. Anna abre de golpe la ventana, deja que entre
la brisa de septiembre. Desde aquí parece que el Glärnisch,
con sus despeñaderos rocosos y sus grietas, se pose sobre sus
hombros. Esperaba tener esas vistas bajo aquel techo a dos
aguas. Le da igual que los niños, a sus espaldas, abran los cajones de la cómoda y saquen la llave. Vuelve a estar frente a la
montaña, como en Mollis, y puede ajustar cuentas con ella. Está convencida de que es bueno haber vuelto, después de tantas
vacilaciones, hacía dos semanas...

# 4

No hay mejor época para viajar que mediados de septiembre. En el paso de Ricken el cochero había señalado los bosques que, coloridos y exuberantes, se extendían por los bajíos, a lo largo de los canales. Como el plumaje de un gallo, había pensado Anna.

Una suerte que el viejo Hilari, como en otras ocasiones, la hubiera recogido en Wattwil y hubiera consentido en llevarla. Habría sido una tortura subir a pie todo el bosque del Hummel. Sentada en el pescante, recibiendo la caricia de una brisa suave, el viaje era una fiesta.

Las vacas pastaban. Los badajos se movían de un lado a otro en el interior de los cencerros que colgaban de sus cuellos con correas de cuero. Sus sonidos metálicos, entrecortados, quedaban suspendidos sobre los prados. Aquí y allá, entre la hierba de pastoreo, ajenos y cristalinos, unos narcisos de otoño.

Anna los contempló de mala gana, como a heraldos del invierno. El año había rebasado ya su mejor época, no debía dejarse embaucar por los días del llamado veranillo de San Martín. Las sombras se alargaban. Las zarzamoras, cuyo jugo se cuece con los últimos calores del año, tiritaban bajo la escarcha.

Búscate cobijo.

Tras pasar el poblado de Schobingen, los caballos subieron con soltura por la empinada ruta del Ricken. De pronto les salió al encuentro la llanura, atravesada por las cintas de agua del Linth.

Cómo centellean, dijo Anna.

¿Te parecen bonitas? Hilari acompañó sus palabras con una carcajada y arrugó la nariz, roja e hinchada tras tantos cuartos de Veltliner en las tabernas y garitos de carretera. Ese llano pantanoso es todo menos bonito; lo único que trae consigo son plagas de mosquitos y enfermedades para los habitantes de los pueblos vecinos. Habría que corregir el curso del río, pero los de Glaris prefieren esperar a que los del cantón de Schwyz aflojen la pasta, y lo mismo ocurre al revés.

En Biäsche, frente a Weesen, Hilari le dijo a Anna que bajara, que él seguiría su camino hasta Walenstadt, a lo largo del Walensee. Detuvo los caballos a la orilla del río, Anna le dedicó un gesto de agradecimiento y, recogiéndose las faldas, bajó del pescante. Hacía tiempo que empleaba el truco de ponerse tres faldas, una sobre la otra. De ese modo podía meter rápidamente en su morral todo lo necesario para el viaje. En cuanto a los viajes, Anna Göldin era muy lista. Ninguna mujer de su condición podía equiparársele en ese aspecto. Por caminos polvorientos, a pie o en carruaje, había estado en Werdenberg, en la región de San Galo, en Glaris, en Estrasburgo y, ahora, tras un desvío hasta su región de origen en el valle del Rin, se ponía de nuevo rumbo a Glaris. Lo suyo era un ir y venir de caminos, siempre huyendo de una sombra que le pisaba los talones, y como si de cintas extendidas se tratase, ataba y desataba de nuevo esos caminos, con las cañas y los viejos troncos de sauces que orlaban la carretera, tras los cuales centelleaba el agua.

Una balsa ha atracado en un banco de arena. Unos hombres clavan unas varas en el agua poco profunda. Eh, ¿queréis acompañarnos?, le grita uno. ¿Adónde vais?, pregunta Anna, sin pensárselo dos veces. A Ámsterdam, Holanda. Caramba, ¿tan lejos? ¿Y por ese estrecho caudal? Los dos hombres dejan un momento sus varas y la miran. El primero, un tipo alto y rubio, le dice: De Walensee pasamos al Maag, luego al Linth, de ahí al lago de Zúrich, luego bajamos por el Limago hasta el Aar, y desde el Aar entramos en el Rin. Y vos, ¿adónde vais? Ella señala hacia las montañas. ¿A Glaris? Los tres hombres ríen. De ahí venimos, de Elm, de los montes de pizarra. Debajo de esa lona yacen las planchas para fabricar mesas. ¡Pronto estarán en las casas más distinguidas de Ámsterdam!

El canturreo del dialecto de Glaris, mezclado bellamente con el chapoteo de las olas. Cuánto tiempo hacía que no lo escuchaba.

Pensáoslo, joven dama, le dice el más bajito, un hombre de ojos astutos como los de una marmota. A vos os hacemos sitio con gusto.

Las caras bronceadas de los hombres. El centelleo de sus ojos a través de las malvas sombras de los juncos. El verano, ya dado por perdido, confunde con su juego de fulgores. Un viento leve sopla desde el lago a través del carrizo. Las aves acuáticas levantan el vuelo.

Los ojos de Anna, antes extraviados en la contemplación de aquellos montes, ganan vivacidad y brillo. Ahí está, con la cabeza ladeada; parece en verdad meditar sobre la posibilidad de viajar a Holanda; una mujer adulta que aún despierta sentimientos agradables, pese a no ser ya la más joven. Todo queda suspendido en ese día nacarado por el aire cálido de la montaña. Aún puede darse la vuelta, avanzar por esos anchos llanos a través de la cinta de agua centelleante.

Pero aquel valle alpino situado al otro lado, el estrecho paso entre las moles de dos montañas, ejerce sobre ella una atracción inexplicable. Se deja atrapar como un pez en una red, se sacude como si fuese la última vez, cuando por los pelos logró escapar a través de su única abertura: el estrecho paso de Mollis.

Todavía podría darse la vuelta.

Pero no puede ser. Desde la caseta de la aduana resuena el golpeteo de unos cascos, y Anna, involuntariamente, levanta el brazo y hace una señal al carro que se acerca.

Nubes de polvo. Los caballos resoplan, encabritados por la brusca parada.

Es un pesado carro cubierto por una lona impregnada de resina. El cochero se inclina hacia ella, la cara cubierta por la sombra de su sombrero de fieltro.

¡Lo conoce! Es el cartero de Sargans. Lo ha visto desde la ventana de la casa de los Zwicki, con su pipa entre los dientes cariados. Ha visto su carro aparcado a veces delante de la taberna El Salvaje, en Glaris.

El hombre la toma del brazo y la iza hasta el pescante.

¿Solo lleva consigo ese pequeño bolso, que parece la maleta de una comadrona?

Es que lo es, le dice Anna, riendo. Una prima suya es comadrona en la zona de Werdenberg; ella le ha regalado el bolso.

¿Entonces es oriunda de Werdenberg, perteneciente a la comarca de Glaris?

Oriunda del valle del Rin, pero del condado de Sax, dependiente del cantón de Zúrich.

Ha tenido suerte, pues, le dice el cochero. No hay gente más codiciosa y chupasangre que los bailíos de Glaris. La asamblea de ciudadanos destina para ellos unos magros emolumentos, de modo que deben agenciarse por otras vías los sobornos y obligaciones que les genera el cargo.

El camino discurre rumbo al sur, a través de un llano que va directo hacia la falda de la montaña. Alguien que no conociera el lugar jamás sospecharía que tras esa pared rocosa se abre un valle y que, a medida que uno se acerca, los cuerpos de esos montes se separan como si respondieran a un «Ábrete sésamo», creando el espacio justo para dejar pasar un camino, el río Linth y unas franjas de valle a un lado y otro del caudal.

El cartero se cuela la pipa entre la comisura de los labios y abre el espacio necesario para que salga un torrente de palabras impregnadas de un penetrante olor a sapsago, el típico queso verde de la región. Anna le deja hablar, deja que haga las veces de guía de forasteros, que le explique dónde está Mollis y dónde Näfels; deja que le dé detalles sobre el castillo que atrae las miradas de todo el que recorre ese camino: hecho construir por un tal Freuler, antiguo capitán en Fontainebleau, que volvió al terruño cargado de dinero y con la idea fija de que el rey de Francia fuera un día a visitarlo. Decía que el propio rey se lo había prometido, y la gente sencilla le creyó. Pero entre señores y nobles soplaban vientos distintos, y el tal Freuler estuvo esperando hasta convertirse en un anciano pobre, si bien el castillo parece estar aún dispuesto para la llegada del monarca, ¿no es cierto?

Anna, ausente, hace un gesto afirmativo, con la cabeza vuelta hacia un lado para esquivar el olor a queso. Sus ojos trepan por las agrestes paredes rocosas del Wiggis. Tras los troncos de los alisos rumorea el Linth.

Encima de la comarca principal de Glaris, ante la cual el valle se angosta otra vez, cuelga suspendida una luna deshecha en hilillos.

Un lugar como Dios manda, dice el cartero cuando pasan por delante de las primeras casas en dirección a Spielhof. La hilatura de algodón está en pleno apogeo, últimamente ha contado catorce establecimientos desde la ciudadela. Han brotado del suelo como setas las costosas fábricas, en Oberdorf, en Abläsch, en la isla.

Traen el algodón de Venecia y venden luego el hilo a los de Zúrich, San Galo o Appenzell. Hace poco murió el mayor y fabricante Streiff; se supone que ha dejado en herencia una tonelada y media de oro. Sí, su fábrica de impresión en telas y pañuelos es una mina de oro, y ha hecho una fortuna con un tipo de tinta de color azul llamada índigo. El tal Streiff no tuvo ni un solo hijo varón, todo ha pasado a manos de su yerno, el doctor y juez de paz Johannes Tschudi...

Meros chismes y parloteo.

A Anna le entra todo por un oído y le sale por el otro.

Desde el pescante saluda a su Glaris. La llena de contento ver aquellas casas sólidas, con sus techos de pizarra sostenidos por piedras, con sus comercios, sus arcadas y sus tiendas: aquí la tienda del peluquero, allá la *boutique* del orfebre Freuler, al otro lado la nueva tienda de bebidas finas.

Aquí el dinero rueda por las calles, pensó Anna cuando vino a la ciudad por primera vez, tras dejar atrás las precarias condiciones de Sax y Sennwald.

Aún puede oír la voz de su padre diciéndole desde su infancia: Ciudades que son minas de oro, Anni. Es preciso forjarse la propia suerte. Algunos de la noble estirpe de los Toggenburg se han marchado a Pensilvania.

Siempre a la caza de todo cuanto brille, con su apego por la comodidad, sus fantasías sobre ciudades en las que abunda el oro... meros delirios de alguien que tirita y sueña con una estufa caliente. Tras la muerte de su padre, el recaudador de deudas se llevó cuanto pudo llevarse.

Su madre la mandaba siempre a casa del vecino para pedirle esto o aquello. Sí, Anni, tú. Al otro lado, bajo la severa mirada del granjero Riedbauer, Anna carraspeaba, se sonrojaba y preguntaba entre tartamudeos:

¿Puedo tomar prestado el cubo?

¿La tina de madera para el día del baño?

¿La pala?

¿Un poco de sal?

¿La regadera, la plantadora, el rastrillo, la escalera?

Pero él siempre la despachaba con algún pretexto: lo necesitamos nosotros; ve y pregúntale a Kreuzbauer; o: también es nuestro día de aseo, ven la próxima semana.

Pero a la semana siguiente, cuando volvía, se habían olvidado de todo y el asunto empezaba otra vez desde el principio: ¿Qué quieres? ¿Es que no sabes abrir la boca como es debido? ¿La tina? Bueno, llévatela. Pero ha de estar aquí al atardecer, ¿entendido? Por Dios. Qué gente tan pedigüeña.

Pasan frente a la torre de la iglesia, con su dorado reloj de sol, y continúan por el estrecho paso en dirección a la Adlerplatz, la Plaza del Águila.

¿Le gustaría acompañarlo a tomar unos cuartos de Veltliner? Anna rechaza la oferta.

Quiere llegar a casa de su conocida, en Abläsch, antes de que anochezca.

# 5

En una recámara de la hostería El Águila Dorada, un erudito de Ulm, Johann Michael Afsprung, escribió en su diario algo que más tarde publicaría con el título de *Viaje a través de algunos cantones de la Confederación Helvética*:

«Las cordilleras que encierran estos graciosos valles causan horror. Cuando uno camina entre ellas se siente casi aniquilado a la vista de sus inmensas masas rocosas, que avivan en los hombres un profundo sentimiento de impotencia...»

La Glaris de Anna, esa Glaris de 1780, solo puede imaginarse a través de algunos grabados antiguos. Una noche de mayo de 1861 la ciudad quedó reducida a cenizas casi en su totalidad. Se dice que el resplandor de las llamas en lo alto de aquellos montes fue visto en Ravensburgo, en la Selva Negra y hasta en Neuenburgo.

La villa fue reconstruida según el gusto de la época en la segunda mitad del siglo pasado, una vez allanados la Morrena y el Bosque de Tschudi; todo bien ordenado y a la vista, una ciudad en miniatura en forma de tablero de ajedrez.

Jamás se esclareció el origen del incendio. El fuego se inició en una de las casas junto a la Zaunplatz, la Plaza de la Verja.

Se dice que alguien dejó encendida una plancha de carbón ardiente. Una criada fue la culpable, una forastera.

Esa noche, el comedor de casa de los Tschudi estaba iluminado por velas.

El resplandor suavizaba un poco el cincelado perfil del coronel Paravicini, las imperiosas aletas nasales del mayor general Marti, las hendiduras de su mentón. Dotaba de delicadeza a los finos rasgos de erudito, como los del jurista y corregidor retirado Cosmus Heer. Brillaban los hombros al desnudo, los escotes. Las redondeces en el busto de la señora Paravicini se elevaban como medias lunas en su pechera de encajes. Uno recordaba sin quererlo el extravagante escudo que decoraba la puerta de la mansión en «Los Alisos»: un cisne blanco de corona dorada y, debajo, la inscripción *candidor nive*: más blanco que la nieve.

Anna pasó las bandejas. Aunque esa tarde había encontrado la huerta cubierta de hierbajos, con sus escasas plantas marchitas, mohosas bajo la franja de sombra del muro, había preparado una *sauce verte* según la receta aprendida en casa de los Zwicki, a base de orégano, perejil y salvia, que ahora hacía las delicias de los comensales.

Debido a la osada y casi temeraria composición de los invitados, la conversación discurrió con prudencia, como un chapoteo, evitando temas peliagudos, como hace el agua con las piedras que encuentra en el lecho de un río. Después de la cena, los caballeros se retiraron al gabinete del anfitrión; las damas permanecieron sentadas en el comedor. Anna sirvió café en una cafetera de plata.

Una falda con los colores de moda, comentó la señora Zwicki, esposa del alférez, observando la prenda de Anna mientras se llevaba a la boca una tacita pequeña, como de casa de muñecas.

Esas telas satinadas son una novedad de París. La llaman *moiré*, dijo la señora del teniente Becker.

*Changeant,* corrigió la señora del concejal Marti.

La señora Becker de Ennenda, cuyo marido dirigía una compañía comercial en Bruselas, viajaba a París para comprar su ropa.

Ellos sí que tienen colores, dijo la mujer del alférez. Ese se llama *puce.*

*¡Mon dieu!*

Qué nombres tan raros tienen esos colores, continuó diciendo la señora del teniente Becker. «Suciedad de calle», «muslos de monja», «vientre de monje»... Un verde como el que usted lleva, querida, añadió, señalando la falda de la señora del doctor Iseli, se llama «color de viruela», y a un marrón indefinido lo llaman *caca du dauphin.*

*Dégoutant,* resopló la coronela Palavicini. Sus ojos centellean como un verde estanque bajo los abanicos de las pestañas, que ella, a saber con qué artimañas diabólicas, sabe alargar de forma artificial. La señora Tschudi le examinó el escote.

Desvergonzado, ese corte. No es conveniente acudir con ese atuendo a una cena en la que también participa el *camerarius,* segundo del decano y vicepresidente del sínodo.

La señora Becker, que notaba la incomodidad de la anfitriona, intentó desviar la conversación hacia un tema más general. A propósito de la falda de Göldin, dijo: Oh, estas sirvientas de hoy en día.

Su suspiro encontró la aprobación del resto. La mirada de la señora Tschudi se apartó del escote.

Todas se dedicaron un recíproco gesto de aprobación.

La sirvienta del patrón del Adler, Marti, ha tenido que rendir cuentas ante un tribunal debido a ciertas insolencias, cuenta la señora del doctor Iseli.

¿Qué insolencias? Los rostros de las damas se acercaron más entre sí, sus ojos se achicaron con deleite: Dijo que había que arrancarles las pelucas a ciertos señores...

Cuando la sirvienta entró en la sala de caballeros, las conversaciones se detuvieron por un momento. Todos la observaron mientras repartía las tazas y servía el café. ¿Una nueva sirvienta?, preguntó el doctor Marti cuando Anna hubo salido. El señor de la casa asintió. Esa mujer había servido antes en casa de los Zwicki de Mollis. Eso explica la exquisita cocina, comentó el *camerarius*.

Los Zwicki tenían el *portefeuille* adecuado para permitirse tales dispendios, añadió el capitán de milicia Tschudi, quien, a pesar de sus múltiples actividades —en los últimos tiempos llevaba incluso una pequeña taberna—, no había conseguido prosperar demasiado.

Cierto, las prebendas de Bilten son muy codiciadas, opinó Cosmus Herr, pero no fue eso lo que proporcionó al pastor su inmensa fortuna; seguramente heredó algo de la familia...

Un pastor tan rico, farfulló el anciano canónigo Marti, ¿acaso era algo apropiado, teniendo en cuenta que nuestro Salvador fue pobre?

Silencio incómodo. Guiños.

Se comentaba que el viejo Marti se había vuelto devoto en sus últimos días y frecuentaba los círculos pietistas. El anfitrión, torciendo las comisuras de sus labios en un gesto burlón, miró hacia donde estaba el *camerarius*. Johann Jakob Tschudi, primer pastor de Glaris, miembro del tribunal eclesiástico, tesorero del sínodo, primo de Elsbeth Tschudi y padrino de Anna Migeli, era la persona adecuada para responder a tales preguntas incómodas.

El *camerarius* alzó la mano de modo que los puños de encaje se replegaron hacia atrás con fuerza; un gesto que solía hacer durante la prédica. Los invitados se reclinaron en sus asientos. Cuando el pastor empezaba a hablar, era mejor prepararse para una larga digresión.

El Señorrr...

La «r» rodó por la habitación como si una diligencia avanzase por un terreno lleno de baches. Frente a las ventanas vibraron los abetos de los escudos de armas de los Tschudi. El Señorrr es propicio a sus elegidos, ya lo dice Calvino. Bendice y da prosperidad a sus negocios terrenales, como hizo con Abraham en el Antiguo Testamento. Dios está de parte de los avispados, hábiles y prudentes. Los obsequia con bienestar y confort, incluso en la tierra. La palabra *confort*, por cierto, viene del inglés y significa algo así como consuelo.

Cosmus Herr miró al *camerarius* con un guiño de sus ojos hinchados por la lectura de tantos libros. Había creado el Archivo del cantón y era presidente de la Sociedad de Lectura y la Sociedad Helvética. Si la bendición divina se midiera por el *portefeuille*, esta habría caído a chorros sobre la familia Zwicki, comentó con esa especie de sarcasmo suave que siempre irritaba al *camerarius*. El patrimonio de los Zwicki seguía creciendo gracias a sus felices uniones. La hija más joven, Dorothee, había contraído matrimonio con el capitán Conrad Schindler, que había edificado en la zona de «Haltli», en Mollis, una vivienda que superaba en elegancia y grandeza a todas las de Glaris. Hacía poco, además, el capitán Schindler había ganado el gran premio en la lotería estatal de Holanda. ¡Cien mil florines contantes y sonantes! ¡Una suma suficiente para construir otros tres palacios!

El dinero llama al dinero, murmuró, desanimado, el capitán Tschudi. ¡Cien mil florines! ¡Y aquí, en nuestra comarca, a un maestro se lo despacha con cuarenta y dos florines al año!

El anfitrión le lanzó una mirada reprobatoria. Hacía tiempo que albergaba el propósito de no invitar más a su joven pariente, tan limitado en algunos asuntos, pero este se las agenciaba siempre para mantener viva su gratitud con ciertos pequeños servicios. A cambio, se dedicaba a hacer esos torpes comentarios en sociedad, llamando la atención con sus meteduras de pata. Y su mujer siempre lo defendía.

Anna sirvió más café.

Las minúsculas tazas de porcelana, como de muñecas, se vaciaban en solo tres sorbos.

Y hablando de los Zwicki de Mollis, dijo el doctor Marti, retomando la conversación, nuestro colega, Melchior, por fin ha acordado casarse.

*Tiens, tiens, enfin,* dijo el doctor Iseli. Está a punto de cumplir los cuarenta.

El doctor Marti asintió. Se quitaría de encima el control de su señora madre para encasquetarse el yugo del matrimonio. La hija del vicario de la iglesia Schindler, que tiene veinte años, es la elegida...

Una de las pequeñas tazas se hizo añicos al caer con estruendo sobre el parqué. Anna se apresuró a agacharse. La señora Tschudi entró corriendo desde la habitación contigua y exclamó que se trataba de una de las más delicadas y valiosas tazas de Limoge, traídas de París por su cuñado, el teniente. A continuación, lamentó la torpeza de Anna y de todas las criadas. Ninguno de los caballeros la contradijo.

Anna salió con los añicos en la bandeja de plata. La señora la siguió hasta la cocina y le dijo que, por la taza rota, le descontaría del salario medio florín al final del mes. Prefiero darle ahora mismo ese medio florín, dijo Anna, con serenidad.

Más tarde, en el salón de caballeros, el doctor Marti preguntó a Anna de dónde era oriunda, pues su dialecto sonaba algo más claro que el de la región. Luego, meditando sobre la respuesta de ella, dijo que él conocía la zona de Sax; que el otoño anterior había viajado al lago de Constanza, que había partido de Sargans y pasado por Sennwald. Los gobernadores de Zúrich podían sacar poco provecho de esa región; la gente era pobre y tenía deudas; en los valles, el Rin devastaba los campos de cultivo con sus inundaciones, y los terrenos de las laderas estaban llenos de piedras.

# 6

En otoño, cuando el viento cálido de los Alpes recorre el valle del Rin y endurece los lechosos granos en las mazorcas de maíz, las espaldas de los niños se mueven entre el susurro de las hojas.

Adrian Göldi va apilando las piedras que Anna y sus hermanas recogen en el campo y forma con ellas un dique seco, bastante mejor que las vallas de madera, que se desploman bajo el peso de la nieve y se pudren durante los veranos lluviosos. También los vecinos apilan piedras. La ladera entera, hasta donde alcanza la vista, está plagada de cinturones de piedra colindantes hasta el flanco de la montaña.

Adrian aún no ha concluido su muro, pero el regidor lo convoca para que acuda a Forsteck. Necesita mano de obra para canalizar una fuente de agua permanente hacia el interior del castillo.

El padre resopla. También ha de talar unos perales que se interponen en el camino del nuevo muro. Él, además, es el sacristán.

Los árboles no se van a escapar y es todavía muy pronto para recostarse en sábado, le dice el siervo del castillo. Cada súbdito debe a la autoridad tres jornadas de faena, y a ese diezmo no hay quien se sustraiga.

Los días vuelan como la paja al viento.

Días con dos caras, como los naipes.

En el reverso, la imagen de poderes que uno no comprende.

Esa vieja bufona, la muerte.

La viruela.

La disentería.

El señor feudal de Forsteck.

Los incendios, las plagas del ganado.

Los desprendimientos de roca que bajan hasta el Rin.

El Rin, impredecible en épocas de deshielo y de tormentas de otoño. Cuando lleva el caudal alto, el sacristán ha de tañer la campana grande. En cuanto advierten la señal de alarma, todos los hombres han de dejar lo que estén haciendo y acudir, veloces, a través de los campos y los pantanos. Reunión en la Wuhrplatz. La partida de Sennwald se divide en grupos; todo el mundo ha de echar una mano. Orden del regidor. Quien se niegue, es llevado a Zúrich.

Tú también, Adrian, dice la madre. Dame el bieldo, yo me ocupo. Quien llega tarde a la plaza, paga seis monedas.

Adrian arroja el bieldo, va hasta la era a buscar sus botas. La mujer se queja de que no se ha llevado nada de comer ni de beber. Qué sangre tan caliente.

Aún debe repartir la comida de los cerdos y limpiar de estiércol el establo. Luego ha de bajar al Rin con la cesta de la comida. Lleva consigo a las dos niñas más pequeñas y mira mientras tanto a Katharina, la mayor, que va a su derecha.

Avanzan por las gibosas praderas del valle, los dedos de los pies mojados por la hierba en el interior de sus zuecos. A la sombra de las montañas, el suelo está frío. La escarcha muerde los tocones de paja, la corteza de la tierra.

Tras los troncos de los alisos, un arroyo. Anna descubre un pez punteado.

Truchas, dice la madre. Pertenecen al regidor. El arroyo es de su propiedad, para nosotros está vedado.

¿Todo le pertenece a él?, pregunta Anna.

Esa tierra de ahí, al otro lado, no le pertenece. La madre señala hacia la orilla opuesta del río, hacia Austria, hacia unos montes que parecen pintados tras los bancos de bruma.

¿De quién es eso?

De otro señor.

No, no irán a través de la zona pantanosa, que es muy pérfida y te absorbe con sus chasquidos. La madre prefiere atravesar el bosque cerca de Salez. También es una zona inquietante, llena de pedruscos y de sombras.

La madre se ajusta el paño triangular de lana en torno a los hombros y rodea con sus brazos a las niñas, situadas a ambos lados. Le sobreviene una sensación de vértigo al alzar la vista hacia las copas de los árboles, y luego hacia los montes Kreuzberg. Las nubes viajan por su superficie dentada como si de un peine gigante se tratara. A veces ruedan piedras que se detienen entre las hayas y los abetos.

En los claros del bosque cargan troncos en unas carretas. El dique consume mucha madera.

Abajo, junto al río, Anna clava la vista en el agua de espuma verdosa. Por la noche, el Rin ha arrasado el dique torcido y ninguno de los hombres del pueblo, ni siquiera el regidor y sus siervos, han sido capaces de controlar la inundación.

Ven, Anni. ¿Qué haces mirando para ese lado? Mira allí, es papá.

Los hombres clavan estacas en el suelo, rellenan los espacios intermedios con grava y arena. El supervisor del dique se

ocupa de que mantengan la *Möni*, es decir, las lindes pactadas.
Nadie debe restar tierra al Rin a su favor; de lo contrario hay
pugnas, como hace poco, cuando las autoridades austriacas re-
procharon a los de Sennwald en una misiva por «estar forzan-
do al Rin hacia los prados de Banx».

Al atardecer, cuando el padre regresa a casa muerto de cansancio, alza a Anna en sus brazos y la hace bailar en círculos,
alabándola: Buena moza, ¿has recorrido todo este trecho para
ver a papá?

Solo se lo dice a ella, aunque Barbara, la más pequeña,
también ha ido.

Anna, aún con el beso húmedo de su padre en la nariz,
observa sus mejillas muy de cerca con los ojos desorbitados:
llena de pinchos de barba, de oscuras sombras, como el valle a
la sombra de la montaña.

El padre ha concluido su muro. Visto de lejos, se extiende como una serpiente por la hierba, con manchas grises, con escamas de piedra que sobresalen en uno u otro punto.

También los vecinos han levantado los suyos, de modo que
las pendientes quedan sometidas a los vientos de noviembre:
estrechos surcos, secciones de prados con tullidos árboles frutales. El cielo está bajo y la tierra espera la nieve.

A la pequeña Anna la casa le parecía demasiado grande
durante la estación buena, con sus hastiales salientes, vueltos
hacia arriba en los extremos, como alas, a fin de cobijar debajo
el establo y el pajar.

Montada sobre una franja de cimientos encalados, sus
paredes eran de madera ennegrecida. Las pequeñas ventanas
estaban alineadas en tres hileras, como en la región de Appenzell, y contaban con una sola persiana de la que se tiraba hacia
arriba por medio de una hendidura.

En el invierno, obligados a preservar el calor en el interior, la casa parecía no tener ventanas. Era como si sus ojos miraran hacia dentro. Cuando llegaban el frío y la nieve, la casa se contraía y se recluía sobre sí misma, concentrada en la única estancia caldeada.

Durante los meses de invierno, el padre, como cualquier persona pobre, acogía ganado de los Grisones para alimentarlo. Eso le permitía pagar la renta el día de San Jorge. Luego, cuando las reservas mermaban, era preciso comprar heno a precios muy altos, precios de primavera, y antes que dejar morir de hambre al ganado, dejaban morir a las personas.

La familia se repartía las escasas reservas: patatas, lonchas de pera seca, harina de maíz o alimentos básicos como la leche y el requesón. En invierno, la madre se ganaba unos céntimos adicionales hilando. Sus constantes lamentos acompañaban el ruido de la rueca al girar.

También en verano encontraba siempre motivos para quejarse, pero su retahíla de improperios se volatilizaba en el cielo abierto, como el humo. En invierno, en cambio, todo quedaba suspendido en el techo de la cocina y espesaba el aire.

El padre, por el contrario, se mantenía alerta incluso en invierno. Por las tardes estaba a veces ocupado en la iglesia evangélica, aunque sus funciones como sacristán eran más bien modestas: salvo los miércoles, en los que el pastor pronunciaba un sermón vespertino, la iglesia se usaba solo los domingos.

Durante el camino de regreso a casa pasaba a menudo a visitar a unos parientes que hacían brandy. A veces el alcohol se le subía a la cabeza, pero jamás buscaba pelea.

Cuando llegaba a casa bebido, intentaba piropear y seducir a la madre, que por las noches aún estaba sentada ante la rueca. La verdad es que sabía hacerlo muy bien, y Anna, que no podía dormir, lo escuchaba extasiada. En su recámara quedaba siempre un resquicio abierto para que pasara el calor de la estufa. A través de él podía espiar la estancia principal.

Conteniendo la respiración, Anna veía cómo su padre pasaba el brazo a su madre por la cintura y la sacaba de la rueca, pero ella la retiraba y, resoplando, se erizaba como una gata a la que acariciaran a contrapelo.

En cuanto la madre recuperaba el aliento, le cantaba las cuarenta: ¿cómo podía tener ánimo de gorjeos y bailes si estaban hasta el cuello de deudas? En las próximas elecciones no le darían el cargo de sacristán, eso era seguro. ¿No sabía acaso que la gente comentaba que era demasiado negligente? El padre reía con sequedad. Qué le importaban a él las habladurías de la gente. Y tras una pausa, mientras la rueda de la rueca seguía girando, añadía que podrían emigrar, como sus antepasados maternos, que en 1712 partieron de Sennwald rumbo a Prusia, aunque él prefería irse más lejos; a Terra Nova, por ejemplo, o a Carolina, Pennsylvania o Virginia.

Al oír aquella ristra de países exóticos, Anna se quedaba boquiabierta y con los ojos como platos.

Pero la madre solo respondía secamente: Bah, tonterías.

Escapar a aquella monotonía, lejos del ruido de la rueca, que sube para bajar y baja para subir, en una laboriosidad sin propósito.

Tú eres como tu padre, Anni: estás y no estás.

No la entiendo, madre.

Eres diferente. Deseas marcharte a otro sitio. ¿Cómo explicártelo para que lo comprendas? Eres una soñadora. Verás cómo la vida te pone otra vez los pies en la tierra.

Los pies en la tierra, sólidamente apoyados sobre el parqué de los Tschudi. Las manos, también firmes, realizan sus

ANNA GÖLDIN. LA ÚLTIMA BRUJA

faenas con movimientos precisos. Mientras friegan suelos y
vajillas, pulen el latón, se escabullen y atraviesan la corteza.
Sí, sin pócimas, sin esas pócimas mágicas, Steinmüller. Todas
esas viejas tonterías que uno encuentra en los libros de magia
con los que os dejáis engatusar en los mercados.
Abandonar la senda: la de la gente pobre, la sirvienta, la
mujer soltera.
Ejercitar la lealtad y la honradez, Anni, escuchar al Señor,
obedecerlo, no apartarse ni un ápice de los caminos de Dios.
Liberarse de una misma, una mariposa nocturna que levanta el vuelo de la corola desde un tulipán que se abre a me-
dianoche; un rastro de luz azul, un fuego fatuo.
Ir más allá. Porque los pies, por lejos que te lleven, se mueven siempre en este mundo. Y este mundo les pertenece a
ellos, Anni. Está medido, repartido, vendido y construido. Sobre todas esas manchas de bosques y los surcos de los campos
se cierne un destino marcado de antemano.

# 7

¡No hurgues en mis cosas, Anna Maria! La criada se agacha, recoge del suelo un peine, un dibujo y algunas monedas y lo devuelve todo al estuche de conchas y espejos. Las cosas que hay en esta habitación son mías. No es cierto. Esta es nuestra casa. Nuestra cama. Nuestra cómoda. Nuestra silla. Anna se aparta los mechones de la frente. Furiosa, cierra de golpe el cajón, que se queda colgando torcido en el armario. Imposible cerrarlo con llave. De abajo llama la señora.

Al final de la tarde, la señora Tschudi envía a Göldin al mercado, a comprar dos libras de mantequilla. Nada desea Anna tanto como salir al aire libre después de las labores domésticas, tras consumirse entre aquellos pesados muebles, espejos y consolas, tras perseguir cada mota de polvo y verse perseguida por las órdenes de la señora, que aparece de pronto y quiere los pasillos, las escaleras y los parqués como si los hubiera lamido el gato.

En días como esos anhela salir, irse allí donde la luz otoñal suaviza los contornos de los montes y atenúa las sombras, donde el sol deposita unos trazos de luz oblicua sobre el bosque de Schwammhöhe. Anhela bajar hasta el Linth, caminar a lo largo del dique, cruzar el puente hacia Ennenda. Envidia a la anciana Debrunner, a la que permiten sacar a pasear cada día a los dos hijos más pequeños de los Tschudi.

Anna se saca el delantal frente al espejo del pasillo, atrapa con el dedo meñique un rizo de cabello aprisionado en el borde de la cofia y se lo deja caer sobre la frente.

La puerta del comedor, donde la señora Tschudi toma café con la esposa del teniente Becker, está ligeramente abierta. Una chiquilla vanidosa, la tal Göldin, dice la señora Becker. La señora Tschudi asiente. Göldin no puede pasar por ese pasillo sin mirarse en el espejo. Tiene debilidad por los espejos, por esa imagen trémula y borrosa que incita a cualquiera a preguntarse dónde empieza y acaba uno. Siempre el mismo desconcierto al tropezarse con la propia imagen, al chocar con ella en la penumbra del pasillo. Así eres tú, así y no de otro modo, aunque hubieses podido tener otros cien rostros distintos a este, con el cabello oscuro rizado sobre la frente, los pómulos elevados en una cara demasiado ancha, los ojos grises y siempre ligeramente hinchados, como si hubieran pasado mucho tiempo mirando algo que nunca llega.

Nunca sale de casa sin haberse dado el visto bueno por delante y por detrás, dice la señora Tschudi. Me pregunto si tal vez espera a uno que muerda el anzuelo. Hace poco tuvimos en casa a Leuzinger, el carpintero que nos hizo la estantería de libros en el gabinete. Estuvo coqueteando con ella y ella le hizo ojitos y se volvió vivaracha y saltarina, cuando, normalmente, va por ahí ausente, haciendo su trabajo como una sonámbula. Aunque hace sus cosas bien, de eso no puedo quejarme...

Unos ojos que te permitan verte como te ven los otros. Reinventarte una y otra vez en los ojos de otros: a veces esta

Anna; otras veces, la otra; de esta y aquella manera, como si alguien moviera ese objeto llamado caleidoscopio, con muchos cristalitos que se pegan unos a otros.

Así está bien, Anna. Hoy todavía hay que hacer conservas de ciruelas. La señora Tschudi ha venido desde el comedor. Su imagen aparece ahora junto a la de ella, sostenidas ambas por el óvalo del espejo. Una frente abultada, cerosa, con el surco de la boca oscuro, los labios pálidos, como si no hubiera sangre ni vida en ellos. Como pintados a toda prisa por un artista en el cristal del espejo... Pero los ojos acechan en sus nidos de sombras.

Voy enseguida, dice Anna.

¡Yo también!, grita Anna Maria desde la habitación contigua.

¡Y yo!, chilla Heinrich, que deja caer un caballito de madera en el pasillo y acude corriendo.

La señora Tschudi acoge al pequeño entre sus brazos, le limpia la nariz con un pañuelo de encajes.

Tú quédate, Heiri. La señora Becker te dará una almendra caramelizada.

¡Quiero ir con Anna!

El niño se zafa de los brazos de la madre y pega una patada en el suelo.

Te quedarás. No toleraré que salgas de nuevo. Las noches ya son frías.

Y Anna Maria, ¿ya se aprendió las preguntas del catecismo?

Anna Maria asiente. Anna le preguntó mientras planchaba, se las sabía de memoria: «¿Cuál es tu único consuelo tanto en la vida como en la muerte? Respuesta: Que, después de esta vida angustiosa, tendré dicha eterna y felicidad y habitaré para siempre junto a mi padre Dios y compartiré sus bienes celestiales. ¿Cuántas cosas debes saber para que, gozando de esta consolación, puedas vivir y morir dichosamente? Respuesta: Tres: mis pecados, de qué manera puedo...».

La señora Tschudi hace un gesto de cansancio. Siempre hay que estar pendiente de Anna Maria. Lo dice también el maestro Steinmüller. Susanna, en cambio, es todo lo contrario. Lo capta todo de inmediato, lástima que sea una niña, podría llegar a ser una gran jurista, eso dice también el *camerarius*...

El doctor Tschudi, que ha subido del gabinete para tomar una taza de café, ha oído la última frase.

Sí, sí, dice, y mira a Anna Maria fugazmente. A ver si sigues los pasos de tu hermana mayor.

A continuación, suelta su sonora carcajada de hombre campechano; la niña se queda tiesa, los labios apretados forman una raya, de modo que adopta la imagen de su madre en el espejo.

Bueno, marchaos de una vez, apremia la señora Tschudi. Después de la cena, Anna tendrá que deshuesar los frutos, regalo de un paisano de Rieden que quiso darnos las gracias por su pie curado. Las ciruelas ya están blandas y empiezan a criar moho.

Fuera el sol se ha puesto ya, su pálido reflejo se posa sobre la nariz rocosa del Wiggis. Los carros pasan por la calzada principal. Delante de El Águila Dorada, unos viajeros se apean de un coche de posta. En el mercado hay todavía algunos puestos, una campesina alaba la calidad de unos huevos que le gustaría vender antes del crepúsculo. El agua chapotea en la fuente. Son grandes y de frescura garantizada... Sí, a lo sumo de ayer. Anna tiene buen ojo para eso. Pero la señora Tschudi compra los huevos cada semana a un vendedor del Kleintal. No son frescos, pero sí baratos. La campesina le entrega la barra de mantequilla por encima del mostrador, Anna la deposita en su cesta y, al hacerlo, golpea con el codo a un hombre que se ha agachado a recoger algo del suelo.

¡Pero si es Ruedi Steinmüller!, exclama sorprendida. ¿Buscáis algo?

El hombre se incorpora, pero ni siquiera así parece demasiado alto. Está allí parado, sobre sus piernas torcidas, como una raíz de vid cortada, con la pipa de Lindau en la comisura de los labios. ¡Qué viejo tan curioso! Anna Maria no aparta la vista de él. No, no lo ha visto nunca antes, aunque el hombre la saluda como a una vieja conocida e incluso afirma estar lejanamente emparentado con ella. ¿Cómo? ¿Ese gnomo emparentado con ella, con Anna Maria Tschudi, hija del doctor y juez de paz?

Steinmüller explica a Anna que la piedra que ha recogido llevaba semanas tirada por allí, en la plaza del mercado. Un vecino del Kleintal le ha llamado la atención sobre ella y le ha dicho que es una piedra muy especial. Si uno la parte en dos, encuentra en su interior unos granos de color amarillo, como en una actinolita. Se la llevará a casa para examinarla.

¡A ver si al final encontráis oro ahí dentro y os hacéis ricos, Steinmüller!, le dice Anna, en tono de chanza.

¡Nunca se sabe!, Steinmüller escupe el jugo de tabaco en el suelo. Le gusta experimentar. Anna lo sabe bien: está siempre probando recetas nuevas en su taller de alquimista, recetas que podrían interesarle. Pero sobre eso, añade haciendo un guiño dirigido a la niña, hablaremos en otra ocasión.

¿Cómo?, exclama Anna Maria. ¿Qué ha dicho? ¿Que hay oro dentro de esa piedra? ¿Dónde? ¡Yo quiero verlo!

La niña frunce los labios, se pone colorada como un cangrejo y pega a Anna una patada en la pantorrilla con sus botitas.

¡Ay! ¡Pesada! Como puede ver, tengo que marcharme a casa, le dice Anna a Steinmüller. ¿No le ha llegado aún el baúl con la ropa?

Steinmüller niega con la cabeza. El mensajero de Werdenberg viene solo los viernes. Le informará cuando llegue algo. La Adlerplatz está ya envuelta en bruma, han encendido las luces en la taberna. Un caballero con un abrigo de cuello de castor sale de la taberna y se detiene delante de Anna. Mientras su mano acaricia los rizos dorados de la niña, mira a la sirvienta a la cara. ¿Es ella Anna Göldin? Debe transmitirle saludos de la señora Zwicki, de Mollis. También el doctor Melchior Zwicki manda saludos. Unos calores le suben por el cuello hasta las mejillas. Anna asiente, pero no alcanza a decir nada.

¿Quién era ese?, pregunta Anna Maria cuando ya están de vuelta.

Eso mismo quería preguntarte yo, dice la sirvienta.

Casi tiene que tirar de la niña, que, cavilosa, avanza bajo las arcadas mientras canta:

*Quiero ir hasta mi huertito*
*para regar mis cebollas,*
*pero un gnomo jorobadito*
*allí estornuda y resolla.*

*Quiero ir a mi fogoncito*
*y prepararme una sopita,*
*pero un gnomo jorobadito*
*ha roto mi cazuelita.*

*Quiero ir hasta mi...*

¿Qué canturreas?, pregunta la criada.

Una canción que me cantaba Stini. Ella también me contaba historias de fantasmas. Me hablaba de Ursus, cuya tumba está en la iglesia, en el lado en el que sepultan a los hombres. Había donado sus tierras hacía tiempo. Adivina a quién. ¡Ni más ni menos que a Fridolin, el hombre descalzo de la bandera de Glaris, el que sostiene la Biblia! Pero cuando Ursus murió, su hermano Landolf quiso quedarse con sus tierras. Entonces Fridolin fue hasta la tumba y exclamó: «¡Ursus, levántate!» E imagínate, Anni, los huesos del muerto se levantaron del sarcófago para ayudar a Fridolin... ¿Tú has visto alguna vez un fantasma, Anni?

Anna ríe. Fantasmas no ha visto, pero en la iglesia de Sennwald hay una momia, la del conde Philipp von Hohensax. Murió ciento cincuenta años atrás, asesinado por un pariente. Y desde entonces yace en el ataúd sin descomponerse. Su padre, que era pastor, le había mostrado un día el ataúd.

¿No te parece un milagro, Anni?

No, sencillamente lo enterraron con una tierra especial.

¿Y yo, puedo verlo?

Si un día vienes conmigo a Sennwald, por supuesto.

¿Oye, Anni?

¿Sí?

Anna Maria tira de su manga como de la cuerda de una campana.

¿Has visto alguna vez a un muerto, uno de verdad?

Sí. A mi padre, a tres de mis hermanos, al párroco Zwicki...

¿Es cierto que uno se queda tieso cuando muere?

El cuerpo se queda vacío, como las vainas de las judías. Lo que una vez hubo dentro sale volando.

¿A través de qué orificio?

De la boca, creo.

¿Y los vivos? ¿Se quedan alrededor del lecho y lloran hasta que los ojos se les ponen rojos?

Sí, casi siempre.

Oh, me gustaría poder abrir un poco los ojos y mirar lo que ocurre a mi alrededor, Anni. Quiero decir, cuando muera.

Serás tonta.

# 8

Estoy rebosante de salud, escribió el párroco Zwicki a su amigo de Zúrich y, apenas esparció la arena sobre la letra, cayó muerto.

Un mozo muy bien plantado, decían todos en Sennwald. Pero al cabo de tres días, a Hans, hermano de Anna, se lo llevó la disentería.

La muerte, la señora de la guadaña, siempre está muy ocupada. Y cuando hay silencio, se la oye afilando la hoja. Nacemos para morir y morimos para alcanzar la vida eterna, dijo el *camerarius* en su último sermón. También dijo que los muertos están cerca de nosotros, no en un cielo remoto. Él mismo sentía la presencia de sus dos esposas fallecidas en los brazos del Señor: Anna, la de los Blumer, y Anna, la de los Dinner. Entonces el *camerarius* levantó el dedo como si señalase vagamente al lugar donde se hallaban las dos Annas.

Anna Göldin, sentada en el banco de la iglesia, imagina a los muertos en torno a ella; miles de muertos solo en la región de Glaris, apilados como las piedras en las laderas de los montes, y solo un puñado de vivos en el valle.

Proteged a la minoría de los vivos; los muertos incrementan su número día tras día.

A finales de febrero, cuando comenzó el deshielo, el padre de Anna sacó el trineo del pajar y lo arrastró por los prados de Sennwald hasta el bosque, que mostraba un aspecto gris. Entre los troncos podían verse los claros en el suelo, como el pelaje ralo de ciertos animales. El hielo se fundía en las puntas de las ramas. Las gotas caían congeladas al terreno tapizado de sombras, convirtiendo el follaje del año pasado en una capa resbaladiza.

Apenas hubo cargado un bulto de leña en el estribo superior, el trineo hizo amago de moverse. Él intentó frenarlo con la espalda, pero los zapatos de clavos le hicieron resbalar y el trineo lo arrastró valle abajo. Poco después pudo hincar las piernas en el tronco de un haya; de lo contrario la carga de leña lo habría aplastado. Había salido bien parado del percance, pero se le abrió una herida en la rodilla izquierda.

Su padre no prestó demasiada atención al asunto. Cuántas lesiones no se habría infligido mientras serraba, segaba, talaba. Heridas con un aspecto mucho peor que esa. En el establo, se puso sobre la herida unas bostas de vaca todavía calientes y las envolvió con un trapo. Pero aquel remedio, normalmente eficaz, no pareció servirle esta vez. La rodilla empezó a latir, se hinchó, y su padre acabó cojeando por toda la estancia.

La madre le raspó el estiércol de la herida. Hacia el atardecer del día siguiente, los calores de la rodilla lesionada le habían subido por todo el cuerpo. El padre se quedó en cama y, hacia el amanecer, estaba diciendo cosas extrañas. A veces gritaba como si tuviera pesadillas, pedía agua.

La madre hizo llamar al médico, pero este estaba junto al lecho de un niño en una de las cabañas de Ried. Cuando por fin llegó, su padre yacía jadeante en la estancia a oscuras. Demasiado tarde, dijo el doctor, debisteis llamarme antes.

Mandaron a Anna a buscar al párroco. El camino de regreso le pareció eterno. El viejo párroco Danuser tenía una parálisis parcial, casi se arrastraba, tanteaba el camino con un bastón mientras avanzaba con esfuerzo al lado de Anna. Ella se estaba helando con su ligera chaquetilla; los árboles frutales parecían azulados en medio del crepúsculo, como si temblaran de frío. Cuando por fin entraron en la habitación del enfermo, Katharina, la hermana mayor que trabajaba en el Adler de Salez, ya estaba allí. Andreas, el hermano, no estaba, era lacayo en la lejana Meyenfeldt. El párroco tomó asiento, abrió sobre sus rodillas el *Musicalisches Halleluja*, el libro de cánticos de la Iglesia Evangélica en la Confederación Helvética. Lo hojeó hasta encontrar el capítulo CCCLI: La dulce y amarga muerte. Leyó en voz alta. Los demás, que estaban arrodillados alrededor del lecho del enfermo, murmuraron con él:

*Ah, cuán amarga resulta la muerte*
*cuando alma y cuerpo se separan,*
*pero contempladla con justicia,*
*ella nos libra de la miseria,*
*así que también podemos decir:*
*cuán dulce puede ser la muerte.*

El murmullo se hizo a ratos más débil y a ratos se henchía en un ruego de pura desesperación. Los ojos de Anna se llenaron de lágrimas, y, tras ellas, el lecho de su padre parecía borrarse poco a poco.

*Cuán amarga resulta la muerte*
*si hemos de abandonar este mundo.*
*Hoy es nuestro rostro rubicundo*
*y todo pálido al día siguiente.*

El padre parecía ahora alguien ajeno, con sus rasgos faciales rígidos y ausentes, los ojos muy abiertos y clavados en el techo, como si, entre las vigas, fuesen capaces de ver el cielo nocturno.

*¿Qué somos, a fin de cuentas, aquí?*
*No más que tierra y estiércol.*
*Allá floreceremos eternamente*
*Cuán dulce puede ser la...*

¡Papá!, sollozó Anna. Entonces todos la miraron: el párroco, la madre, sus hermanos. La oración se detuvo. La madre, para tranquilizarla, empujó a la niña hacia las piernas del pastor, que le puso la mano en la cabeza.

# 9

Anna Maria, ya en la cama, empezó a pedir en voz alta que Anni subiera a darle las buenas noches. La señora Tschudi, intimidada por la mirada penetrante de la niña, intentó mantenerse firme. No, dijo con énfasis. La criada no puede subir; está en la cocina preparando las ciruelas. Entonces la niña se incorporó en su cama y gritó: ¡Anna! ¡Anna!

La señora Tschudi se dio la vuelta hacia su marido, que estaba sentado en la cama de Susanna.

¡Di algo de una vez!

Bajo la mirada acusadora de su mujer, el rostro del doctor adquirió una expresión de desconcierto. Empujó la peluca por encima de la frente y se rascó el cabello real, abundante, de rizos naturales.

Los niños le tienen apego a la nueva sirvienta, dijo en tono apaciguador. Sabe tratarlos bien, me parece, no es demasiado blanda ni demasiado severa. Eso es bueno para ti, te quita un peso de encima.

Sus palabras sentaron mal a la esposa. Aquello era demasiado, dijo ella con acritud. La criada se ganaba el apego de sus hijos de un modo que a ella le resultaba sospechoso.

Tschudi apoyó el mentón en la mano y se dio un masaje con la punta de los dedos en la blanda mejilla. Cuando la retiró, tenía hendiduras en los puntos en los que había estado presionando, como si de una fruta pasada se tratase. Estas mujeres nunca están satisfechas, pensó. Su talante caprichoso, como ya había comprobado Platón, les venía del útero, que empieza a pedir una nueva criatura apenas ha dado a luz a la anterior.

Su Elsbeth era bastante fértil. Casados en 1769, año en que copularon por primera vez, en 1780 había tenido su décimo parto. Con un asomo de picardía recordó el comentario algo grosero de uno de los campesinos que acudía a su consulta y se quejaba de que solo tenía que colgar sus calzones junto a la cama de su mujer para que esta, ¡zas!, quedara preñada.

Había adoptado la costumbre de beber cada noche, en su gabinete, medio Meyenfeldt, y leer hasta que, rendido de cansancio, se tumbaba pesadamente junto a su esposa dormida y se acurrucaba hacia el lado que le tocaba en el lecho matrimonial.

¡Esas malditas ciruelas! ¡Dice que estaban criando moho! ¡Y un rábano! Dos cestas llenas de frutos cortados bajo una luz escasa, deshuesadas, hervidas con azúcar en varias tandas, sacadas con la espumadera, vertidas luego en unas cazuelas de barro que debían quedar selladas con unas películas de cera. Y luego debía limpiar la cocina y el suelo. Todo estaba salpicado de rojo, como tras una batalla.

Anna se había tomado su pequeña y dulce revancha. En la cocina, a altas horas de la noche, había cortado un trozo de pan blanco, alimento solo destinado a los señores, y lo había untado de cosas deliciosas: mantequilla, azúcar, canela y avellana. Había macerado unas almendras en azúcar caliente y caramelizada. Había cortado un trozo de embutido ahumado. Se había permitido beber un par de sorbitos del licor de frambuesas. Dulce y ácido. Un remedio estomacal contra la ira.

En su *Manual de conducta para criados*, el libro de Lavater que le había regalado la señora Zwicki de Mollis, el sabio alertaba del poder de las «pequeñas comidas preparadas en secreto».

¿Pero será posible, Anna? ¿Ni siquiera conocéis el nombre de Lavater? ¡*Mon dieu*! No lo entiendo, había dicho entonces la señora Zwicki. ¿No habéis servido en Sennwald en la casa de un pastor de Zúrich? ¿Es que prefería ocuparse de temas paganos? ¿Los griegos? Juro por mi alma que no me sirven de mucho todas esas estupideces de moda. En Lavater hay corazón, sentimiento, elocuencia. Es eficaz en toda su grandeza. Pero no sé por qué os digo todo esto, Anna. A veces hablo con vos como si fueseis una igual, sobre todo desde que ya no tengo a mi Johann Heinrich. Eso ocurre cuando se convive durante tanto tiempo: las diferencias quedan relegadas a un segundo plano y las cosas comunes ocupan su lugar. (En ese momento Melchior miró a Anna por encima de la mesa. ¿Oyes eso?, parecía decir su mirada. Podemos abrigar esperanzas. Ella piensa como nosotros).

Ella y su marido habían visitado una vez a Lavater en Zúrich, cuando el sabio todavía era ayudante en la iglesia del orfanato. Hoy, gracias a él, Zúrich se ha convertido en lugar de peregrinación para algunos grandes del espíritu. Goethe, por cierto, comentó sus *Visiones de la eternidad* en la *Frankfurter gelehrte Anzeige*.

Que Anna nunca haya oído hablar de Goethe sorprende menos a la señora Zwicki.

Cuando Anna sube la escalera, todo en la casa está en silencio, solo un poco de luz se cuela desde el gabinete del señor. Ya en su recámara, saca del cajón de la mesilla de noche el escrito

ANNA GÖLDIN · LA ÚLTIMA BRUJA

de Lavater, lo abre con los dedos enrojecidos por el jugo de las ciruelas y lee bajo la trémula luz de las velas.

«Dios, en su providencia que todo lo guía, ha querido que seas un sirviente, que uses tus fuerzas para servir a otras personas. Todo lo que Dios quiere es bueno. Es mejor ser siervo o criada que ser otra cosa. La voluntad de Dios es que tú sirvas a otros que están por encima de ti debido a sus circunstancias externas; y como Dios ha llamado a cada uno, también transforma...

¡Actúa con la candidez que te gustaría esperar de tu sirviente si fueras tú el señor!

¡Conténtate con un salario bajo y no envidies ni sospeches! Dios será tu recompensa y el cielo tu esperanza, si te entregas a las buenas obras en el más acá y ejercitas la paciencia...»

Anna bosteza, apaga la luz.

La vigilia, el sueño, una somnolencia despojada de fantasía, todo eso se entremezcla. Pero de pronto un ruido la despierta. Tumbada boca arriba, con los ojos abiertos de par en par, aguza el oído para escuchar qué ocurre fuera. Oye pasos en el desván. La puerta de su dormitorio se abre con un crujido, una sombra se desliza en su interior, camina junto a la cama.

¡Jesús! Anna se incorpora de repente. ¿Eres tú, Anna Migeli?

Sí, es ella. Dice que había pájaros de alas azules revoloteando en su habitación. Y que la momia, Philipp, había levantado la tapa del ataúd...

Tienes que ir con tu madre, le dice Anna, con voz severa.

Oh, no. Imposible molestarla tras las cortinas de su cama. Se enfadaría, la echaría y la obligaría a regresar a su cuarto. Además, su padre roncaba por las noches como el lobo de los cuentos. Por favor, Anni, por favor. Déjame dormir contigo.

A los niños no se les debe contar historias truculentas sobre la muerte ni sobre fantasmas, brujas o demonios. Lo advierte Lavater en su libro. ¡Ahí tenía su recompensa! Anna se aparta hacia un lado. Un nido de alimañas era esa cama de criada. Llena de bultos, jorobas y lamas sudorosas y grumosas. El cuarto está todavía a oscuras, cubierto por las alas de las aves nocturnas que habitan en la negrura. El cuerpo de la niña se va calentando lentamente, la criada siente su barriga, suave como la de un gato, bajo las manos cruzadas.

Con la cabeza acurrucada en la hendidura del mentón de Anna, la niña no sospecha que su protectora carece ella misma de protección. Recuerdos. Alas que le crecen como a una mariposa nocturna. Anna, ave noctívaga. Corta la negrura de la noche. Rápida de pensamientos. Ya empiezan a cobrar forma en las callejuelas algunas casas rectangulares, se oye el ruido de los carromatos. Estrasburgo. Ella misma sale de la sombra, camina calle abajo, entra en una de las casas de entramado. Lleva consigo, apretada contra su pecho, a una criatura de cabellos rubios, su boca pegada a la cabeza, que huele a nueces; su respiración creando remolinos en la rala cabellera del pequeñín.

Tiene las piernitas demasiado delgadas, haz el favor de ponerle más mantequilla en el puré.

¿Más dinero para comida? Bien. Mañana pediré más dinero a mis señores. (Qué sabrá Lavater, sentado tras el escritorio de su casita de campo, o en el púlpito en el que predica, sobre criadas que ganan lo justo para vivir o niños concebidos en el cuarto de una sirvienta.)

Gastad más dinero en comida, repite una persona gorda que está al fondo y ríe con desprecio.

No lo toméis a mal, pero deberíais asearlo más. (A fin de cuentas es hijo de un señor, de un Zwicki. ¿Qué ciudad es esta en la que ya no se respeta el nombre de Zwicki?)

Pues aseadlo vos, le espeta la sirvienta.

¡Búsqueme unos señores que acepten a una criada con un hijo!, quisiera gritarle Anna a la cara. Sabe muy bien que los señores no quieren sirvientas con hijos, prefieren hacerles uno. Los hombres quieren comer el fruto ajeno, pero sin pagar el precio. Fue lo que le dijo a Melchior a la cara, y cuando él se dispuso a meter la mano en la bolsa del dinero, ella rehusó. Incluso las prostitutas, que aceptan dinero en cada ocasión, saldrían mucho más baratas. Sí: una mujer en la que se agitan sentimientos, y en cuyo interior, más tarde, a consecuencia de esos sentimientos, se agita una nueva vida, resulta cara. En eso no se ha pensado. Todo debería transcurrir a media llama, como algo secundario, aparte de la propia carrera, los planes de futuro, la esposa.

Todo cambiará cuando lleguen los nuevos tiempos, había dicho Melchior. Esos nuevos tiempos llegarán. Seguro que llegarán.

No llegarán, Melchior.

Hay señales inequívocas de ello, en Francia, en Inglaterra, señales que los anuncian.

Tú y los nuevos tiempos. ¿Cuánto hacía que vienen anunciándose? Cuando lleguen, ella ya será una anciana, y llevará peluca y trenzas.

Llegarán, ya lo verás.

Demasiado tarde para ti, para mí, para nuestro hijo.

Un mocito tan bello. ¿Cómo habrá de llamarse?

Melchior.

Curioso nombre. El niño tose. Poned cuidado, conocí a un niño de esa edad que se dejó la vida por culpa de una tos igual...

Apartar de sí los sueños como enredaderas, alejarse de ese crepúsculo marrón y vibrante y arribar a tierra firme. A través de las rendijas de las persianas se cuela la luz matutina. ¡Anna Maria! Anna sacude a la niña. Nota, asustada, que tiene el pelo mojado por culpa de sus lágrimas.

Debo bajar, encender el fuego en la cocina.

Anna carga a la niña soñolienta escaleras abajo, la deja en su cama, alisa sobre su pecho la manta orlada de encajes.

Pronto vendré a despertarte, tienes que ir a la escuela.

No quiero ir.

Claro que tienes que ir.

No tengo que hacer lo que no quiero hacer.

Pero tienes que ir.

No.

El día, vacilante, va tomando impulso.

Aún anidan las sombras detrás de la cocina. Los señores duermen. A Dios rogando y con el mazo dando. A quien madruga, Dios lo ayuda. Proverbios para el pueblo llano, que dotan de cierto nimbo a ese destino inexorable al que una ha de plegarse.

La señora Zwicki solía explicar el orden divino con el ejemplo del bastón: abajo, en la contera, el barro; arriba, en la empuñadora de plata, la mano de Dios. Y ahora, en los salones parisinos, algunos libertinos iluminados debaten sobre el modo de invertir el orden reinante: lo valioso abajo, la mugre arriba. Todo al revés. Todo, Anna. Es obra del diablo.

Anna tiene su propia manera de imponerse.

Pulgada a pulgada va haciéndose con la casa de los señores. Aunque jamás se eche a descansar en el sillón de flores, conoce bien la curva del respaldo que limpia con un trapo impregnado de aceite de oliva. Conoce el patrón estrellado del parqué, al que da brillo con cera de abejas y que a veces se le aparece en sueños. Conoce las junturas, las grietas, el punto donde faltan dos tablas de madera noble frente a la estufa de azulejos.

Anna Maria no irá hoy a la escuela, ha dicho el doctor Tschudi a la criada, cuando esta le llevó el café del desayuno al comedor. Ese maldito dolor de cabeza, provocado por el viento cálido, hace padecer a casi todas las mujeres de Glaris. También su esposa se quedará en cama esa mañana. Göldin debería sentarse junto a él y tomarse una taza de café.

Anna siempre tuvo reparos en sentarse a la mesa de los señores, el lugar en el que solo ponía los platos. A ello se añadía la inusual amabilidad con la que el señor se le dirigía en ese momento, al hablarle de la huerta de hierbas medicinales que ella debería acondicionar y completar con otras plantas de su elección. Anna entendía del tema. Él lo había notado enseguida. Con modestia, ella respondió que solo había heredado los conocimientos de su prima, la comadrona de Werdenberg. Esas mujeres conocían a menudo más remedios que los propios médicos, admitió el doctor, con su rostro redondo radiante y enmarcado por unos rizos naturales. Aún no se había puesto la incómoda peluca, que nunca acababa de acomodarse sobre su rebelde cabellera.

Apenas el doctor se marchó a su consulta, la señora la llamó desde la planta superior.

¡Anniiii!

«Sé obediente a la primera [...] La voz de tus señores, cuando no te ordenen nada impropio, ha de ser para ti como la voz de Dios...»

En la cocina, Anna dejó la vajilla tal como estaba y subió. La señora había corrido la cortinilla de la alcoba. Expuesta a las miradas de sus ancestros en la pared, yacía allí, pálida, con su camisón de dormir de damasco blanco y la cofia de noche.

Café, Anni. Uno muy fuerte. Echa el doble de granos en el molinillo.

Desde que trabaja como sirvienta en la región de Glaris, puede pasarse el día entero con el molinillo de café entre las piernas. Es inquietante la cantidad de ese brebaje turco que consumen las mujeres de Glaris. Se dice que esa bebida es capaz de aclarar las ideas y espantar la niebla mental creada por el viento cálido de los Alpes.

Anna asintió. La señora Tschudi, con la cabeza apoyada sobre las manos entrelazadas, se quedó escuchando los pasos de la sirvienta mientras se alejaba. A través de la puerta abierta que comunicaba su estancia con la habitación de los niños, oyó el canturreo de Anna Maria:

> *Quiero ir hasta mi cuartito,*
> *Y arreglar bien mi camita,*
> *pero un gnomo jorobadito*
> *de risa se desternilla...*

Mamá, ¿me oyes?

Sí.

¿Por qué Anni no es pobre como las demás sirvientas? ¿Por qué tiene tanto dinero en su aparador? También tiene un espejo de plata con un angelito grabado en el mango, ¿sabes? En un estuche tiene un *Bettli* de color granate, una de esas cintas de terciopelo para el cuello, como la que me gustaría tener. ¿Puede que no sea una criada y solo finja que lo es? ¿Qué piensas?

Por supuesto que Anna es una criada. Una como cualquier otra, como Stini.

La niña pareció satisfecha con la respuesta. La mujer siguió yaciendo allí, mirando al techo y esperando su café. No se daba cuenta de cómo iba perdiendo el control de su propia casa.

En ese momento pensó: Anna Maria capta más cosas que los demás, y eso que dicen que la niña no es muy avispada. Incluso mi marido la compara siempre con Susanna. Presta atención, le había dicho ella hacía poco, en un ataque de cólera. En un futuro se verá cuál de las dos es más lista. La pequeña sabrá defenderse, ya lo verás. Sí, es posible que Anna Maria aún despunte en algún momento, pero es corta de entendederas, tendía más a la familia de los Ellmer.

Ella miró a su marido con una arruga vertical en la frente. Unas manchas rojas colorearon sus mejillas.

¿Quieres que te diga lo que comenta la gente? Pues te lo diré sin rodeos. Que te hiciste médico solo porque tu padre lo era. Que su monedero estaba más lleno que tu cerebro.

En ese caso mi consulta estaría vacía, replicó él, indulgente.

A la señora Tschudi le irritaba que su marido nunca se alterase por nada, esa manera contenida de ser, todo un caballero.

Anna entró con el café, unas castañas tostadas en mantequilla y miel.

Buen provecho, señora.

Anna Maria, que estaba en la habitación de al lado, recibió su taza de chocolate caliente. Una criada como ella no lleva una mala vida, pensó la señora Tschudi, siguiendo a Anna con la mirada, que, vista desde la cama, exhibía una mayor prestancia, parecía más espigada y fresca, con su abundante cabellera negra y sus mejillas sonrosadas.

Ella puede moverse sin impedimentos, mientras que las mujeres como yo debemos tener en cuenta al marido y a los hijos. Y lo segura que se muestra, con esos ojos que empezaban a centellear a la vista de un hombre y esos rizos negros bajo la cofia, que caen sobre la frente de forma atrevida y a lo que los parisinos llaman *accroche-coeur*.

Las mujeres como ella habían de hacer día y noche lo que dijera el marido, incluso en la cama. Apenas tenía dieciséis años cuando él la dejó embarazada. Fue preciso entonces casarse a toda prisa. Al cumplir los diecisiete, un niño habría estado ya berreando en la cuna si Dios no hubiera querido llevárselo consigo para su coro de ángeles. A partir de entonces, ya no pudo salir nunca de ese ciclo de embarazos y partos. Pero eso se había acabado después del décimo. Así se lo había dicho ella. ¿O acaso pretendía que su lecho de parturienta se convirtiese también en su lecho de muerte?

Es ridículo, le había cuchicheado hacía poco su amiga, la esposa del teniente Becker. Tu marido es médico, debería saber qué hacer. Existen posturas que te hacen menos propensa a quedarte embarazada, así como lavativas y brebajes a base de flores que te hacen abortar.

Si no tienes ganas, le había dicho su madre antes de la boda, no concebirás. La mujer puede entregarse sin emoción, ser la casta hospedera de un animal en celo. El consejo no le sirvió de nada.

Ahí estaba su barriga, que se llenaba una y otra vez, inflándose repetidamente. Nueve meses de molestias, a la espera del día fijado por Dios.

Y por fin llega ese día en que la puerta del dormitorio se cierra con pestillo y se llena con el ajetreado ir y venir de las mujeres, y al doctor, a lo sumo, se le permite asomar la cabeza de vez en cuando. Parir es cosa de mujeres. Los gemidos, los gritos llegan desde la habitación a las estancias en las que los niños se detienen por un instante para luego seguir jugando. La cigüeña ha mordido a mamá en la pierna, les dicen.

Ya está lista la olla con agua caliente, preparada para el primer baño. Pañales, chaquetillas diminutas con volantes y cintas, paños. Pero la comadrona nota de inmediato lo débil que está el recién nacido, es mejor que llamen al *camerarius*, esa criatura no durará mucho tiempo. Y, en efecto: expira su último aliento antes de que llegue el párroco. Un infortunio, porque un niño no bautizado no tiene rango ni nombre en el cielo. El *camerarius* estrecha la mano a la madre y luego, ya en su casa, escribe en su libro: «13 de agosto de 1780, Tschudi, una hija, no bautizada, *obiit*.», y al final dibuja una cruz diminuta.

Una de las mujeres recoge la ropita y aparta la cuna. El carpintero trae hasta la puerta trasera un ataúd de bebé. En su taller hay siempre algunos de reserva. En el salón, meten el pequeño cadáver en la caja; la madre ya ha tenido suficiente, no debe verlo.

Diez partos: cinco para la cuna y cinco para el ataúd.

Anna. El café está demasiado flojo.

Pero, señora...

No debéis poner peros a todo, Anna.

Anna está a cargo de la casa, no de la huerta de hierbas medicinales. La señora Tschudi quiso dejarlo claro. Además, no soportaba el jardín y la huerta en ese estado silvestre. Se sabía, a fin de cuentas, lo que estaba de moda: bastaba con ver los jardines de esos señores modernos.

Estaba harta de ese caos de hierbas, de los olores penetrantes a lo largo del muro, de los árboles que brotaban por todas partes, tragándose la luz del sol. Iba a pedir al capitán Tschudi que se ocupara de los tejos y cortase las ramas pegadas al muro; que podara los arbustos para darles formas artísticas: conos, pirámides, cabezas de gallo. Quería un jardín adecentado,

con toda una red de caminos de grava blanca, con canteros separados por setos de arbustos.

¿Qué? ¿Que prefería dejar las hierbas en la huerta y com-
pletarla con otras hierbas medicinales?

Que no la hiciera reír.

Él no era uno de esos herboristas que no saben más que
preparar brebajes contra los retortijones de estómago y el dolor de cabeza.

¡Eso era provinciano, indigno de un médico que había obtenido su título en Kassel! A fin de cuentas, había en la ciudad
una farmacia, la de ese joven Steinmüller, y había que admitir
que tenía allí, con su socio, una oferta respetable de polvos,
píldoras y otros probados remedios medicinales.

# 10

No preguntes tanto, le dice la criada, mientras tira de la niña calle abajo en dirección a Abläsch, donde en las huertas a orillas del arroyo arden las ramas en los últimos fuegos del verano, cuando ya las montañas se muestran grises, como una premonición de ventiscas.

Dime, ¿Ruedi Steinmüller puede hacer oro?

Bobadas. Si pudiera hacerlo, sería rico. No tendría que ser cerrajero ni trabajar frente al fuego y sudar.

¿Pero en los cuentos hay unos hombrecillos que crean oro, no?

Sí, los gnomos y los enanos.

Anna hubiera preferido ir sola a ver a la familia Steinmüller, quienes le habían hecho saber que su baúl había llegado, pero la niña se lo suplicó. Por favor, Anna, llévame contigo. Y ella no tuvo valor para dejarla sola. Susanna había recibido el permiso de su madre para acompañarla a una velada de té. Una reverencia por aquí, otra por allá, inclinar la cabecita, sonreír con gracia. Bien podría impresionar con su muñequita vestida con ropajes de crinolina y con el cabello suelto y extendido como un pañuelo de seda sobre el cuello de encaje. A Anna Migeli la dejaría acompañarla la próxima vez. Sí, sí, seguro. Pero esta vez se quedaría en casa a comer almendras garrapiñadas.

Anna la lleva consigo con la promesa de que no dijera nada a su madre. La señora Tschudi no quiere que los niños frecuenten familias por debajo de su estatus. Y en ese sentido, no es atenuante que alguien sea un pariente lejano.

Steinmüller sale del taller. Está solo, su mujer ha ido a ver a una sobrina en Rieden. Anna y la pequeña solo tienen que subir, el baúl está en el salón.

Anna había temido que el baúl no llegara nunca, le confiesa a Steinmüller. En los territorios de los súbditos, los bienes propios nunca están a resguardo. El gobernador de Zúrich es insaciable, confisca todo cuanto cae en sus manos. Ya le había sucedido con un baúl lleno de ropa que había enviado de Mollis a su casa. Los regidores tratan a las personas como si fuesen de su propiedad; arrasan con todo.

Anna abre el baúl en el suelo de la estancia principal y verifica que esté todo. La niña se arrodilla a su lado, acariciando la tela con cuidado: ¿Esto es seda, Anna? ¿Y esto? ¿Brocado? Ella asiente, mientras sus miradas se pasean, codiciosas, sobre las telas. Anna responde distraída, se ve ya con uno de esos vestidos al día siguiente, en el mercado de San Galo, entre los puestos de venta.

Cuando el baúl está de nuevo cerrado, sube Steinmüller. Acaricia el pelo a Anna Maria y le regala una imagen para su libro de oraciones: una silueta en la que se distinguen una lápida, un sauce llorón y unas aves. Se la ha recortado una mujer a la que ha curado de una bronquitis crónica con su pasta de miel. También saca de la estantería un libro con cierres metálicos. Ese libro guardaba la historia de la Creación. ¿Sabe leer Anna Migeli?

Solo sé dibujar letras y deletrear.

Steinmüller asiente, opina que, para su edad, la niña debería estar a punto de saber leer. Pero también sabe que su primo, el viejo maestro, mantiene a doscientos niños hacinados en un aula y les da clases sin separarlos en grupos. Una pena que los de Glaris fueran tan tacaños y rehusasen contratar a dos maestros evangélicos, a los dos Steinmüller, padre e hijo. El joven ha de agenciarse sus ingresos como preceptor, dando clases privadas y en la farmacia, en la que también lleva la contabilidad. Era de esperar que, con un sistema escolar tan precario, los niños mostrasen tan lentos avances.

Anna Maria debería hojear el libro, dice. Tiene bellos grabados de los animales del Paraíso, el diluvio universal y la torre de Babel. Y mientras la niña contempla las láminas, Anna puede pasar a la forja, pues quiere enseñarle algo.

Ya en la forja, Steinmüller saca un libro oculto detrás de unos tarros de vidrio; recetas secretas por las que pagó un buen dinero en el mercado de Weesen. Ha de mantenerlas ocultas de Dorothea, que no entiende su pasión por aquellos experimentos y preferiría verlo aborregado, siguiendo el trote de los demás. Él, sin embargo, hace cuanto le exige su oficio y lo hace bien, por eso le confían a algunos aprendices. Pero cuando acaba su jornada, le gusta cultivar su tendencia a aquellas rarezas. A Anna puede decírselo: él hubiese preferido ser doctor en medicina o, por lo menos, barbero cirujano, pero su padre no había dispuesto de la cartera necesaria para pagarle los estudios. Las becas del cantón van a parar solo a los hijos de los ricos, a quienes obligan a estudiar a cualquier precio, sin importar lo tarados que sean: se matriculan en Londres, Gotinga, Kassel, Padua o quién sabe dónde. Pero una profesión destinada a curar requiere de ciertas dotes y, si uno no las tiene, cualquier estudio es en vano. Eso podía verse bien en el caso de su empleador, el doctor Tschudi. ¡Tres años estuvo improvisando con la pierna herida de un carpintero que vive detrás del Höfli, probando esto o aquello sin éxito alguno! Él,

Steinmüller, había conseguido curar al carpintero en dos semanas. Todo gracias a una pomada especial cuyos ingredientes no pensaba revelar. Anna no debe contar una sola palabra de esa historia, no quiere ser objeto de comentarios. Prefiere pasar inadvertido, vivir sin llamar la atención: teme a los envidiosos.

Anna reprime con esfuerzo una sonrisa. ¡Vaya hombrecillo curioso! Se pasa todo el tiempo haciéndose el importante y saltando de un lado a otro como un fuelle: de donde ella está hasta el fuego, del fuego a sus vasijas de cristal, y, de estas, otra vez hasta ella.

Ruedi Steinmüller abre el libro de recetas, se lo pone delante de las narices. El libro costó muy caro, ya que contiene muchas cosas prohibidas: conjuros para someter a los demonios, con cuya ayuda se puede invocar a Lucifer, a Belcebú, a Astarot y a otros príncipes de las tinieblas. También contiene las firmas y los sigilos de los dieciocho espíritus principales. Pero él prefiere no tocar esas cosas, son un asunto delicado, un paseo por la cuerda floja, con las piernas colgando sobre un abismo infernal. ¿Conocía ella el caso del *studiosus medicinae* de la Navidad de 1715? En ese libro podía leer un relato histórico exacto de los hechos. Un momento, tiene que remover algo en la caldera...

A Anna le cuesta cierto esfuerzo leer en la oscuridad de la forja, por eso se coloca con el libro cerca de la ventana.

Un estudiante de medicina, junto con otros dos mozos campesinos, intentó desenterrar un tesoro sirviéndose de una invocación al maligno. Los tres murieron en la caseta del viñedo. Una ilustración muestra el cuerpo sin alma del estudiante, del campesino de Döbritschen y del otro paisano de Ammerbach.

Un asunto extraño, curioso y triste, murmura Steinmüller, que está de nuevo a su lado, contemplando la imagen.

Él no se mete en tales temas. Se atiene a otras recetas, como por ejemplo la que ya ha probado en un enfermo de culebrilla facial, u otra que ya estaba preparando contra los gusanos, un *spiritus urinosus.*

Steinmüller acerca una probeta con un líquido oleaginoso de color amarillo. Había secado al sol una serpiente, una bilis de castor y la sangre de un carnero. Lo había picado todo en trocitos pequeños y lo había destilado luego a fuego lento en un alambique de vidrio con arena. Lo primero en desaparecer fue la flema, es decir, la mucosidad; luego la *sale volatile* se depositó como copos de nieve en los lados del recipiente, y mientras un humo subía hacia el techo, las gotas de oscuro aceite caían hacia el suelo. Más tarde, el *spiritus urinosus* que debía liberarse del aceite se rectificaba con un añadido de huesos calcinados.

¡Jesús! ¡La niña!

Allí está, en el taller con forma de gruta, sosteniendo en la mano un sapo disecado. ¿Cuánto tiempo lleva allí? Anna bien podía haber imaginado que, a falta de un lugar cómodo donde poner sus asentaderas, la niña pronto se aburriría de las vasijas de cobre.

¿Está muerto, Anni? Quiero irme a casa.

Asustado, Steinmüller cierra el libro. Cuando Anna sale con la niña, lo oculta de nuevo tras los tarros de vidrio.

Las dos emprenden el camino de vuelta, con el baúl.

Se ha levantado viento y las hojas revolotean sobre la plaza.

Tienes muchos vestidos bonitos, Anna, dice la niña. ¿Es que nunca fuiste pobre?

Por supuesto que he sido pobre, tontita.

# 11

Desde el día en que perdieron a su padre, cabeza y proveedor de la familia, todo fue cuesta abajo para el prestigio de los Göldi en Sennwald. Apenas lo habían enterrado cuando el siervo del castillo, por orden del señor, vino a inspeccionar el establo. Era costumbre que, tras la muerte de un súbdito, el regidor recibiera su retribución: la mejor pieza de ganado del establo. En ese caso, no obstante, no había mucho que mostrar: la única vaca sana era Lisetta y el siervo se la llevó. En vano suplicó su madre que les dejaran la vaca hasta la primavera. Habían consumido todas las provisiones y el único alimento que les quedaba era la leche. Pero el siervo ni se inmutó. La retribución debía entregarse en un plazo de tres días. Podía quejarse cuanto quisiera, la ley era la ley.

No había nada más que hablar.

A la madre no le quedó más remedio que hilar de noche y trabajar de día en el establo. Se volvió taciturna, como si le faltasen fuerzas incluso para lamentarse y quejarse, y tenía la cara gris; solo el vientre empezó a abultársele cada vez más y parecía prosperar extrañamente.

Un buen día, a principios de marzo, se quedó en la cama con retortijones. A Anna la enviaron a buscar a su hermana mayor a Salez. Tras una primera ojeada, Katharina hizo llamar a su prima, la comadrona de Werdenberg, que por esos días visitaba a unos parientes en Sennwald.

Por la tarde, cuando Anna regresó de la escuela, la comadrona estaba sumergiendo un paño de lino en un botijo de madera lleno de agua.

Había manchas de sangre en el paño.

Anna preguntó asustada: ¿Ha muerto mamá también? No. Solo el hermanito que estaba esperando, le dijo la prima. Vuestra madre tendría que haberlo llevado en la barriga un tiempo más, pero su pena era tan grande que vuestro hermanito prefirió no venir a este mundo y reunirse de inmediato con los otros angelitos.

Anna no sabía que su madre estaba a punto de tener un hijo.

La casa y el establo estaban endeudados, los acreedores hicieron ir a un fideicomisario. No había mucho que llevarse: una cama, un baúl, unos cuantos enseres domésticos.

Tras el aborto, la madre ya no volvió a recuperarse. Se sentaba ante la rueca, exhausta. El fideicomisario había determinado que emplearan temporalmente a un siervo. Aún tenían ganado ajeno en el establo y los acreedores esperaban sus beneficios en primavera. El siervo, un mocetón de Toggenburg, apenas recibía salario, pero era una boca más en la mesa. Ocupaba el puesto de papá y siempre andaba a la caza del mejor bocado. Por su culpa fue preciso traer del molino pan de ruda, lo que suponía una factura de varios cruceros más cada sábado. Anna debía ayudar en todas las labores: dar de comer a las gallinas, sacar el estiércol del establo, ayudar en el mantenimiento de la casa. Pasaba días sin acudir a la escuela.

Y el invierno siguiente tuvo que dejar la escuela de forma definitiva. Estaba triste, había aprendido a leer, pero no a escribir.

¿Escribir para qué?, le preguntó su madre.

Desde el púlpito, el pastor leyó una misiva de la administración del castillo anunciando que el día de San Martín los habitantes de Sennwald podrían recoger el paño de Nördlingen. A continuación, leyó los nombres de las familias pobres que tenían derecho a ese donativo.

Cada año, en un acto solmene, se repartían trescientas yardas de paño, «legado de gente de buen corazón». La administración de Beneficencia de Zúrich garantizaba los subsidios. En Sennwald, cincuenta y una de ciento sesenta y una familias recibían el privilegio de la limosna.

Anna y Barbara debían ir a recoger el paño, determinó la madre. Ella se sentía muy débil para caminar todo el trecho hasta el castillo de Forsteck.

Otros padres también enviaron a sus hijos. No querían pasar en fila delante de sus benefactores.

De modo que, hacia el mediodía, una pequeña tropa de niños y adolescentes se puso en camino. La primera nieve había cubierto el bosque con una capa de luces y de sombras. Era el bosque perfecto para que se ocultaran esas brujas con forma de ave, las urracas. Los niños más valientes avanzaban dando brincos a lo largo del camino y sacudían los brazos como si fuesen pájaros y el bosque fuera su territorio. Los más tímidos caminaban a sotavento de los otros. Más allá de los troncos de los árboles apareció el caballete escalonado del castillo, la parte antigua de la fortificación, empleada por el regidor como granero, con las nuevas y amplias dependencias, el muro circundante y el foso.

El bosque acababa abruptamente ante el castillo, como preso de un hechizo.

Barbara no quería entrar con los otros. Se quedó colgada, a regañadientes, del brazo de su hermana.

Anna le dio un empujón: No seas tonta, vamos.

Arrastró a Barbara bajo la bóveda en cruz, por el corredor a través del cual caminaban ya los demás niños, apiñados como un rebaño, intimidados por los retratos de la pared, desde los que unos hombres los miraban, altivos, con sus curiosos cuellos como ruedas de carro y sus mostachos señoriales.

Los pobres se reunieron en la estancia reservada para los siervos. El regidor estaba sentado tras la mesa de roble, junto al más anciano de los párrocos, mientras los invitados de honor ocupaban sus puestos a lo largo de las paredes. No había sillas previstas para los pobres, que permanecieron allí de pie, apiñados en sus andrajos, descalzos, con los sombreros en las manos, mientras los invitados de honor contemplaban desde sus palcos cómo sus ojos bizqueaban en dirección a las hogazas que la esposa del regidor y sus sirvientas estaban entrando en ese momento en unas cestas de junco.

El regidor, fiel a la obligación y la costumbre, inició su discurso invocando la misericordia divina, habló de San Martín y de la caridad de los generosos señores de Zúrich, y de la encomiable Oficina de Beneficencia. En las pausas del discurso podía oírse el impaciente movimiento de los pies. Dar hacía más feliz que recibir, exclamó el regidor, dispuesto a poner fin a su alocución, mientras los invitados asentían en sus asientos y cruzaban los dedos sobre las redondeces del vientre, con sus caras sonrosadas enmarcadas entre las pelucas blancas y las chorreras de encaje.

Entonces, cada uno de los párrocos llamó a los pobres de su parroquia. Estos, avergonzados, se separaron de la multitud, se acercaron a la mesa de roble en la que el paño de Nördling había sido ya medido, cortado y separado a mano. La estancia para los siervos se llenó con el polvo de trescientas yardas de paño, con el olor a establo y a míseros alojamientos. La esposa del regidor, nacida en el seno de una distinguida familia de Zúrich, arrugó la nariz.

Antes de que acabara la ceremonia, se retiró con sus doncellas. Tras el reparto, era costumbre servir en el comedor pescado de los mejores arroyos, alimentos ahumados y tarta para los señores párrocos e invitados de honor. Los pobres solo recibían un trozo de pan.

Antes de que los niños regresaran a sus casas, el párroco de Sax tildó de indecoroso que tantos niños hubiesen acudido sin sus padres. Al año siguiente esas familias se irían con las manos vacías.

La retirada de los niños fue más relajada. El miedo al castillo era mayor que el que les provocaba el bosque. Se fueron en grupos pequeños, mordisqueando los panes recibidos. El crepúsculo se filtraba entre los troncos de las hayas. Los pájaros parecían haberse ido a dormir, no se veía ninguno, solo se escuchaba un murmullo que inundaba todo el bosque. En un momento en que un grupo de niñas se acercó, uno de los mozos se escondió detrás de un árbol imitando el ulular de un búho. Las niñas se apartaron en desbandada, pero pronto se recuperaron del susto entre risitas. Entonces otros chicos se envalentonaron: uno de ellos agarró a Anna por las trenzas, más tupidas y oscuras que las de las otras chicas, y su amigo le señaló los pechos diciendo que ya tenía dos buenas pilas de leña frente a la casa.

Una noche de enero, Anna despertó y sintió que algo caliente le corría entre las piernas.

Se asustó, pero no se atrevió a mirar, ya que Barbara dormía acurrucada contra su espalda.

En la grisura del amanecer, se palpó con el dedo y comprobó que era sangre. De inmediato pensó en la sábana manchada, en el ir y venir de las mujeres, en sus cuchicheos. Bajo la sábana, helada como su aliento, una oleada de calor le recorrió el cuerpo, al tiempo que se preguntaba: ¿Voy a tener un hijo?

Cuando su hermana despertó, Anna fingió tener dolor de barriga y se quedó tumbada sobre el colchón de hojas secas, con las piernas muy apretadas.

Por fin la hermana salió de la habitación y Anna llamó a su madre, que también se asustó al ver la sangre.

No lo esperaba tan pronto; Anna acababa de cumplir catorce años.

Esos sangrados volverán con regularidad. Cada mes. Todas las mujeres los tienen, le dijo su madre, y creyó proporcionarle con ello algo de consuelo.

A continuación, le dio algunas instrucciones que ella misma había recibido de su madre: Nunca te mires en un espejo cuando estés sangrando; ¡de lo contrario, el cristal se opacará!

No entres en contacto con el agua fría; ¡de lo contrario, sangrarás con más fuerza hasta desangrarte!

¡No toques ningún animal preñado en ese estado!

¡No plantes nada en esa época!

Y lo más importante: a partir de ahora puedes tener un hijo. ¡Mantén lejos a los hombres, en cada uno habitan un ángel y una bestia!

Tres meses después, mientras Anna raspaba la mierda de gallina de la escalera del corral y el mozo de cuadra estaba sentado en el banco para ordeñar, bajo la redonda barriga de Julia, el joven se puso de pie de repente, cerró la puerta por dentro, se acercó a Anna por detrás y la apretó contra su cuerpo. La joven se volvió, le arañó la cara como una gata salvaje y gritó pidiendo ayuda. Entonces el mozo la soltó y retiró el pestillo, lanzando improperios.

Entre sollozos, Anna se lo contó todo a su madre. Esta llamó a Katharina para discutir con ella el asunto. La conclusión a la que llegaron fue que Anna debía marcharse. Era hora de que se ganase el pan por su cuenta.

Por mediación del hermano, que aún era siervo en Meyenfeldt, Anna obtuvo su primer empleo en casa de un campesino.

# 12

Una pena, esos tejos, dijo el doctor Tschudi. El capitán había estado podándolos de manera chapucera y los árboles mostraban ahora un aspecto miserable. ¿Acaso era responsabilidad de su mujer llamar al capitán sin consultárselo? La señora Tschudi se encogió de hombros y dio media vuelta. Sabía manejar muy bien los escasos ataques de ira de su marido. Sobre todo porque sabía que la verdadera causa de su enfado era que el capitán había puesto los ojos en ella.

Anna lo observó a través de la puerta de la cocina. Su cara, contraída por la excitación, mostraba un aspecto leonino. Ella compartía su rabia: era infame lo que habían hecho con los tejos: les habían dejado unos agujeros que dejaban ver el tronco desnudo a través del follaje, y su pátina rojiza parecía carne herida entre el verde podado.

El día del mercado, Anna visitó a la familia Steinmüller en Abläsch. Era un milagro verla sola por una vez, dijo Dorothea, sentada junto al fuego de la cocina. ¡Los hijos de los Tschudi estaban todo el tiempo pegados a ella! Anna asintió. Le tenían mucho apego, pero también eran niños «indomables»; y la peor, Anna Maria.

Tomaron asado de oveja con ajo y patatas. Anna alabó la comida. Se notaba que no habían escatimado en grasa. En la casa de sus señores apenas le permitían echar mano del tarro de manteca. Debía contar cada grano, cada patata, casi nunca había suficiente comida en la mesa.

Dorothea no podía entender que Elsbeth Tschudi fuera tan tacaña. ¡Con el dinero que había en esa casa! Se habían sumado dos fortunas, eso era algo habitual en Glaris: ella era la hija del rico regidor de Ennenda, y él, del médico y concejal Tschudi. Para el banquete de bodas el concejal permitió la caza de tres rebecos del Freiberg Kärf, mientras que para los demás mortales solo autorizaba uno...

¿Qué tenían de especial esos rebecos del Freiberg Kärf?, quiso saber Anna.

Eran una reserva de fauna salvaje; los rebecos estaban protegidos. Podían retozar a su gusto entre los dientes de roca. Solo los cazadores designados por la autoridad tenían permiso para cazarlos. Normalmente, en ocasión de la boda de algún gentilhombre, o en el banquete anual de los integrantes del coro.

Anna rio.

No lo entendía.

Los rebecos eran animales libres, podían saltar cuanto quisieran entre las rocas, hacerse fuertes... Y todo eso, ¿para qué? ¿Para que los trincharan con el cuchillo y el tenedor? Ella había crecido en una tierra de súbditos, pero tenía otro concepto de libertad.

La libertad, la Suiza libre, dijo Steinmüller con sarcasmo. ¿Sigue siendo una democracia un lugar en el que los cargos públicos más importantes son vendidos al mejor postor? El que más ofrece es el más sabio. La asamblea del cantón se ha convertido en una farsa, también en el estado libre de Glaris.

No es el pueblo quien gobierna, los verdaderos regentes de la región son un puñado de familias: Schindler, Tschudi, Marti, Zwicki, Hauser, Bernold, Freuler, Heer y Blumer... Con enfado, Steinmüller apartó el plato y se llevó la pipa a la boca.

De la Zaunplatz —la Plaza de la Verja— les llega un fragor: es el mercado del ganado. Los granjeros habían vaciado los prados alpinos a principios del otoño y vendían ahora una parte del ganado alimentado durante el verano. Con las ganancias adquirirían herramientas y vituallas para el invierno.

En diciembre, el valle se cubrió de nieve.

Hay que levantarse al amanecer porque la casa tiene que estar caldeada cuando los señores inicien su jornada. Anna se levanta de la cama siempre con el pie derecho. Levantarse con el pie izquierdo, según le han dicho, trae mala suerte, desmaño, fracaso. Si camina descalza por las baldosas, el frío le trepa por las piernas. Debe abrir las persianas y echar la cabeza hacia atrás para escudriñar el cielo tras las cumbres: una franja oscura como una tela encerada, empapada de lluvia y extendida sobre los montes. El centelleo pálido del Glärnisch y de sus campos de nieve es, a esa hora, como una lápida, como una pirámide de mármol. Una lápida similar dedicaron al párroco Danuser, con ángeles en duelo a ambos lados.

El gallo aún no ha cantado. La luna se aleja por la bóveda celeste, como una fruta aún no madura. El sereno recorre las callejuelas. Aquí y allá se levanta alguna criada y, en la penumbra, temblando de frío, echa mano del camisón, la pechera y el corpiño. No puede sacarse el sueño de los ojos porque el agua se ha congelado en la jofaina. Baja la escalera poniendo con cuidado un pie delante del otro, evitando los escalones que crujen y rechinan. Nada hay más delicado que el sueño de los señores.

EVELINE HASLER

Agachada, con una astilla prendida entre los dedos enga-
rrotados, espera a que salten las primeras chispas. Rojas serpientes sibilantes, lengüetas de fuego que por nada del mundo
deben llegar hasta el dormitorio de arriba, donde podrían tejer
una cortina de llamas en torno al lecho matrimonial...

Cuando el fuego ya crepita, Anna puede tomarse una
hora para sí, mientras la caldera de cobre llena de agua va
calentándose en el fogón. Se despoja del corpiño, la pechera
y el camisón, y se asea en la pila. Se frota con fuerza para
secarse, se deshace la trenza y se peina la melena sin perca-
tarse de que el señor, al que han llamado por una urgencia,
está quieto en el umbral, observándola. Ese cuerpo sonrosado e irrigado de calor, los pechos abundantes y firmes, el pelo
suelto...

La asusta un crujido, no sabe si son los tablones del suelo
o la niña que siempre aparece a destiempo. Sus ojos se tropie-
zan entonces con la mirada del señor.

La mera idea de que pueda llevar un rato allí, contemplándola, le sube los colores a la cara.

He de asistir a una parturienta, dice él. Me complacería
una taza de café.

Mantiene la mirada fija en ella, el señor. Se toma ese derecho. Anna es parte de sus posesiones domésticas. Así lo expre-
sará, meses después, ante el tribunal.

Anna, con su ropa apretada contra el pecho, le sostiene
la mirada. Los ojos de él, agazapados bajo unos párpados
gruesos. Una mirada canina e insegura. Ella lo vence. Estupe-
facto, el señor abandona el umbral de la puerta y se retira al
salón.

Mientras hierve el agua para el café, Anna se viste, alza las
trenzas, doma su mata de pelo cubriéndolo con la cofia.

Las negras serpientes de su cabellera.

Pelo rizado, prudencia torcida, dicen los campesinos. Madriguera del diablo.

Y también dicen: Donde hay pelo hay lujuria.

Anna, le había dicho la señora Tschudi el primer día, mientras realicéis las labores domésticas, llevaréis siempre una cofia, como requieren la costumbre y la decencia.

Sí, señora.

Algunas escenas se repiten una y otra vez durante el desayuno:

¡Anni, quítame la nata de la leche!

Enseguida, Anna Maria.

¡Tiene que ser ahora! ¿Me oyes? ¡O derramo mi cazo!

Ya ves que aún estoy sirviendo: una taza llena para Heinrich, y para Susanna un...

En ese momento Anna Maria da un golpe al cazo de leche y la derrama sobre el mantel.

¡Eres una niña mala!

¡Tú, Anna! ¡Tú eres malvada y estúpida!

Pues ahora no te daré más leche.

Tienes que dármela, eres la criada, una criada común y corriente, ha dicho mamá. No te hagas la especial.

¡Rayos!, exclama Anna con enfado. ¡Retírate de la mesa!

La niña empieza a llorar desconsoladamente. La madre baja del dormitorio y pregunta por la causa del bullicio.

Anna me ha pegado, dice, y se acaricia la mejilla como si intentara enfriar cierto ardor.

¡Anna! ¡No volveré a decíroslo! ¡A los niños no se los toca!

Pero, señora, yo no he...

El resto de la frase queda opacado por el llanto.

¿Entendido, Anna?

Pero, señora...

No hay peros que valgan.

Aunque por el día había riñas, las noches de viento cálido eran de reconciliación. A principios de marzo, el *Föhn* hacía de las suyas, descendía por la pared meridional de los Alpes y se arrojaba con furia sobre el valle, sacudiéndolo todo, resoplando, recorriendo las calles de arriba a abajo. Estaba prohibido hacer fuego.

Una noche Anna oyó unos pasos, el chirrido de la puerta de la habitación, el arrastre de unos pies sobre los tablones de pino del suelo:

Anna, tengo miedo. Las huestes salvajes cabalgan por la casa. Stini me habló de ello.

Anna se aparta hacia un lado en la cama y, junto a ella, la niña se duerme plácida y profundamente.

En una ocasión, en cambio, apenas había terminado de desvestirse cuando el señor apareció ante su puerta. A la luz de las velas, su rostro era como una luna aplastada; solo los ojos se mostraban vivaces, suplicantes. Hablándole con suavidad, Anna lo conminó a marcharse. Ya había tenido suficientes desgracias, solo quería vivir en paz y no ofender a la señora, le dijo. Además, la niña, Anna Maria, acudía casi cada noche a su cama. De hecho cree estar oyéndola.

Cuando el señor se marcha, ella se queda un buen rato despierta, a oscuras. El corazón le golpea las costillas, un escalofrío de sensualidad frustrada recorre sus extremidades. Pero, a pesar de lo que le pida su cuerpo, no volverá a dejarse embaucar. Se niega a jugar de nuevo ese antiguo juego de reglas ancestrales: los cumplidos dichos a medias, las caricias fugaces cuando la señora se da la vuelta, la mano colocada en una u otra parte del cuerpo, los dedos entrelazados. Más tarde, la red de miradas, la dulce atribulación de verse involucrados en una relación cada vez más estrecha y firme. Y, finalmente, el chirrido de la puerta de la habitación. El señor, abatido por los remordimientos, se desliza junto a la criada, nota el estado miserable de esa habitación, un territorio vedado de la casa, descuidado a sabiendas por la señora. Un estado de cosas que pone en evidencia ante sus ojos su paso en falso, la caída en la tentación que satisface sus bajos instintos. Los sentimientos de culpa, también, una vez terminado el rápido coito, sentimientos que no le permiten quedarse un rato más ni decir una palabra de amor, solo huir rápido del lugar del crimen: la urgencia de borrar las huellas, de que la oscuridad vierta arena nocturna sobre sus pasos.

Y la criada se queda allí. Algo ha germinado dentro de ella, mientras su mano, temerosa, acaricia la espalda del señor. Nosotras también tenemos un corazón, tenemos sentimientos, somos más que un pedazo de carne. «Guarda silencio ante el Señor, y espera en él», dice el salmo 37: 7. «El Señor está contigo de día y de noche. Quédate con nosotros, que el día ya comienza a declinar».

Dos veces ha germinado esa semilla.

«Señor, no nos dejes caer en la tentación».

Pero no habrá una tercera vez.

Señora Tschudi, tiene que haber una llave para mi habitación.

No sé dónde está. Stini no usaba ninguna.

Señor Tschudi, ¿Puedo entregaros mis ahorros para que me los guarde? No me parecen seguros en mi habitación, allá arriba. Los niños no lo hacen por maldad, sin duda, pero siempre están...

Por supuesto que os los guardo. ¿A cuánto ascienden?

Son dieciséis doblones.

¿Cuánto tiempo habéis estado ahorrando?

Unos veinticinco años, señor.

Un viento de primavera recorre el muro del jardín y juguetea con el verde de los arbustos. Un día sin asperezas, halagüeñamente despejado.

Aquí va el cincoenrama, dice el señor, señalando hacia el suelo con la mano orlada de encajes.

Anna asiente.

Apoya con fuerza el pie sobre la pala y cava un agujero junto al muro, a resguardo del viento que ahora se activa y le levanta la falda.

El premio de honor merece un sitio especial, dice el señor. Le corresponde a la tisana de Glaris, inventada hace sesenta años por un antepasado suyo, el cirujano Alexander Tschudi, pero que él seguía usando hoy según la receta original, con hepática noble, lengua cervina y agrimonia. Los comerciantes de Glaris la venden por todo el mundo, como el queso sapsago y las losas de pizarra.

Mientras el señor dice esto y aquello, Anna se mueve entre la brisa. Los olores le traen recuerdos del campo de lino de su padre, de las malvas de la mujer del párroco y de las hierbas medicinales que había detrás de la casa de la comadrona Katharina, en Werdenberg.

La regadera, Anna.

Él la coge torpemente con dos dedos, pone sumo cuidado en no estropear los puños de su camisa y derrama un poco de agua. Unas gotas dejan un rastro reluciente en la pierna de Anna. El señor no puede apartar la vista de aquella piel blanca. Entonces alza los ojos y ríe mirando a la sirvienta.

Un rayo de sol queda atrapado en los ojos de ella.

La señora descorre la cortina. ¿Qué se traen esos dos ahí abajo, junto al muro?

El fuego cruzado de las miradas. Secretos gruesos como puños. Y entonces la mano de su marido trepa como un insecto por el brazo de la criada. Qué estúpido e infantil, lo mismo hace cuando, por las noches, se estira en la cama y reclama su parte del lecho matrimonial.

Ahí está la Göldin, con la falda levantada y un rastro reluciente en la pantorrilla.

La señora se niega a seguir presenciando la escena; retorna a sus labores de bordado, a las agujas y los hilos de colores.

Señor, ¿qué hay del romero?

Anna sostiene el ramillete que le ha regalado Steinmüller, el maestro y farmacéutico.

El señor no dice nada, una idea madura en su mente mientras la ve allí ante él, con el vestido azul ondeando al viento, el delantal y la pala en la mano.

Es hora de sacarse el as de la manga.

Consolidar la naciente familiaridad surgida en esa hora.

Anna, dice, y acerca su cabeza prominente a la de ella, sé por qué os marchasteis de la casa del párroco de Sennwald.

Su oído es una trampa cubierta con follaje.

El *camerarius* conoce al párroco de Sennwald por el sínodo de Zúrich.

La manera en que sus labios se tuercen al hablar, como si violentara las palabras.

Pero no ha sido él quien me ha alertado, Anna.

Unas gotas de sudor le corren por la piel de poros abiertos.

Fue un viajero que pasó casualmente por mi consulta, en Rössli.

Los ojos acechantes bajo los pesados párpados.

«Apreciado doctor y juez de paz, por vuestro honor y por todo lo que me es sagrado, considero un ineludible deber de conciencia decirle con toda discreción que estáis alimentando a una serpiente en la cocina de vuestra honorable mansión ante la inocencia de vuestros hijos...»

Anna está rígida, tiene las manos plegadas sobre el cabo de la pala.

«...no deberíais confiarlos a un monstruo capaz de hacer lo que hizo con la sangre de su sangre...»

¡No! ¡Eso no es cierto!, lo interrumpe Anna. ¡Oh, señor, señor! ¡No pude hacer nada, creedme! ¡Fue una terrible desgracia! ¡Lo juro por la salvación de mi alma!

Anna se tapa la cara con ambas manos y empieza a sollozar. Satisfecho, el señor toma nota de su congoja, deja que se suene la nariz y, tras una pausa, mientras su dedo índice inicia de nuevo un viaje de exploración por su brazo, le dice:

Yo os creo, Anna.

La criada deja caer las manos, parpadea tras el velo de lágrimas.

¿No se lo diréis a la señora? Si se entera, tendré que marcharme mañana mismo...

Por mí no se enterará de nada. Ahora tenemos un secreto, ¿verdad, Anna?

Su mirada lujuriosa, su sórdido consentimiento.

Prometedme que no diréis nada, repite ella, con énfasis.

En la planta superior de la casa, una ventana se abre de golpe.

Unos cúmulos de nubes blancas se reflejan en los cristales.

*La magia la de la existencia es enorme.*
Raúl Gustavo Aguirre.

# 1

«...sirvió en las casas de varios señores y al final acabó en la del doctor y juez de paz Tschudi.

A partir de entonces, como toda coqueta que ve marchitarse su belleza, adopta una expresión de humildad y devoción, y hasta se hace con un ejemplar de Lavater, aquel que tan bien conoce las facciones humanas, por lo que jamás se habría notado que aquel corazón femenino encerrara tanta maldad como la que sacó a relucir más tarde. El doctor Tschudi es un hombre de prestigio y fortuna, muy activo y educado, sociable y servicial, al menos cuando nada le cuesta; es sumamente frugal en sus finanzas domésticas, aplicado y cariñoso con su esposa y tiene muy buena reputación entre sus coetáneos por su cargo de juez en la corte regional de nueve jueces. Su esposa es una mujer intachable, buena madre y eficiente ama de casa, con la expresión más inocente y un corazón sincero siempre a punto. Resumiendo: un pintor deseoso de plasmar a la madre del Señor en el retablo de un altar tendría que copiar sus rasgos para pintar algo de calidad. Entre los cinco adorables hijos de ese matrimonio hemos de considerar preferiblemente a las dos niñas de mayor edad. Si alguna vez quise dominar el arte de la caracterización, este sería el momento. Os presentaré en boceto el retrato de la segunda de esas niñas, una criatura de nueve años [...] El púrpura y el rosa florecen en sus mejillas blancas como la nieve, la diosa de la alegría ha puesto su trono en su rostro, cada extremidad de su cuerpo está bien proporcionada y es diestra en cada movimiento. Su razón es aún mediocre, dada su corta edad, y su cerebro era extremadamente infértil: solo gracias a una disciplina y estimulada por el orgullo ha conseguido llegar tan lejos como para no tener que avergonzarse ante otros niños de su edad. Cabe decir, no obstante, que no es una cabeza hueca, y que tiene justo el juicio que debe tener un alma femenina que no quiera convertirse en una carga para el marido.

Estas personas recién descritas, así como un hermano del doctor, un oficial francés que estaba en plena carrera, un hombre que no conoce el miedo a otros hombres, lleno de auténtica sangre suiza, demasiado noble y demasiado soldado como para ser capaz de cometer ninguna bajeza... son estas personas, mi muy estimado amigo, las que convivían placenteramente en casa de los Tschudi, como Adán y Eva en el Paraíso».

(Extracto de: *Cartas amistosas y confidenciales que atañen al llamado asunto de las brujas en Glaris,* escrito por Heinrich Ludewig Lehmann, candidato a Doctor en Teología por la Universidad de Ulm, en el Zúrich de 1783, en la editorial de Johann Caspar Füeßly.)

Lehmann no llegó a conocer a Anna; llegó a Glaris justo después de su ejecución, en junio de 1783.

Tras los paraísos a los que aludía el escritor, los tramoyistas y cocineros no hacían más que sudar la gota gorda. Los jardineros, con sus tijeras, mantenían amaestrada a la naturaleza; los pobres retiraban las sobras de los habitantes del país de Jauja y las criadas caldeaban bien temprano, con pasos de sonámbulas, el edén.

A diferencia de los paraísos terrenales, el celestial, según el *camerarius*, pertenecerá un día a todos los seres humanos, porque ante Dios, como dice la Biblia, todos los hombres son iguales, sin distinción de rangos ni de nombres: señor y criado, sirvienta y señora se sentarán a la misma mesa en el banquete celestial.

No podía imaginarse algo semejante, había dicho la esposa del corregidor Altmann. Si las criadas y los siervos se sientan con ella a la misma mesa, ¿quién le iba a servir? Tenía que haber criaturas que fueran inferiores a las demás; ¡de lo contrario, al final los señores tendrían que ocuparse ellos mismos de la basura!

Tal vez los demonios hubieran recibido las órdenes de asumir el servicio celeste, acotó el hijo del portaestandarte Zwicki, al tiempo que dirigía un guiño a su vecino en la mesa. La señora Altmann pasó por alto su sarcasmo y dijo que eso, en efecto, derivaría en una razón del infierno, cuyo derecho a existir ella no había comprendido nunca. Diablos, por lo tanto, que por dictado de Dios servían los ejércitos de los elegidos.

Un paraíso de esa índole, opinó la señora del teniente Becker, le parecía peligroso; como estar en la cima de un volcán, por así decirlo; como si lo celestial estuviera rodeado de vapores infernales. Un paraíso que en cualquier momento podía arder en llamas.

Anna lleva más de un año con los Tschudi y, tal como están las cosas, todo parece apuntar a que será un empleo para toda la vida: todos están satisfechos con ella, y ella, más allá de las dificultades que pueda haber en cualquier parte, también lo está con los señores.

Pero todo eso cambia tras una disputa que se traslada a las actas con insólita minuciosidad: «Un martes, Anna Migeli fue a verla a la cocina y le tiró de la falda. Luego, al verse rechazada, la niña le arrancó la cofia de la cabeza...»

Anna Migeli le saltó encima como una gata cuando ella se agachó delante de la cocina para poner otro leño en el fuego.

Una vez más, por tercera vez ese día, la niña le arrancó la cofia de la cabeza. Susanna, que también estaba presente, vio en detalle lo sucedido: ¡Anna Migeli, eres una insolente!, le gritó, pero su hermana pequeña se dio la vuelta hacia ella y le sacó la lengua. Entonces Anna, la sirvienta, dio a la niña un empujoncito.

«...la acusada se dirigió luego a su recámara y se arregló la cofia. Mientras, la pequeña Susanna le contaba a su madre que Anna Migeli había molestado a la sirvienta. Pero como la madre, tras la acusación de Susanna, había pegado a esta última y no había hecho nada a Anna Migeli, la pequeña Susanna subió donde la criada para decírselo: su madre le había pegado por culpa de su hermana, a lo que la criada repuso que no había necesidad de castigar a una inocente y dejar marchar a la culpable...»

Una gran injusticia, sí, señor. No llores, Susanna. Se lo diré a tu señora madre. Anna pone orden en sus cabellos mientras impreca frente al espejo, cuyo cristal se cubre de una capa de vaho que enturbia su imagen. Las negras cejas fruncidas, los ojos llameantes. Anna sacude el polvo de la cofia, se arregla los flecos. La señora tendrá que esperar, le da igual que la comida no esté en la mesa a la hora justa.

Al cabo de un rato, Anna baja las escaleras, se oye el frufrú de su falda. La señora espera en el descansillo. Anna se detiene muy cerca de ella, clava ambos puños en las caderas, llena el pecho de aire:

Señora, me parece injusto que...

Eso es asunto mío, Anna.

Pero habéis pegado a la niña inocente y...

¡No os inmiscuyáis!

...protegido a la culpable.

Una palabra más, Anna, y podéis marcharos.

Anna, erguida, con la boca abierta, se queda de piedra. Toda una amenaza. Últimamente la señora se ha referido a eso con bastante frecuencia. Tal vez quiera deshacerse de ella y el señor no quiera.

¡Las palabras que no pueden decirse se vuelven cada vez más pesadas, Steinmüller! ¡Anidan en el estómago junto con la rabia, como si una se hubiera tragado unos terrones de azúcar! ¡O unas piedras!

Esa noche, Anna estuvo caminando de un lado a otro en la casa del cerrajero, con pasos firmes.

Steinmüller asintió y, tras reflexionarlo un poco, dijo:

No eres la única a la que ocurren esas cosas, Anni. En París, a quienes abren la boca a destiempo los encierran en la Bastilla. En Ginebra no puedes susurrar nada a nadie al oído, porque enseguida se creen en la obligación de arrestarte con la acusación de que estás burlándote de la policía. En Berna nadie puede decir que se vende sangre suiza a cambio de dinero francés. ¿Y en Glaris? Hace algunos años, Melchior Schuler, de Eichen, hubo de presentarse ante las autoridades por haber dicho que el pueblo era amo y señor solo una vez al año, en la Asamblea cantonal, pero que podría llegar una época en la que habría «más amos». El cirujano Tschudi, por ejemplo, que reprochó a los señores que se «protegían unos a otros y hacían pagar las culpas a los pobres». O la hermana del contable Vögeli, que dijo que había que ir detrás de los ricos y acabar de una vez con ellos.

Eso es peligroso, esa cantidad de bocas y barrigas llenas de palabras no dichas. Las palabras que uno se traga cobran vida, Anna. Apuesto a que salen de nuevo de alguna forma. Tal vez nosotros todavía vivamos para verlo, ese momento en que las palabras, lanzadas hacia fuera por una presión formidable, vuelen por su cuenta por los aires.

# 2

«...si de verdad hubiera pegado a Anna Migeli, tal vez no habría ocurrido aquella desgracia, jamás habría hecho daño a la niña...»

Pocos días después de la riña en la cocina, el martes 19 de octubre, Anna Maria encontró un alfiler en su leche del desayuno. ¡Mira, mamá, un pincho!, gritó, mostrándole el objeto de metal en el fondo de la taza. Nadie dio importancia al incidente. Pero cuando el miércoles, el jueves y el viernes aparecieron nuevos alfileres en la taza de Anna Maria, la señora mandó a su marido a la cocina para que hablara con la criada.

Extraño asunto, dijo el señor. ¿Es que Anna se había vuelto descuidada de pronto? Porque... ¿no habría sido capaz de dejar caer esos alfileres a propósito en la taza, verdad?

Estaba dirigiendo esos reproches a la persona equivocada, le dijo Anna. Ella había hecho lo de siempre: servir en la cocina el café con leche en las tazas de cada miembro de la familia y llevar las tazas en una bandeja hasta el comedor.

El sábado, la señora Tschudi entró a la cocina antes del desayuno, examinó el cazo y la leche y no encontró nada sospechoso. Pero más tarde, cuando Susanna y Anna Maria hubieron vaciado sus tazas, encontraron otros dos alfileres en el fondo.

Llamaron a Anna al comedor.

¡Si esto vuelve a ocurrir, os llevaré a los tribunales!

¿Pero cómo puede ser?, dijo Anna, perpleja, y echó una ojeada a las tazas, en cuyo fondo vio los alfileres.

¿Podéis explicarme cómo han ido a parar ahí?

Pues no tendría que preguntarme a mí, señora. No sabría decir de dónde han salido. No poseo alfileres, no he sido yo quien los ha puesto en la leche, dijo Anna, y se rio. Sí, se rio, diría más tarde la señora Tschudi, ante el tribunal.

Domingo. Maldito desayuno. ¡Debería hacerlo la propia señora!

Anna agarra el cazo y lo examina en detalle antes de ponerlo en el fuego. Nada. También las tazas cuelgan limpias en sus ganchos. Las coge, las coloca en fila y por tamaño en la bandeja.

Cada miembro de la familia tiene su propia taza, solo las de las niñas son iguales. Cerámica de Zúrich, con florecillas y proverbios; las trajo el señor de uno de sus viajes. La de Anna Maria, Anna lo sabe bien, tiene un pequeño desconchado en el asa izquierda. En una ocasión, el invierno pasado, la niña se negó a tomar su leche y la taza cayó al suelo.

Anna sirve el café con leche. Cuando lleva la bandeja hasta el comedor, todos están sentados a la mesa con miradas expectantes. Heinrich suelta una risita y recibe la reprimenda de su madre.

Susanna, llorosa, dice: No quiero leche, qué pasa si de nuevo hay...

¡Calla y bebe!, ordena la señora Tschudi.

Anna no para de traer cosas, lo hace a propósito, se ocupa bastante tiempo de la tapa del bote de miel mientras observa de reojo a los niños, que toman su leche bajo las miradas atentas de sus padres.

¿Hay alguno esta vez?, pregunta Heinrich.

Ninguno, dice la niña, y coloca la taza vacía encima de la mesa. Todos respiran con alivio.

El domingo, a la hora del café, mientras la señora está de visita donde el tesorero Zweifels para ver al recién nacido, los niños toman a solas su café con leche. El señor Tschudi está leyendo en la habitación contigua.

De pronto Anna Maria empieza a llorar y grita: ¡Otro más!

Pesca del fondo de la taza un alfiler torcido y se lo lleva a su padre.

El doctor Tschudi aparta el libro y va a la cocina.

Anna, le dice. La señora pierde la paciencia.

¿Y yo qué tengo que ver con esta historia?, pregunta la criada, mirándolo a los ojos. ¿En verdad me consideráis tan estúpida?

El señor calla, apesadumbrado.

Sobre los sucesos del lunes, los hechos revelados más tarde ante la Comisión de Honor por la señora Tschudi y por Anna no coinciden.

La señora Tschudi testifica que examinó la leche antes de que fuera servida y no encontró nada, pero la niña había hallado un alfiler torcido entre los trozos de pan que la criada, como de costumbre, cortaba y ponía en la leche.

El testimonio de la criada Göldin, por el contrario, reza:

«El lunes por la mañana, ella, la acusada, preparó de nuevo la leche, pero llenó una taza menos que de costumbre, a raíz de lo cual la señora entró en la cocina para decirle que faltaba una taza de leche. Ella, la acusada, respondió que la leche estaba todavía en el cazo, que no había querido servírsela a Anna Migeli para que no se dijera de nuevo que ella le ponía alfileres a la niña. La señora le dijo entonces que Anna Migeli había bebido ya su leche y había vuelto a encontrar un alfiler torcido en un trozo de pan».

El hecho, en todo caso, es que ese lunes, 25 de octubre de 1781, la señora Tschudi despidió a Anna Göldin del servicio. Anna, sin recoger sus pertenencias, se marchó de inmediato a casa de Rudolf Steinmüller.

No podía dejar que cometieran esa injusticia con ella, le dijo Steinmüller. Incluso en aquella región cabía esperar que una criada tuviera sus derechos.

Si es que es inocente, dijo Dorothea, mirando de reojo a la visitante.

Soy inocente, estoy en mi derecho, dijo Anna.

Era preciso dirigirse de inmediato a la instancia superior, reflexionó Steinmüller. Era posible hablar con el regidor. Cierto que también se apellidaba Tschudi, pero era un hombre razonable y justo, aunque su cargo le hubiese llegado por herencia. Sí, tenía que hacer una petición, oral o escrita. ¿Sabía Anna escribir? ¿No? Entonces él redactaría la carta. Era preciso hacerla con buen juicio. El tratamiento escogido era importante. Algo así como: «Excelencias» o «Justos y benévolos señores...».

Honorabilísimos suena mejor, dijo Dorothea.

Steinmüller asintió.

Y luego debía continuar más o menos de este modo: «Con afectuosas salutaciones, la abajo firmante, Anna Göldin, os informa de que...».

Saludos, replicó Anna.

Salutaciones, insiste Steinmüller. Era preferible usar las formas habituales en nuestro dialecto de Glaris.

Yo preferiría presentar mi queja de forma oral, dijo Anna.

El corregidor leyó al vuelo la carta de un tal Samuel Wagner, regidor de Berna en el castillo de Sargans, que solicitaba a los «Honorabilísimos, Bien Nacidos, Justos y Bienaventurados Señores y Superiores de Glaris», acometer la limpieza del río

Linth. Las condiciones en la llanura entre el lago de Zúrich y el lago Walen se habían vuelto insostenibles. Tal vez fuera posible que la Dieta encargara al bernés Andreas Lanz elaborar un proyecto... En ese instante, el alguacil anunció al corregidor la llegada de Anna Göldin. ¿Anna Göldin? El nombre no le decía nada. Era la criada del juez de paz Tschudi. Afirmaba ser víctima de una injusticia.

El corregidor dobló la carta y la colocó sobre el libro francés que estaba leyendo por recomendación de Cosmus Heer. Lo había tomado en préstamo de la Sociedad de Lectura, y había empezado a leerlo la noche anterior con creciente entusiasmo: era el *Contrato social* de Jean-Jacques Rousseau.

Una criada en el ayuntamiento.

Qué insólito.

Pero halagüeño para la idea de la democracia.

Que la hicieran pasar, sí.

El corregidor permaneció sentado detrás de su escritorio. La criada se quedó de pie. Con la capa empapada por la lluvia, Anna la sostenía con la mano izquierda, muy apretada contra el pecho. Cuando, tras un movimiento, se abrió, el corregidor pudo ver su vestido de sirvienta manchado por la grasa de freír.

Tenía la cara robusta y roja por el frío y la excitación.

Podía hablar, le dijo el corregidor.

La mirada de Anna se posó en sus zapatos relucientes, en los dedos cruzados sobre la barriga.

Entonces tomó aliento y empezó a hablar.

Presentó su queja con serenidad. La habían despedido sin que se hubiese esclarecido el asunto de los alfileres. Y todo después de un año y seis semanas de haber cumplido satisfactoriamente sus obligaciones.

El corregidor asintió.

Lo que aquella mujer decía tenía sentido.

Debía acudir donde el pastor, que era pariente cercano de la señora Tschudi. Tal vez el *camerarius* consiguiera que la señora recapacitara y cambiara de parecer... De lo contrario, podía acudir de nuevo a él.

Anna temía al *camerarius*.

Lo imaginó frente a ella; cada domingo en el púlpito, delgado, de aspecto juvenil, nadie daba crédito al hecho de que pronto fuera a cumplir sesenta años. La iglesia en penumbras, abarrotada.

Los dos órganos cortan el espacio y el aire. Uno para los católicos; otro para los protestantes. La iglesia mixta sirve a las dos confesiones, pero no deben mezclarse las alabanzas a Dios.

Las imágenes en las paredes.

Nubes de incienso en la misa de los católicos. Las banderolas, que penden alicaídas en las paredes llenas de polvo. Ni gota de viento, ni rastro del fragor de una batalla.

El *camerarius* suele predicar durante más de una hora.

Ese suntuoso y dispendioso despliegue de palabras.

Un pavo real de palabras.

Vertida desde el púlpito, una cornucopia de declamaciones, profecías y citas bíblicas. El bello discurso del honorable pastor Tschudi, lleno de sentido y ponderado, pulcro y ameno.

«La justicia ennoblece a un pueblo, pero el pecado es la perdición de los hombres» (Rey Salomón).

«La virtud trae la misericordia; el pecado, corrupción.»

Eso, en la región de Glaris, se confirma en algunas familias concretas.

«La laboriosidad, el trabajo, la justicia, la diligencia y el espíritu emprendedor conducen a la verdadera prosperidad bendecida por Dios; la religión es fruto de la razón, la virtud es útil.»

Una vez, tras oír una de sus prédicas, Steinmüller le había dicho a Anna: Me parece que el *camerarius* convierte a Dios Nuestro Señor en compinche socio de sus señorías, los Marti, Tschudi, Freuler, Zwicki.

Precisamente a Jesús, ese fracasado. Basta con verlo ahí, en su cruz.

A la mañana siguiente continuaba lloviendo. Como ocurría a menudo hacia el Día de los Fieles Difuntos, la temperatura había descendido. Las ráfagas de viento recorrían la plaza de la iglesia, arrastrando por delante remolinos de hojas marchitas.

Cuando la mucama hizo entrar a Anna en el gabinete, el *camerarius* se puso de pie. Por un rato se mantuvieron frente a frente el párroco y la criada, los dos de la misma estatura, como midiendo sus fuerzas.

Una insolente, esa Göldin, pensó el pastor. Osa presentarse aquí, aunque bien puede imaginarse que ya he sido informado adecuadamente del asunto de los alfileres.

Elsbeth, su sobrina, hija de su hermana, había estado el día anterior en esa misma habitación, llorando al imaginar lo que hubiera podido ocurrirle a Anna Migeli, su ahijada.

He sido víctima de una injusticia, dijo la sirvienta.

¿Ah, sí?, preguntó el párroco, con el ceño fruncido.

En un gesto involuntario se dirigió a la estantería de libros, donde guardaba los escritos propios, los manuscritos de letra ornamentada, los márgenes de los pliegos cubiertos de glosas en tinta roja, todo encuadernado en sólida piel, con correas de cuero y cierres.

Colecciones de escritos que atañen al país, a la Iglesia, a la Dieta y al hospicio de Glaris, junto con una descripción física del cantón.

Generaciones, genealogías o breve árbol genealógico de los Tschudi.

Historias de Glaris y árboles genealógicos de la antigua familia noble de los Tschudi en Glaris, en tres volúmenes.

La señora Tschudi me ha..., empezó a decir la criada.

¿Osáis llamar injustos a vuestros señores?, la interrumpió el pastor.

Conocía a cada miembro de esa familia desde que eran críos, y a ninguno podía considerársele culpable de una acción tan mezquina como la de esa comedia de los alfileres, destinada a perjudicar a una inocente criatura. Solo a ella podía considerársela autora de tal fechoría.

¿De modo que el pastor estaba en contubernio con los Tschudi? Anna miró al clérigo con los ojos grises llenos de desprecio y enojo.

A él le costó dominarse, y solo le dijo que era mejor que tratara de «calmar los vientos» y se marchara de la región.

¿Por qué motivo?, preguntó Anna.

Entonces él echó mano de su bastón de paseo, lo blandió y empujó con él a Anna hacia la puerta.

Esa misma tarde Anna acudió de nuevo a ver al corregidor.

Este, que tras una visita del juez de paz Tschudi había cambiado de parecer, la recibió con poca amabilidad. Anna era la única en la casa de los Tschudi encargada de manipular la leche, de modo que debía de ser ella la culpable. Era mejor que siguiera el consejo del *camerarius* y se marchara de la región.

Pero su ropa estaba todavía en casa de los Tschudi. Y también sus ahorros.

Pues, en ese caso, debía acudir donde el juez y pedirle perdón.

El miércoles Anna llamó a la puerta de su patrón. El señor Tschudi apareció en el umbral y esperó con mirada de reproche a que ella confesara u ofreciera alguna disculpa.

Ella solo quería recoger su ropa y sus ahorros.

Él no sabía si entregarle o no sus pertenencias. Ella era demasiado terca.

Si ella había hecho algo mal en su casa, lo sentía mucho, le respondió Anna.

Entonces el señor hizo traer la ropa y le entregó los dieciséis doblones. También le dijo que no volviera a «cometer un acto así» durante el resto de su vida.

El jueves cayó la primera nieve. Anna la vio a través de la ventana de la cocina de Steinmüller, mientras barría el suelo con enérgicos golpes de escoba. Dorothea había salido a comprar. Al cabo de un rato, Steinmüller subió de su taller. Traía consigo el libro de recetas e instrucciones que no había podido enseñar a Anna la última vez:

Fabricar oro por vía artificial.

Inculcar anhelos y deseos en el alma femenina.

Una muy especial era la receta para recuperar cosas robadas.

O cómo cortar una vara para azotar a alguien por lejos que esté.

Bien que me vendría esa última, dijo Anna, riendo, y apoyó las dos manos en el extremo del palo de la escoba. ¡Léemela, Steinmüller!

«Espera a un martes de luna nueva y parte antes de la salida del sol; busca el lugar previamente escogido, aquel en el que se halla tu vara, sitúate de cara al sol naciente y pronuncia estas palabras: "Vara, te tomo en nombre de †††". Luego agarra tu cuchillo y repite a su vez: "Vara, te corto en nombre de †††, a fin de que me obedezcas cuando a alguien quiera golpear». A continuación, corta la vara por dos puntos lo suficientemente separados el uno del otro como para poder escribir estas palabras: "Abia, obia, sabia". Luego coloca un delantal sobre un montón de tela, golpéalo con la vara y menciona el nombre de la persona a la que deseas azotar. Golpea con fuerza y valor; así afectarás a la persona como si la tuvieras debajo de ti, aunque esté a muchas millas de distancia...»

A través de la ventana de la cocina, Steinmüller vio a su mujer regresar del mercado y desapareció en el taller con el libro de recetas.

Mientras Dorothea vaciaba sus bolsas, le dijo a Anna que en el pueblo solo se hablaba del tema de los alfileres. En la carnicería de Streiff, junto a la plaza, la criada del cirujano Trümpy dijo que Anna había dado de comer alfileres a los hijos de los Tschudi. Entonces la mujer del carnicero comentó que no podía creerlo, que Anna no era persona con tan pocas luces. Y entonces...

Dorothea se interrumpió. Guardó silencio, algo cohibida.

Vamos, habla, la conminó Anna.

Bueno... Pues entonces la viuda del mayor Zweifel dijo que, según habían afirmado fuentes fidedignas, Anna Göldin había cometido pecado contra su propia sangre, de modo que aún le habría sido más fácil hacer daño a un niño ajeno...

Anna dejó caer el trapo de la limpieza y se acercó a la ventana. Las montañas del fondo centelleaban con colores azulados tras un velo de nieve. Las sombras las habían alcanzado. Tendría que haberse marchado de allí mucho tiempo atrás, aun cuando no hubiera ocurrido ese asunto de los alfileres.

Oyó entonces la voz de Dorothea, como llegada de muy lejos:

¿Cuánto tiempo más querréis quedaros? Empezamos a ser la comidilla de todo el...

Me marcharé mañana a primera hora.

¿No preferís esperar a que el tiempo mejore?

No.

Que nieve cuanto quiera.

Que cubra todo el valle.

La nieve tamiza y suaviza, pero los montes, en su aspereza, se la sacuden de encima. En las zonas rocosas no queda ni rastro de ella, se desliza de los picos, las cornamentas y los precipicios.

El pasado enero ella había ido con Anna Maria y Heinrich hasta Spielhof, donde los tilos arrojaban sus torcidas sombras sobre la nieve. Unas grajillas levantaron el vuelo y, sobre las rocas, unas manchas de sombra y de luz pasaban al ritmo de las nubes.

De repente, un estruendo. El aire vibró, como si miles de aves de alas inmensas estuvieran volando sobre su cabeza.

Una avalancha se había desprendido en el Wiggis; masas de nieve que se diseminaban como polvo al caer y se abrían paso mucho más abajo, entre las rocas, hasta llegar al fondo del valle.

Anna se había quedado petrificada, como si hubiese echado raíces, la mano apretada contra el pecho.

¡Qué vergüenza, Anni, con lo mayor que eres!, le gritó Anna Maria cuando el peligro hubo pasado. ¿Serás tonta? Yo veo avalanchas todos los días cuando voy camino de la escuela.

Tonta, Anni, repitió Heinrich, como un eco.

Entraron en una de las tiendas de ultramarinos para comprar el hilo de seda que más tarde debían llevar a la costurera de la señora Tschudi, en Ennetbühls. Cuando salieron de la tienda, todo Glaris se hallaba bajo un manto de sombra. En invierno, el sol, tras cumplir con sus horas obligatorias, se retira a las tres de la tarde por detrás del Glärnisch, cubre con su sombra toda la ciudad y coloca una campana gris sobre las casas y las calles.

¿Adónde se ha ido el sol?, preguntó Heinrich.

Al otro lado del mundo, dijo ella. Al sitio donde solo llegan los sueños, pensó.

En la región de Glaris no hay modo de eludir las montañas, ni siquiera el *camerarius,* que los domingos, con su voz tronante, proclama desde el púlpito:

«Una estirpe se disipa, la otra llega, pero las montañas permanecen para siempre» (Eclesiastés).

La fe mueve montañas.

Las cordilleras ofrecen la prueba irrefutable: aquí nadie lo ha intentado aún.

El viernes 29 de octubre, Anna se marchó de Glaris.

Había dejado sus ahorros de dieciséis doblones en custodia a Rudolf Steinmüller, con el ruego de que se los enviara cuando ella se los pidiera.

# 3

Pero, de misteriosa manera, Anna permaneció en Glaris. Su nombre siguió flotando en el aire: en las tiendas, en el mercado, en las tabernas. Incluso entre aquellos que apenas le habían prestado atención, Anna empezó a cobrar cada vez más color y relieve. Algunos recordaban lo amable y atenta que había sido y, aprovechando la ocasión que durante tanto tiempo habían estado esperando, la emprendieron contra los Tschudi. Otros hablaban con desprecio de la criada.

Tampoco la niña podía quitársela de la cabeza. Anna se había marchado solo en apariencia, del mismo modo que, en los juegos infantiles, salir de una habitación es emprender un viaje alrededor del mundo. Cuando la niña se sentaba en el suelo rodeada de sus muñecas, una ráfaga de aire frío le rondaba la nuca. Y en la penumbra veía la pálida silueta en el sitio en el que Anna había estado.

Se comentaba que, desde la partida de la criada, la hija menor de los Tschudi había cambiado. Ya no acudía a la escuela y apenas se la veía jugar en la calle.

Algunos íntimos de la familia, tapándose la boca, hablaban de extraños ataques.

Por desgracia, los rumores son ciertos, dijo la señora Tschudi mientras servía café a la esposa del regidor, la señora Altmann, y a la mujer del teniente Becker. Esta última se acercó para no perder detalle.

La niña ya había tenido el primer ataque el sábado antes de que la sirvienta se marchara. Cuando intentaron despertarla para que fuera a la escuela, se vio presa de unos fuertes temblores y empezó a «decir cosas inconexas» y a pedir auxilio, porque unos hombres se acercaban con intenciones de pegarle: uno de ellos llevaba un chaleco blanco y la hostigaba. Las visitantes intercambiaron unas miradas. De modo que era cierto. Habían tenido la precaución de traer bolsas con golosinas para la niña enferma.

Dieciocho días habían transcurrido desde el primer ataque, pero entretanto la niña caía con frecuencia en tales estados. Tenía fiebre, se excitaba. Durante cuatro días solo pudo ingerir líquido.

*Pauvre chérie...*, dijo la mujer del teniente Becker, y sacó de su bolso unas almendras caramelizadas.

Se las daría por la noche, dijo la señora Tschudi.

Esa mañana, Anna Migeli había tenido espasmos y convulsiones. Gracias a Dios se había tranquilizado hacia el mediodía y había comido con apetito su plato preferido, preparado por la nueva sirvienta: arroz con mantequilla y compota de ciruelas. Ahora debía dejarla dormir.

En eso, la puerta del salón se abrió de golpe.

Como una aparición, la niña se plantó en el umbral. Llevaba un largo camisón blanco, tenía el pelo sudado sobre la frente.

La señora Becker dejó la taza sobre la mesa. Pálida como una muerta estaba la extraña niña. Estupefacta, observó cómo la criatura se acercaba a la mesa con paso rápido, agarraba la bolsa y se metía dos o tres almendras en la boca a toda velocidad.

La madre intervino y la envió de regreso a la cama.

Estaría asustada, dijo la esposa del corregidor. Habrá creí-
do ver a Anna al abrir la puerta. La sirvienta la persigue. ¿Cómo se puede causar tanto sufrimiento a una niña inocente? Es
probable que se hubiera tragado alguno de aquellos alfileres de
la leche y que eso la hubiera puesto enferma. ¿Aún no había
expulsado ninguno?

La señora Tschudi negó con la cabeza.

Volvió a servir café y se las arregló para desviar la conversación hacia un tema más edificante. El señor Blumer aspiraba
a convertirse en *banneret*, en portaestandarte. ¡El cargo y sus
tributos costaban una fortuna! Además, del nuevo *banneret* se
esperaba un banquete como no se había visto nunca en la región de Glaris. Diez platos estaban previstos: *foie* de perdiz,
filetes de jabalí, rebeco a la pimienta...

En aquel momento, un grito estremeció toda la casa.

Las mujeres subieron corriendo las escaleras, la niña estaba tumbada bocarriba en la cama, los ojos abiertos de par en
par, los espasmos agitaban su cara y su cuerpo.

Voy a escupir un pincho..., gritó.

Anna Maria se giró hacia un lado. Un hilillo de sangre y
saliva le corría por el labio inferior y el mentón. Con sus dedos
sacó un alfiler entre sus dientes.

La señora Tschudi corrió hasta el pasillo y llamó a su marido.

El doctor ha salido, le dijo la nueva criada. Un parto en
Ennetbühls.

Entonces, la mujer abrió de golpe una ventana y gritó llamando al capitán de milicia Tschudi, que estaba preparando
un camino de grava en el jardín.

El hombre acudió, palpó el torcido alfiler. También la señora Becker quiso tomarlo entre sus dedos.

La niña respiraba más tranquila, parecía aliviada.

A partir de ese día, Anna Maria siguió escupiendo alfileres. Nunca más de uno a la vez, pero en ocasiones hasta tres, cuatro o incluso seis en un mismo día. Entre ellos hubo algunos oxidados, uno del tamaño de un imperdible y hasta dos alambres de hierro. Los testigos no guardaron silencio. El capitán Tschudi quiso darse importancia en las tabernas de la ciudad —El Salvaje y El Águila Dorada— con su información privilegiada. Todo el mundo hablaba de la niña que «escupía alfileres». Y aunque los acontecimientos tuvieron lugar dieciocho días después de la partida de Anna Göldin, todos pensaron de inmediato en los alfileres en la leche.

La tal Anna Göldin, se rumoreaba, había «corrompido» a la niña.

¿Por qué no denunciaban el caso a las autoridades, para que apresaran a la sirvienta y la hicieran pagar? ¿Acaso el juez de paz Tschudi pretendía exonerar a la criada, que, por lo demás, no era nada mal parecida? Se sabía lo mucho que el hombre era aficionado a leer el libro que se abre entre las piernas.

Cierta gente malintencionada, regodeándose en el mal ajeno, hizo llegar tales comentarios a oídos de la señora Tschudi, que por las noches hacía reproches a su marido. Prefería defender a la criada que a su propia hija, le decía.

Con fecha 26 de noviembre de 1781, el Consejo Evangélico del consistorio recogía en acta lo siguiente: «Dado que los honorables señores han sido informados de las quejas relacionadas con la tal Anna Göldi, natural de Sennwald, quien fuera criada en la casa del doctor y juez de paz J. J. Tschudi en Glaris, según las cuales la susodicha había dado de comer en varias ocasiones alfileres a su hija menor, poniéndoselos en la leche, de modo que en diversos días salieron del cuerpo de la niña once alfileres, mientras la tal Göldi se encontraba en Werdenberg, sus señorías han considerado necesario buscar sin demora a la mal afamada fámula y han aprobado que un gendarme, sin portar colores, salga sin dilación con una requisitoria en dirección a Werdenberg, y que, en caso de arrestarla, la traiga al ayuntamiento, donde luego se dispondrá lo que corresponda».

Steinmüller le había dicho en una ocasión a Anna que la más refinada y astuta forma de ocultarse era mostrarse inofensivo. Domar la propia peligrosidad, camuflarla con un entrenamiento de muchos años para convertirla en un gato doméstico que ronronea amablemente, que a lo sumo emite un gruñido o suelta un par de rezongos cuando le acaricias el pelaje.

La otra opción era hacerse la anciana, fingir ser una personita limitada que va por las calles con las patas torcidas y oliendo a ajo. Hacerse pasar por una estrafalaria quincallera, una experimentadora, una artista de circo. La mayoría se creía gustosamente ese disfraz, nada les gustaba tanto como las imágenes claras y obvias: este es esto; aquel es aquello. Punto. La gente vive sus sesenta o setenta años ocupándose de asuntos banales: comer, beber, dormir, procrear. No desea entrar en detalles más profundos; mejor ser ciego, como los topos que buscan a tientas la luz. Quien más sabe y más siente es sospechoso. Se teme que una persona así abandone el lugar que Dios le ha asignado en la vida y altere el orden prefijado. Pero no existe un orden fijo, todo está lleno de abismos, trampas y baches.

Él se había esforzado toda su vida por no llamar la atención, y ahora Anna lo había convertido en la comidilla de todos. Su mujer lo abruma con quejas, la gente lo señala con el dedo, afirma que él y la tal Göldin estaban compinchados. Habladurías, murmura Steinmüller.

Sin embargo, se sentía raro. Le había ocultado a su mujer que había recibido una carta de Anna pidiéndole que le enviara a Werdenberg los dieciséis doblones. Por lo visto, la carta había sido interceptada y leída por las autoridades. En cualquier caso, el alguacil que le había pedido una reja para una de las ventanas traseras del consistorio le había preguntado, como quien no quiere la cosa, cómo se le ocurría guardarle dinero a la tal Göldin. Más tarde el propio alguacil se lo llevó aparte y, alertándolo, le dijo bajito, para que sus aprendices no lo oyeran: Peca tanto el que mata la vaca como el que le agarra la pata. A ver si la reja que vos mismo pusisteis vendrá un día a encerrar vuestro aliento.

Esa noche, Steinmüller se sentó en su taller y redactó una carta que, suponía, sería de nuevo interceptada y leída:

«Salve, Anna Göldin. Vayan por anticipados mis saludos. Os informo que recibí la carta hace tiempo esperada y me apresuro a contaros que la hija del doctor Tschudi es ahora una criatura muy desdichada que, hasta la fecha, ha escupido hasta cuarenta alfileres con la ayuda de laxantes. He entregado los dieciséis doblones a una tercera persona, de modo que yo no corra peligro: los señores han estado molestándome, y el dinero os lo habrían confiscado tras el arresto. Esto me ha costado algunos disgustos y esfuerzos y un total de dos florines, pero he preferido perder ese dinero antes que echar mano del vuestro. Aquí os envío con el portador los dieciséis doblones a mí entregados; los dos florines ya los he pagado. También os informo que el doctor ha ordenado buscarla. Como hombre honorable que soy, os advierto que procuréis no caer en desgracia; rezad a Dios y pedid perdón por vuestros pecados; haced penitencia durante un tiempo, de modo que Dios Todopoderoso escuche vuestros ruegos en el infortunio. Glaris, a 26 del mes de invierno de 1781».

La carta y el dinero nunca llegaron a su dueña. Gracias a uno de sus hombres de confianza, el doctor Tschudi supo del envío y mandó a un jinete en pos del mensajero de Werdenberg. Logró alcanzarlo a la altura de Walenstadt, quitándole la carta y el dinero.

¿De dónde se había arrogado el derecho para realizar ese acto privado de confiscación?, le preguntarían más tarde al doctor Tschudi. Él no se había guardado el dinero ni la carta, los había entregado a las autoridades, respondió el juez de paz.

# 4


El invierno había irrumpido sobre Werdenberg. El pequeño lago mostraba un tono gris como el de la aleta de un pez. Las casas bajo el castillo se amontonaban unas sobre otras.

Katharina Göldin se asustó al ver a Anna frente a la puerta de su casa, en medio de la ventisca: demacrada, empapada, aterida de frío. Las visitas de Anna nunca traían nada bueno.

Ve a cambiarte, te daré ropa seca, le dijo.

Anna se quitó los trapos mojados y los colgó junto al fuego. Mientras tanto, Katharina la observaba de reojo.

Has engordado. ¿Estas encinta otra vez?

No, no, respondió Anna. Solo he engordado un poco.

Lo de estar gorda parecía ser una moda, dijo Katharina, riendo con alivio. Se decía que en París las mujeres se ataban cojines en el trasero y se acolchaban el pecho y las caderas poniendo pelo de caballo dentro de los vestidos...

Al día siguiente, Anna yacía en cama, con fiebre.

Reinaba el silencio en la casa. Katharina había ido hasta la ciudad para cumplir con sus obligaciones de partera. Su marido había muerto, los niños estaban lejos.

Anna yacía con la cabeza hecha una brasa. Sobre la frente, la compresa de hierbas que le había puesto Katharina.

Nevaba al otro lado de la ventana.

En sus pensamientos, Anna se veía avanzando cuesta arriba y cuesta abajo, a través de la nieve, recorriendo el valle del Linth, de regreso a la región de Glaris. Iba de camino a Mollis, donde la casa de los Zwicki imponía una curva a la calzada. Se detenía. La nieve le golpeaba la cara. Allí, la ventana de la estancia principal. A Melchior le gustaba sentarse junto a la estufa, esa mole de azulejos pintados. Fragantes paisajes. Lagos con aves, cascadas y escenas pastoriles. En el azulejo favorito de Anna se veía a una pareja. La mujer llevaba una túnica plisada. Es griega, le había explicado Melchior. Le daba la espalda al hombre mientras se alejaba a través de un paisaje de arbustos podados, setos y senderos de grava. Él llevaba una peluca barroca, casaca de terciopelo con galones dorados, calzones hasta las rodillas y zapatos de hebilla. Caminaba a tres pasos de la mujer, con una flauta en la mano.

Anna había contemplado a la pareja a menudo. El modo de andar de ella. El modo de andar de él, que avanzaba sin poder alcanzarla. Llévate la flauta a la boca, había pensado a veces.

Pero él nunca lo hizo. Y, mientras tanto, ella se alejaba, se alejaba sin mirar atrás. Caminaba entre los árboles podados y los setos. En línea recta hacia donde, a lo lejos, las colinas se perdían en la distancia y la tierra se difuminaba en la bruma...

Cuando Anna se recuperó, Katharina la tomó como ayudante en los partos. A veces la llamaban también para asistir a algunas personas enfermas, gente que confiaba más en ella y en sus ungüentos de hierbas que en las artes de los médicos. A Anna le gustaba acompañar a su prima para que esta la instruyera.

Una noche, Katharina regresó de una visita al castillo. La mujer del regidor se había caído en el camino helado y se quejaba de dolores en la pierna. Había pedido que le dieran un masaje y le aplicaran unos apósitos de hierbas.

Anna no quiso acompañarla.

Prefería no tener nada que ver con la esposa de un regidor de Glaris.

Qué bien que no hayas venido, le dijo Katharina más tarde. El regidor entró en la recámara de la señora y me preguntó si era cierto que yo albergaba en mi casa a la criada del doctor y juez de paz Tschudi. En Glaris la habían echado de la ciudad debido a ciertos actos infames. Y lo que es válido en Glaris, lo es también en los territorios subalternos: Anna Göldin debía marcharse.

Marcharse. Una vez más.

Forzada a no echar raíces en ninguna parte. A no poder decir nunca mi cama, mi mesa, mi plato, mi tenedor.

Debiste casarte, Anni.

Entonces sabrías a qué lugar perteneces.

¿Nadie te ha querido, Anni?, le había preguntado Anna Maria en una ocasión. Eres bonita y cariñosa, le había dicho la niña, apretándole el brazo.

Urs. Jakob. Melchior.

La de cosas que evocaban esos nombres.

Urs, el mozo de cuadra de la granja vecina, cuando ella trabajaba en casa del armero de Sax.

Su mata de pelo negro, sus ojos cándidos bajo la ancha frente.

Tres veces la había invitado a beber vino. Dos veces habían ido a bailar. Diversiones inocentes. Él la había acariciado, le había dicho palabras dulces como la miel: Cariño, tesoro.

Pero un buen día le dijo que debía dejar de verla, que le gustaba mucho pero no quería hacer como los chicos ateos, que arrastraban a las jóvenes a un abismo de infortunios.

No podrían casarse. Los ingresos de un siervo no alcanzaban ni para él. ¿Dónde iban a vivir y trabajar? Serían unos perfectos mendigos.

El único halo de esperanza: un tío suyo que no tenía hijos y que, cuando muriera, le dejaría en herencia tierras y, quizás, hasta una granja.

El tío le hizo el favor al cabo de un año.

Se cayó de un cerezo.

Pero Urs siguió escabuyéndose y evitando a Anna.

Unos meses después oyó decir que se casaba con una viuda, famosa por su fealdad y por ser de armas tomar, pero cuyo padre tenía una mercería.

¿Por qué?, le había preguntado Anna, cuando Urs la abordó después de casarse por la iglesia.

Él le reconoció que su actual esposa no era tan atractiva como ella, pero su padre le había dicho que, a la hora de casarse, era preciso guiarse por la razón.

El amor es cosa de señoritos. La gente como nosotros ha de atenerse a lo útil.

¿Lo útil? Anna reflexionó. El anciano maestro Steinmüller dividía las plantas y los animales en útiles e inútiles.

La vaca era útil.

La ardilla, inútil.

¿Eran inútiles las mariposas?, le había preguntado la niña a Anna.

El perejil, ¿es útil?

Las rosas eran inútiles.

Todas las flores eran inútiles, ¿verdad, Anna? No es posible cocinarlas como verduras, ni pueden echarse en la sopa. Solo son bonitas, nada más.

Y el amor, ¿qué es?, había preguntado la señora Zwicki. Admitía que Anna era buena persona, hermosa y trabajadora, y llamaba la atención por su inteligencia, teniendo en cuenta su clase social. Pero era y seguiría siendo una criada.

Algo así, en esos tiempos inciertos, no podían permitírselo ni siquiera los Zwicki.

La utilidad precede a los sentidos, Melchior.

Un Zwicki no se casa con una sirvienta.

¿Crees que eso cambiará con los nuevos tiempos? ¿Caerá un día la barrera que separa a señores y siervos, a señoras y criadas?

Una idea terrorífica.

Todo lo torcido, Melchior, viene del diablo.

Los nuevos tiempos llegarán, le había dicho Melchior a Anna.

Pero ella no sabe qué pensar de todo aquello.

Bien que le gustaría escudriñar el futuro con uno de esos telescopios con los que Melchior observaba de noche las estrellas.

Sería preciso que viviéramos cien años, o mejor aún, doscientos.

Daba vértigo solo pensarlo: 1981, 1982.

Anna imagina cómo sería todo entonces. El hombre del azulejo se llevaría por fin la flauta a la boca. La mujer se daría la vuelta y detendría sus pasos.

Los arbustos se desperezarían, se estirarían en busca de su forma original. Los árboles romperían filas. La hierba se dispararía, crecerían los novillos.

Hombre y mujer se abrazarían en una desnudez inocente.

Los leones saldrían de los arbustos; las liebres, las palomas.

¿Y qué sería de la voz de la razón, esas palabras útiles con las que los hombres rompían lanzas en contra del amor y de las mujeres? Viejas fórmulas, olvidadas, muertas.

Al día siguiente, Anna partió de Werdenberg rumbo a Sax, a casa de su hermana Barbara.

Se le hizo un nudo en la garganta cuando, al subir la cuesta, vio la pequeña granja junto al arroyo, el techo del granero hundido bajo la pesada carga de nieve, las ripias enmohecidas sobre el muro de los cimientos. Del canal del que en verano brotaban robustas y carnosas plantas, hierbas de San Benito o ranúnculos de amarillo reluciente, subía solo un olor putrefacto.

Esa casa había sido su cárcel durante tres años. Una cárcel sin rejas ni vallados.

Tenía que permanecer en ella todo el tiempo o, en el mejor de los casos, no salirse del área lodosa situada entre el granero y la vivienda.

Anna avanzó a zancadas a través de la nieve, en dirección a la propiedad. En sus huellas se mezclaban la nieve y el estiércol.

Barbara le abrió. Tenía la cara mucho más delgada y la piel, amarillenta, se tensaba sobre el tabique de la nariz y los pómulos. Pero tenía la barriga abultada bajo el delantal, como si esta le hubiera absorbido toda la fuerza y la savia del cuerpo.

Sí, otro más, Anni, dijo Barbara. Entretanto ya los hijos mayores tienen sus propios hijos.

El cuñado salió de detrás de la estufa con los párpados hinchados, frotándose el sueño de los ojos.

Barbara se sintió orgullosa cuando, tiempo atrás, aquel siervo de campesinos le metió la mano bajo la falda, la dejó preñada y, por último, aceptó casarse con ella.

El día de la boda miró a Anna con aire de superioridad. En realidad te habría tocado a ti ponerte el vestido de novia. ¿Qué haces que ninguno pica el anzuelo? O mejor dicho, añadió, riendo por lo bajo: ¿qué no haces?

Anna se rio entonces.

Que Barbara tuviera a su siervo estúpido y picado de viruela.

Ya en la estancia principal, donde la estufa distribuía un calor irrespirable, hubo de contar lo que la había traído hasta allí en pleno invierno. Contigo siempre hay problemas, le había dicho Barbara. Podía quedarse hasta pasado mañana. No más. Tal vez ya estuvieran tras ella.

Al día siguiente, a primera hora de la tarde, vieron acercarse a la casa a un desconocido.

¿Lo conoces?, le preguntó Barbara, tras la cortina de la cocina.

Anna, pálida, negó con la cabeza.

Ve a la puerta; me ocultaré en la habitación contigua, le dijo a Barbara.

Que si ella era Barbara Göldin, quiso saber el hombre.

La misma. ¿Qué deseaba?

Había venido para alertar a su hermana. Personas bien intencionadas lo habían enviado.

Entonces Anna, que había estado escuchando tras la pared, entró en la estancia principal. El forastero dijo ser Jost Spälti, vecino de Netstal. Había estado caminando toda la noche. Había partido de la región de Glaris en dirección a Kerenzerberg y, más tarde, a Werdenberg, donde Katharina Göldin lo había enviado a Sax. Venía para alertar a Anna. Las autoridades de Glaris habían enviado a Werdenberg a un alguacil que tenía instrucciones de arrestarla y llevarla al consistorio de la capital. Por suerte, el alguacil no era lo que se dice rápido y se permitía tomar unos cuartos de vino en cada cruce del camino, de modo que él, Spälti, aun habiendo partido de Glaris mucho más tarde, había conseguido dejarlo atrás.

Anna debía marcharse de inmediato; no le aconsejaba pasar la noche donde sus parientes en Sennwald.

Qué personas bienintencionadas lo habían enviado, quiso saber Anna.

Melchior Zwicki, médico en Mollis.

# 5

En Glaris había empeorado la situación de la niña «corrompida». Escupía alfileres casi todos los días, y a las convulsiones se les había añadido ahora la parálisis de la pierna izquierda. Sin embargo, había horas en las que parecía del todo sana y jugaba con los regalos traídos o enviados por vecinos compasivos y curiosos.

Lo extraño era que los ataques solo le venían de día. Por las noches dormía como en los tiempos en que estaba sana: ocho horas sumida en un sueño profundo y sin interrupción.

La criada que hacía unos años ya había trabajado en la casa, una mujer gorda y de avanzada edad, que arrastraba los pies al caminar y tenía las piernas hinchadas, tenía órdenes de la señora de cambiar la ropa de cama cada día.

Las bonitas sábanas de lino, Hindschi, ¿me oís? Las de los encajes belgas. La cama ha de estar siempre blanca como la nieve, ¿entendido? ¿Has dispuesto las sillas para los visitantes? Las señoras se quedarán luego a tomar el té.

Hindschi asiente y sale de la habitación arrastrando los pies.

Anna Maria se inclina hacia las muñecas del tamaño de un dedo, las saca de sus sillitas, alza una manta en forma de hoja de roble y las acuesta en sus camitas. Listo. Entonces aparta hacia un lado la casa de muñecas, regalo del capitán. Sí, la había hecho él mismo, era realmente preciosa, encantadora, exclamó su madre, y batió palmas delante del capitán, como si la casa de muñecas fuera suya.

En realidad todo era de Anna Migeli: los libros envueltos en cuero y con cierres de cobre, el soldadito de plomo, el caballito con la silla pintada, la muñeca con la cabeza de porcelana, las bolsas, las latas, las golosinas. Y hoy recibiría nuevos regalos. La niña inclina la cabeza hacia un lado.

La madre acude presurosa, acomoda la almohada. Pobre Anna Migeli, tan pálida.

¿Cuándo podré salir de nuevo a jugar, mamá?

Dentro de poco, pobrecita mía.

La puerta se abre. Se oye el frufrú de unos vestidos rozando la cama. Un movimiento de sillas.

Silencio expectante, colmado en ocasiones por unos murmullos que se hinchan por momentos y decaen de nuevo: Ohquécosatanhorriblequeatrocidad...

Como si unos insectos de largas patas se reunieran sobre el cubrecama —Ohpobrecitainocente—, estirasen las trompas y los aguijones y movieran sus ávidos ojos compuestos en busca de algo situado debajo.

Respira con dificultad, ¿verdad, doctor Tschudi?

La voz de la señora Paravicini se reconoce por su tono quejumbroso y alargado.

¿Le vendrá pronto uno de esos ataques?

Esta vez era la señora Zweifel, esposa del tesorero. No podía perder mucho tiempo, tenía que darle el pecho al recién nacido, pero había querido ver a la niña enferma.

Quien ve con sus propios ojos, acapara luego la atención de los otros y es acosado a preguntas.

Cómo gime, la pobrecita. *Mon dieu*, esas convulsiones. Esa criatura ha de soportar cosas espantosas. Cómo arquea la espalda, un *veritable arc de cercle*, con la cabeza echada hacia atrás. A juzgar por los ojos en blanco, está fuera de sí.

Está a punto de salir otro alfiler, vaticina el capitán.

Es un habitual de la casa. Nadie ha estado más tiempo en el cuarto de la enferma que él. Conmovía verlo ocuparse así de la pequeña, susurra la señora Paravicini.

La señora Becker hace una mueca, suspira de manera ostensible.

Entonces la puerta se abre otra vez.

¡La señora esposa del corregidor!

¡Qué honor!

Llega usted en el momento justo.

No, aún no ha escupido nada.

Por favor, corregidora, siéntese en el butacón delantero, así podrá verlo todo.

La señora Paravicini estira el cuello, la cofia de la corregidora le impide ver. Es una de esas cofias altas que han prohibido usar, so pena de penitencia, en los últimos preceptos morales; todo un incentivo para los más ricos, deseosos de exhibir que pueden pagar los impuestos por ciertos artículos de lujo, según publicó hace poco en Zúrich el *Monatliche Nachrichten einicher Denkwürdigkeiten*.

La esposa del corregidor inclina la cabeza hacia adelante, observa a través de los quevedos.

Tiene una contractura en una pierna, ¿verdad, señor juez de paz?

El doctor Tschudi se enjuga el sudor de la frente, responde con embarazo:

Se rompería antes de poder enderezarla. En las últimas dos semanas se ha encogido unas pulgadas.

Entonces la niña pega un grito estridente.

Las espectadoras se levantan, algunas se acercan a la cama.

A través de los ojos parpadeantes, la niña ve las bocas torcidas y borrosas, una cámara de horrores llena de ojos desorbitados, labios fruncidos, dientes apretados, cuellos torcidos, venas hinchadas.

¡Ay! A...

¿Está llamando a Anna?, la señora del corregidor pone la mano detrás de la oreja.

Sí, murmura su nombre. Puede oírse claramente. De vez en cuando se oyen sonidos comprensibles a retazos. Canalla... Qué has hecho.

Murmullos, indignación.

¡Anna! Los insultos vuelan por la habitación, las maldiciones. ¡Anna! ¡Qué monstruo!

Hay que arrestarla. Matarla. Sin piedad.

# 6

Mientras Spälti regresa a Werdenberg, donde, tras cumplir su misión, se hartó la panza en la taberna La Cruz Blanca, Anna partía en dirección opuesta, hacia Sennwald.

Al caer la noche, llegó a casa de su otra hermana. Katharina se asustó cuando Anna le explicó sin rodeos que estaba huyendo y necesitaba dinero. Ella misma le había prestado algo a Katharina cuando repararon el techo de la granja. Pero no le hacía ninguna gracia recordárselo.

Katharina empezó a imprecar. Apenas se echa tierra sobre un asunto, Anna crea una nueva calamidad. ¿Dónde pensaba pasar la noche? Fuera hacía un frío de espanto; las calles estaban heladas.

No quiero ir a casa de nadie en el pueblo, le dijo Anna.

Pues, en ese caso, debía acudir a la parroquia.

Anna vaciló. ¿Estaba aún el pastor Breitinger?

Katharina asintió. Pero desde entonces ha corrido mucha agua por el Rin.

Anna está helada, exhausta.

Le resulta familiar el penetrante tañido de la campana.

La mofletuda criada que le abre permanece de pie en la claridad de la puerta, en medio de una nube de calor de estufa y olor a comida.

La mujer del pastor no reconoce a Anna. ¿Cómo? ¿La Göldin? ¡No es posible!

Llama a su marido. En el pasillo poco iluminado, el clérigo alza el quinqué para ver el rostro de Anna. Sí, es cierto. Han pasado veinte años. ¡Cuánto tiempo! ¡Ah, el tiempo!

Anna pregunta si puede pasar allí la noche. El pastor capta la inquietud de su mirada. ¿Ocurre algo? El alguacil de Glaris anda detrás de ella. Un asunto estúpido, sí, pero no es culpa suya. Una vez más no es culpa suya. Eso le suena familiar. El pastor se encoge de hombros, como si intentara proteger su cabeza de pájaro reducida por la edad. Tan miedoso como siempre, piensa Anna. Sumiso, como a la espera de un golpe, siempre dispuesto a obedecer por miedo. A través del pasillo, el pastor intercambia unas miradas con su esposa, que dice: Vaya por Dios. En ese caso, quedaos. ¡Pero solo una noche, Anna!

Le ahorran el reencuentro con su cuarto de sirvienta. En el sótano de la parroquia han provisto una estancia para vagabundos y gente sin hogar al que se accede a través de una puerta exterior situada al fondo de la casa. No tiene conexión alguna con otras habitaciones de la vivienda. Algunos, aprovechándose de la misericordia del pastor, habían metido en su casa a asesinos e incendiarios. Ahí está el saco de hojas, Anna. La estancia es más bien fría, pero Tildi os hará un café por la mañana. La joven criada asiente. Se ha acercado hasta ellos, en parte por curiosidad, en parte por interés en Anna, la antigua sirvienta. Anna está muerta de frío.

La habitación parece una cueva.

En sus tiempos se guardaban allí los sacos de patatas, los bidones de vinagre, las conservas hechas con frutos de la huerta. En las paredes desnudas brillan los carámbanos. Anna apaga la vela, se acuesta sin desvestirse, cierra los ojos. Ve la cara joven y mofletuda de la sirvienta. Tildi: la Anna de entonces. Esa persona inexperta que se ha hecho ilusiones con el empleo en casa del pastor.

Un puesto para una sirvienta con experiencia, le había dicho entonces su hermana Barbara. No te lo darán.

Pues me lo han dado, había dicho Anna.

Cuando se presentó en la casa del párroco por primera vez, el siervo del castillo apareció por allí con unos barbos del arroyo vedado. El regidor había perdido todo apetito por el pescado y se lo dejaba a buen precio a los pastores. Que si entendía Anna algo de cocinar pescado, le preguntó el pastor.

Sí, había cocinado pescado muy a menudo en casa del armero, como también las piezas de caza que el señor tomaba en pago de algunos cazadores.

Entonces podía quedarse y preparar esos barbos.

Anna metió los pescados en un caldo, les añadió vino blanco y una hoja de laurel y lo sirvió con mantequilla tostada y perejil.

La mesa del comedor estaba cubierta con tela de damasco, era tan larga que entre el pastor y su mujer habrían cabido por lo menos seis niños.

El pastor se abalanzó sobre los barbos con hambre de lobo. Su mujer, en cambio, solo tomó unas patatas. Sentía cierta animadversión por los animales acuáticos, dijo. ¡Esos cuerpos resbalosos y repugnantes, con escamas y colas! Pareció sentir náuseas solo con describirlos; su cara infantil se volvió cerosa y sus ojos, azules como porcelana, cobraron una expresión acuosa y distante.

Las náuseas le vendrán porque está esperando un hijo, pensó Anna. Hasta ahora no tenían ninguno.

En la cocina, que para los estándares de Anna de aquel tiempo era espaciosa y estaba muy bien equipada, la dejaron hacer y deshacer. La joven señora no entendía nada de labores domésticas. Hija de padres ricos, naturales de Zúrich, siempre había tenido servicio. El pastor, un hombre de treinta años, usaba ciertos artificios para parecer más viejo. Después de la oración matutina se empolvaba el cabello y las cejas, y con un hierro caliente se formaba un rizo del tamaño de un dedo sobre las orejas.

Un *grand seigneur*, decía la gente. Descendiente de los Breitinger, una familia de eruditos. Sus prédicas de los domingos iban más allá de las cabezas de sus fieles. Leal al corregidor contra viento y marea.

La gente se quejaba de sus prebendas y sus diezmos, de su porcentaje en los beneficios de las tierras comunes y de los prados de pastoreo. Hasta un viñedo propio, tenía. Era lo que más le envidiaban. Cada familia con un tiro de caballos de propiedad debía entregarle una carretada de leña. Las demás pagaban la leña para la chimenea a dos *batzen*.

El pastor pasaba las mañanas en su gabinete, vestido con su chaqueta de terciopelo, llenando los libros de bautismos y muertes, leyendo los informes de sus colegas sobre las prebendas del dominio. Johann Martin Wyss, pastor de Sax, había redactado uno de esos informes para las autoridades:

«Resulta razonable no fiarse demasiado de las personas y tener tan poco trato con ellas como sea posible.

No ven con buenos ojos que el regidor y los pastores tengan buena relación entre ellos. Temen que eso repercuta en su propia desventaja: aunque la riqueza no es grande entre casi ninguno y se alimentan mayormente de lo que crece en sus terrenos —frutas, hortalizas y, especialmente, leche—, no dan muestras de educación ni de moralidad, sino que desde su juventud se acostumbran a la bastedad y la rudeza».

Por las tardes, cuando hacía buen tiempo, el pastor Breitinger salía al aire libre. Le gustaba estar en su cabaña del viñedo, que, como era costumbre en las orillas del lago de Zúrich, había reformado para convertir en una casa de recreo. Desde el pueblo podía verse la graciosa veleta que giraba con el viento. Décadas después, en 1798, una sublevación de campesinos armados de tridentes y guadañas expulsó al pastor y al regidor de la región y destruyó la odiada casita. Tardes enteras pasaba el pastor allí, junto a la ventana, leyendo o estudiando. La tranquilidad del campo y el entorno encantador lo reconciliaban con el inconveniente de estar lejos de Zúrich, destinado a un lugar de provincias. Su tío, profesor de hebreo y griego en el colegio Carolinum, le enviaba libros: las primeras odas de Klopstock, por ejemplo, a quien había conocido hacía unos años en la casa del poeta Johann Jakob Bodmer. Pero a pesar de esas interesantes novedades, seguía prefiriendo a los griegos, los versos de Homero.

Si alzaba la vista, veía aparecer entre las hojas de vid los brazos de la sirvienta: manchas claras, de un verde intenso cambiante cada vez que se estiraban para cortar los racimos con un cuchillo curvo. Por la expresión de su rostro mientras realizaba aquella simple tarea, podía verse que la joven no notaba la atención que él le prestaba.

A Anna le gustaba trabajar en el viñedo.

Era casi increíble que el suelo de Sennwald, tan pedregoso e inclinado, pudiera dar esas uvas opulentas que ahora tenía entre manos, henchidas de jugo cálido.

En una ocasión, mientras trabajaba, un joven mozo la sorprendió en el viñedo. Ella lo había conocido en la fiesta patronal del pueblo y, más tarde, en el Adler. Él le había pagado un vino y había bailado con ella. Se llamaba Jakob Roduner y era aprendiz de carpintero.

Qué susto me has dado, le dijo ella.

Él la rodeó con sus brazos. Ella rio, le extendió una uva y él la mordió. Con el jugo en las comisuras de los labios, dijo: Saben a acedera. Las de Frümsen son mejores.

Anna se mostró indignada. Defendió el viñedo de la parroquia, pero él acalló sus protestas con besos y se puso a juguetear con su pechera.

Por la noche, el pastor preguntó a su mujer si Anna tenía novio.

Ella no sabía nada del asunto.

Al párroco le disgustó la forma en que se lo dijo, con ese desinterés tan típico de ella, esa modorra mental, como si no estuviera sentada a su lado en la mesa o como si un velo le tapase los ojos.

Ella notó la mirada de su marido y desvió la vista hacia la ventana.

Cuando Anna hubo retirado el servicio, la mujer protestó con una vehemencia poco habitual: Quiero tener un hijo. Aquí me muero de aburrimiento.

El pastor no supo qué responder. Esbozó una sonrisita de labios fruncidos que dejaba entrever sus dientes curvados hacia atrás, pero aquel gesto tan familiar no sirvió para tranquilizar a su esposa. En eso entró de nuevo Anna, que traía las primeras uvas envueltas en un lecho de hojas de parra.

Había cogido las del lado oeste de la viña, que maduraban antes y tenían ya ese toque amarillento.

El pastor la alabó por su sensatez.

Con la fuente en la mano, la criada se detuvo un instante. Los ojos brillantes, las mejillas sonrosadas, delataban que había estado al aire libre.

Al lado de Anna, la joven esposa mostraba un aspecto pálido y menudo, casi infantil. Era como si Anna le robase el aire.

¿Cómo podría concebir y dar a luz a una nueva vida, si apenas parecía tener sustancia suficiente para sí misma?

El médico le había recetado los remedios habituales: una yema de huevo con malvasía, champán con caracoles, una sangría completa, una cura de baños en Schinznach.

Anna apenas sabía nada sobre el estado anímico de su patrona.

Después de varios años trabajando como sirvienta, estaba acostumbrada a que sus señoras no siempre estuvieran de buen humor. Además, parecía que ahora empezaba su propia historia, así que... ¿a santo de qué iban a interesarle las historias ajenas?

Cuando caía la tarde, Anna daba paseos con Jakob en secreto, y durante el día se adentraban en el bosque. Debían mantener oculta su relación, decía Jakob, dado que su maestro carpintero se atenía con celo a los principios de otros maestros de oficio de las ciudades y de Suabia: según decían, un aprendiz no debía andar metido en líos de faldas. Si, por haber dejado embarazada a una chica, se veía obligado a casarse, caía en deshonra y era excluido del gremio. Jakob quería llegar a ser carpintero ebanista y unirse más tarde a los *ébénistes* de París, capaces de hacer tocadores y escritorios con incrustaciones de maderas exóticas.

El pastor tenía uno de esos *secrétaires* con una plancha de madera abatible, compartimentos secretos y cajones con incrustaciones de madera clara sobre madera oscura, y de madera oscura sobre clara. Pero para ese trabajo era preciso tener manos finas, decía Anna.

¿Acaso no las tengo yo?, replicaba Jakob, y le acariciaba la cara, el cuello y el escote por encima del corpiño.

El bosque se abría con galerías de sombra y corredores llenos de claros de luna.

En una ocasión, comprimida contra el tronco de un árbol, él la besó.

Tenía que haberlo rechazado. Pero ¿por qué?

Tiene ya más de veinte años. Jakob le gusta.

No va a pasar nada, ¿verdad?

Tendré cuidado.

Pero, ¿y si pasa?

Entonces seremos pareja.

«Anna Göldi, nacida en el dominio de Sax, de unos cuarenta años aproximadamente, buena figura, con algo de estudios, pero lasciva y taimada. En sus años mozos prestó servicios en la parroquia de su pueblo natal y, en su condición de chica libidinosa pero inexperta en cuestiones amorosas, tuvo la mala suerte de...» (H. L. Lehmann)

El bosque devino su territorio durante el día y también durante las noches claras, con sus cojines de follaje del año anterior, sus musgosas hondonadas, sus charcas rodeadas de asperillas y sus verdes cortinas de hojas agitadas por la brisa, acariciadas y besadas por manos tiernas y halagüeñas, mientras la mirada trepa por los troncos de los árboles hasta los filamentos de azul.

A finales de octubre cayó la primera nieve. Demasiado pronto.

Un manto blanco lleno de ondulaciones y montículos, por desgracia aún demasiado fino, rasgado por las ramas de las zarzas.

Anna estaba embarazada.

Jakob aún no lo sabía.

La tersura y el aumento de los pechos, los aleteos en el estómago al levantarse, la ausencia de la regla. Y Jakob sin saber nada.

Anna temblaba de frío a pesar de la capa de lana con capucha.

Jakob le vertía su cálido aliento en el oído, le calentaba la boca con la presión de sus labios.

Entre dos besos, ella le dijo: ¿Sabes, Jakob?

¿Sí?

A continuación, silencio. El agua de la nieve fundida caía entre las ramas.

Sin mediar palabra, Jakob lo supo. Una sombra lo rozó, su corazón se detuvo por un instante.

Voy a tener un hijo, Jakob.

Él no dijo palabra. Sus brazos se retiraron de las caderas de Anna.

Jakob Roduner. Veintitrés años, deshonrado y expulsado del gremio.

La carne de una hembra te ha arrastrado a la trampa, Roduner.

Ya puedes tirar tu futuro al fuego de la chimenea. Jakob, veintitrés años, en yugo matrimonial con Anna, la sirvienta. Pronto tendrá que alimentar tres bocas haciendo chapuzas, con trabajitos en negro. Y todo por el placer de la carne...

«Y hallé más amarga que la muerte a la mujer cuyo corazón es lazos y redes, cuyas manos son cadenas». (*Eclesiastés*, 7, 26)

El cuerpo de la mujer: un pedazo de naturaleza, flora salvaje de formas exuberantes, de extremidades voluptuosas que se enredan y atrapan al hombre con sus cavidades ocultas, sus trampas camufladas. Algunos se extravían en esa topografía como un caminante en una jungla.

Muy a menudo, el cuerpo de una mujer, con sus atractivos, ha despojado a un hombre de su bien más preciado, la razón. Eso había dicho el *camerarius* en uno de sus sermones.

Un hombre, cuando piensa en copular, debe contentarse con una criatura hogareña y sobria, poco coqueta. Hasta el propio Lavater, hombre sabio e iluminado por Dios, se casó deliberadamente con una criatura de poco atractivo.

El vil placer de la carne, la embriaguez de la sensualidad, se esfuma, pero la razón queda.

El *camerarius* alza la mano, los puños de encaje vuelan hacia atrás, la feligresía entona un canto de contrición del salterio de Zúrich:

*Los deseos de mi carne*
*que tanto dolor me causan.*
*Carne y espíritu*
*tiran de mí*
*hacia ambos lados.*
*Oh, se inicia la pugna.*
*Rompe las trampas de la carne,*
*sus enredados lazos.*
*Inúndame con tu amor,*
*crucifica mi deseo*
*y todos los instintos malvados,*
*de modo que, poco a poco,*
*pueda yo morir para el mundo del pecado,*
*cuando mi carne me corrompa.*

# 7

A la hora del té, la esposa del teniente Becker le preguntó a la nueva criada si dormía en la misma cama que había dormido Anna Göldin.

Dios me libre, respondió Hindschi. Prefería irse a su casa, aunque fueran las once de la noche, antes que dormir en la cama de esa bruja. Solo había estado una vez, brevemente, en la puerta de la habitación, había echado una ojeada y, sinceramente, había sentido que un escalofrío le recorría la espalda.

Hindschi prefirió omitir que allí arriba todo estaba muy ordenado.

¿Todavía no habían arrestado a esa mujer?, preguntó la esposa del coronel Paravicini y parpadeó con sus largas pestañas hacia el lugar en el que se hallaba el doctor Tschudi.

Este se mordió el labio. Todo Glaris sabía —y también seguramente la mujer del coronel— que el alguacil había regresado sin haber cumplido su misión. No había traído nada, salvo la noticia de que Jost Spälti sí había cumplido con su encomienda. Para colmo, ambos hombres se habían reunido por la noche en la taberna La Cruz Blanca, en Werdenberg, donde habían confraternizado ante una buena botella de vino mientras se mofaban de sus mandantes. Más tarde Spälti propagó por la región el rumor de que Katharina Göldin le había insinuado, en confianza, que Anna le había parecido más entrada en carnes.

Con esas palabras, el señor Tschudi satisfizo la curiosidad de las mujeres en el cuarto de la enferma y ante la mesa del té. Mucho peores eran aquellos sabihondos de Glaris: Cosmus Heer, el expresidente del cantón, el preceptor Steinmüller. La noche anterior, sin ir más lejos, mientras tomaba su medio litro de Veltliner en el Adler, Cosmus Heer le había gritado de una mesa a la otra: ¡En vuestra casa ocurren cosas de la Edad Media, señor juez. ¿Sabíais que escupir alfileres es uno de los síntomas de estar poseída por el demonio?

Ese tono sarcástico y sabihondo. La culpa la tenían todos esos libros llegados de Francia que se comentaban cada dos viernes en la Sociedad de Lectura. El *camerarius* ya se había quejado de que su censura de las listas de libros estaba siendo desobedecida por algunos señores.

El 9 de diciembre, Tschudi solicitó al Consejo una «intervención firme» en el asunto. Era preciso llevar el caso adelante, sobre todo de cara al rumor de que él había preñado a la Göldin. Tenía que salvar su honra.

Los miembros del Consejo lo escucharon. Algunos, con expresión perpleja; otros, con mal disimulada satisfacción por su infortunio. Tras un acalorado debate, se acordó investigar el caso «del modo más minucioso»: enviarían a dos hombres con la orden de búsqueda y captura de la tal Göldin.

La niña «corrompida», por su parte, debía ser examinada por el médico más ilustre de la región de Glaris, el doctor Marti. Y entre otras personas, era preciso interrogar al doctor Zwicki y a la anciana comadrona Göldin, de Werdenberg.

Esos interrogatorios, que se extendieron desde mediados de diciembre hasta principios de febrero, arrojaron pocos datos nuevos.

El doctor Zwicki justificó haber alertado a Anna con razones falaces. Dijo que lo había hecho solo por respeto a su madre, que estaba sumamente preocupada por el destino de su antigua sirvienta.

Katharina Göldin, de Werdenberg, declaró en acta que Anna se había cambiado de ropa delante de ella, por lo que, según su pericia como comadrona, creía poder concluir, a razón de ciertos síntomas, que Anna estaba encinta. Ya en otra ocasión en que mostró ese mismo aspecto resultó estar embarazada.

# 8

Por la época en que quedó preñada de Jakob, Anna partió de Sennwald rumbo a Werdenberg. No sabía qué hacer y esperaba que Katharina le diera algún consejo, o, tal vez, hasta le prestara alguna ayuda.

Después de aquella noche en el bosque, a Jakob no volvió a verle el pelo. Un par de días después, un hombre llamó a la ventana de la cocina de la casa parroquial, y cuando ella asomó la cabeza, le preguntó si era Anna Göldin.

Era el maestro carpintero de Jakob Roduner.

Si Jakob estaba arriba, acostado en la habitación de la sirvienta, era mejor que se lo dijera con franqueza.

No, Jakob no estaba allí, se lo juraba.

Su aprendiz no había vuelto al trabajo desde el lunes, le dijo el maestro artesano, y miró hacia el interior de la casa.

Anna no dijo nada, solo tragó saliva. De pronto sentía un gran vacío, una sequedad salada. Dos días después, se enteró a través del hermano de Jakob que este había aceptado un contrato para servir como soldado en Holanda.

Anna sube y baja las escaleras moviendo las manos con nerviosismo. Anna por aquí y Anna por allá, pero nadie le pregunta qué le pasa, y ella solo piensa en una cosa: Jakob se ha marchado.

Y dentro de ella crece esa cosa que le hincha el vientre. ¿Cómo podían saber que se trataba de una criatura? Quizá fuera un puñado de sueños, una esponja impregnada de lágrimas.

En el camino hacia Werdenberg abriga la vana esperanza de que Katharina compruebe que no se trata de un bebé, o que, de serlo, esté a punto de perderlo. Lo había visto en su propia madre: con tales infortunios ningún niño podía prosperar.

Mientras Anna le habla de Jakob, Katharina la escucha con su hijo más pequeño en el regazo. En la estufa se secan unos pañales. Anna se tumba en la cama. Su prima, la comadrona, le palpa la barriga.

Quinto o sexto mes. Pronto ya no podrás ocultarlo. Deberías decírselo a la mujer del pastor antes de que lo note.

Entonces ¿es verdad que...?

Claro, ¿qué esperabas?


Decírselo. A la mujer del párroco. Al párroco.

Anna pasa la plancha llena de carbones encendidos por el pañuelo de encajes de seda.

No tiene ni idea de cómo decir una cosa así.

Plancha la chorrera del pastor.

Para la gente de su condición social habría encontrado las palabras certeras, las palabras crudas que describieran sin tapujos lo ocurrido entre Jakob y ella.

Pero a la gente de posición no le valían esas expresiones. Esa gente contaba con palabras que podían imprimirse en los libros, que describían con rodeos, de forma adecuada, lo que pretendía decirse, irisándolo todo con ambigüedades.

Cohabitar. Procrear. Copular.

Palabras sin el menor asomo de deseo carnal.

Sí, a esas alturas, Anna estaba convencida de que a la gente fina le era ajeno todo lo relacionado con la carne. Solo los campesinos sentían esos instintos animales, esos placeres oscuros. La plancha se desliza sobre los pantalones del pastor. La punta se cuela en los dobladillos, alisa los encajes.

Los ojos de Anna buscan la ventana.

Le alegra que la iglesia y la parroquia se encuentren en una colina, alejadas del pueblo. En la zona llana, el Rin. Agua que fluye como el tiempo, una y otra vez, hasta verterse en el mar de Holanda, según ha oído decir. Nadie tiene poder para detener el río, como tampoco pueden detenerse las horas, los días o las semanas. Ellos también fluyen.

Y aún no ha conseguido encontrar las palabras adecuadas.

Nos han robado las palabras, Steinmüller.

Solo nos queda el silencio, callar, agachar la cabeza.

La falda de Anna empieza a abombarse.

El corpiño terminado en punta parece un escudo que protege al hijo de Jakob.

Pero ella no quiere protegerlo, confía en que desaparezca, en que su propia pena lo asfixie y lo arrastre fuera. Lo mismo le pasó al hermanito que estaba en la barriga de su madre tras la muerte de papá. Hijo de la pena, de la miseria. Es mejor que se convierta de inmediato en un ángel. Nunca ha oído hablar de ángeles legítimos o ilegítimos. Ni siquiera el pastor Breitinger menciona en la iglesia esas diferencias divinas, aunque no pierde oportunidad de alertar sobre las consecuencias de la cohabitación fuera del matrimonio.

En la iglesia, Anna pide a Dios misericordia. Sus ojos se refugian en el ángel del vitral con el escudo. Un ángel fornido y viril, con un oscuro fuego en los ojos y unos labios muy sensuales. La disgusta un poco que el artista vidriero decidiera representarlo con el escudo de Sax, como a una criatura terrena al servicio del bienaventurado señor feudal.

Y sigue sin encontrar las palabras, aunque hace tiempo que es Adviento. El sacristán enciende los cirios con una larga vara en cuya punta ha fijado una mecha encendida. Unas nueces doradas se mecen en las cintas de seda al ser tocadas por la debida brisa. La esposa del pastor aún no ha notado nada.

Anna ha de ir hasta allí y acondicionar la iglesia para las fiestas navideñas. El sacristán sufre de gota, no se le puede pedir que realice las labores de limpieza.

Anna refunfuña.

El sacristán sabe muy bien cómo escurrir el bulto, siempre lo hace. Al terminar su jornada va derechito hasta la taberna, a beber su aguardiente.

Mientras, ella se deja la piel con la escoba y el cubo.

Esta sirvienta ya no es lo que era, se queja la esposa del pastor. ¡Las escobas nuevas barren bien, y las viejas se entumecen! Esa misma noche le dice a su marido: Anna lleva aquí muy buena vida, está comiendo muy bien, mira qué redondita se ha vuelto. Apenas puede moverse y se pasa el tiempo con la mirada perdida. En ocasiones hay que llamarla hasta tres veces.

Anna está de rodillas sobre el suelo de madera de la iglesia, frotando con fuerza el cepillo de raíces. A veces se detiene, se incorpora, se palpa la columna dolorida.

De pronto lo ve todo negro.

El cepillo cae en el cubo, el agua enjabonada salpica. Anna consigue arrastrarse hasta una de las sillas del coro con respaldo y escudo.

Respira. Hunde la cabeza en las manos, oye el rumor de la carcoma royendo el banco de la iglesia. Delante de los vitrales nieva como si el cielo se hiciera jirones.

Tiene que decirlo de una vez. Preferiblemente al pastor, que es siempre afectuoso y amable con ella.

Su patrón se ha pasado la mañana entera sentado frente al escritorio, en su gabinete. Anna ha estado a punto de llamar a la puerta, pero de pronto alguien abajo ha tirado con fuerza de la cuerda de la campana. Por la mirilla, a través del espejo inclinado, ve al siervo del castillo, que por fin trae los emolumentos. El pastor ha estado esperando esos ciento cincuenta florines desde el día de San Martín. A fin de cuentas, uno no vive solo del consuelo espiritual, sino que sabe apreciar un buen asado de ternera y una botella de vino del lago de Zúrich. Mientras el pastor baja y firma la carta y el recibo para el presidente del cantón, Ulrich, Anna contempla el grueso libro encuadernado en cuero que descansa sobre el escritorio. Es el registro de bautismos de la parroquia, con los años escritos en números arábigos.

La bonita letra del pastor Breitinger en tinta oscura. Pulcramente consignados los nombres de los bautizados, los de sus padres y padrinos.

Si todo sigue su curso..., piensa Anna, y de solo pensarlo se le hace un nudo en la garganta, ...dentro de poco estará ahí también el nombre del hijo de Jakob, con el añadido: «Engendrado fuera del matrimonio por...». Ella no dirá a nadie quién es el padre de la criatura; si acaso lo revelarán el maestro artesano de Jakob o los demás aprendices.

Su hijo. Suyo y de Jakob.

Una mancha infame en el venerable registro de bautismos de la feligresía de Sennwald, en el que una mano de elegante caligrafía había escrito este exergo: «Hágase todo decentemente y con orden». (I. Corintios 14:40)

Pensándolo bien, fue esa frase la que la privó del coraje para hablar con el pastor.

El tiempo avanzaba.

Anna dejó de buscar las palabras adecuadas.

Confiaba en que aún sucediera algo.

Ella y la mujer del pastor colocaron el pesebre en el coro de la iglesia, sacaron al niño Jesús de su envoltorio de papel, le soplaron el polvo de su respingona nariz de cera, de sus ojos de nomeolvides. La señora colocó a la Sagrada Familia en el pesebre y Anna se encargó de las figuras menos importantes del reino animal: el buey, el asno y la oveja.

«Porque un niño nos es nacido; un hijo nos es dado.» El pastor leyó desde el púlpito, con expresión adusta, el sermón navideño. Su mujer estaba sentada en primera fila en la silla del coro, con las manos cruzadas sobre el regazo.

Después de la epifanía, la Sagrada Familia, los tres reyes, los atuendos nupciales y las nueces doradas retornaron envueltas en serrín al armario de la sacristía.

Su señora pudo respirar con alivio.

Después de Reyes, los días se volvían más claros.

La señora pretendía empezar en febrero con las labores de limpieza. De lo contrario, en una casa tan grande, no terminarían hasta las fiestas de Pascua.

Anna, encargada de limpiar las ventanas, arrima una silla y trepa a ella con esfuerzo, agarrándose del respaldo. Se yergue encima con todo el volumen de su cuerpo. La mujer del pastor, que está a su lado ordenando unos cuchillos de plata en un estuche forrado de terciopelo, parece haber sospechado algo en ese momento, pero no dice nada. ¿Habrá espantado la duda achacando la gordura de la sirvienta a la buena comida, a la vestimenta de entonces, que con sus faldas de cola plisadas ofrecían cobijo, como en una tienda de campaña, para cualquier cuerpo orondo?

Anna no sabe cómo interpretar el aparente despiste de la patrona. Ella tiene náuseas desde la mañana. Siente unos tirones en la barriga, algo que se retuerce dentro de ella a intervalos. Pero no puede ser, aún están en febrero, aún faltan por lo menos seis semanas. Tal vez no le hayan sentado bien las alubias que cenó ayer.

Otra vez esos tirones. Anna se tambalea en la silla.

¿Ocurre algo, Anna?

Muy abajo, como un disco borroso, el rostro de la señora.

Un eco de desconfianza vibra en su voz.

Me duele el estómago, pero todo bien.

Anna se pasa el dorso de la mano por los labios. Se da la vuelta hacia la ventana, limpia con una bocanada de aliento las manchas de las moscas en el cristal. De nuevo esos tirones. Esta vez son más fuertes. Ha estado a punto de caer.

Baja de la silla, jadeante. Se sienta un momento.

A la mujer del pastor la embarga una sensación inquietante. La criada tiene el rostro pálido, unas perlas de sudor le cubren la piel. Sopesa rápidamente lo que el médico podría pedirle por una consulta. Una suma exorbitante, sin duda. Sus padres en Zúrich hacían venir al barbero cuando era preciso atender a la servidumbre, pero ella no quiere charlatanes en su casa.

Pero ¿qué dice? Anna se habrá pasado comiendo. Hace un par de días se dio cuenta de que la criada no se conformaba con los restos, siempre separaba algo antes de servir.

¡Podéis marcharos a vuestra habitación!

Hay desprecio en su voz. Como si Anna, en lugar de cumplir con sus obligaciones, se pasara parte del tiempo acostada en su cuarto.

Es preciso que la cena sea servida con puntualidad, dice la señora. El señor llega de Zúrich y, después del viaje, aprecia mucho una buena ración de cerdo con col roja y castañas.

Anna asiente. Se arrastra escaleras arriba.

Se tiende sobre el colchón de paja, a merced de esos regulares y dolorosos espasmos. En un primer momento, las pausas entre los retortijones le dejan algo de tiempo para tomar aliento, pero luego los intervalos se reducen. Se hacen más rápidos. Más intensos y desgarradores. Presa de un temor mortal, Anna se incorpora, clava los dedos en el colchón de hojas, un sudor frío le brota por los poros.

La siguiente contracción la arroja de nuevo en la cama.

Un momento de calma. Otra vez puede respirar.

Pero de inmediato le viene una nueva oleada, esta vez más dolorosa, siente ganas de pujar. Que sea como tenga que ser, piensa. Y puja, y expulsa a la criatura de sus entrañas. Una cosa resbaladiza, cubierta de un sebo blancuzco. Es un varón diminuto, más pequeño que cualquiera que haya visto antes en una cuna, arrugado como una manzana vieja.

De un mordisco, Anna corta el cordón umbilical. Le ha oído decir a Katharina cómo lo hacen las mujeres en los alejados puertos de montaña, donde no hay médicos ni comadronas.

Desde la cama abre el baúl, agarra lo primero que le cae en las manos y lo saca: es un viejo camisón. Lo rasga en dos pedazos y envuelve al niño con los jirones. Recién llegado al mundo, a la frialdad de un cuarto de criada, la criatura cierra los puños con fuerza y grita. Anna coloca al niño contra su cuerpo, alza la manta, cae rendida de sueño.

Esa noche, cuando el señor llega con el coche de posta, no hay luz en la cocina. El pastor reclama su cena, su mujer llama a Anna. Al ver que las llamadas no dan resultado, ella misma sube las escaleras.

Desde el umbral, a la luz de la lámpara, ve la cama desordenada y manchada de sangre. La criada duerme con la boca abierta y el pelo deshecho.

También el pastor acude corriendo con una lámpara de mano ennegrecida por el humo.

Medio dormida, Anna confiesa haber dado a luz.

¿Y el niño?

Ahí, bajo la manta.

El diminuto cuerpo debe de haberse resbalado hacia abajo.

Anna aparta la pesada manta. La luz de la lámpara alumbra el rostro de la criatura.

El niño está muerto.

# 9

Los miembros de la Sociedad de Lectura, tan dados al debate, se reúnen en El Águila Dorada.

Hans Peter Zwicki, hijo del alférez y estudiante de Jurisprudencia en Gotinga, propone leer a Gessner, un poeta exquisito que, por sus descripciones de la naturaleza, encaja muy bien en la región de Glaris. No en vano los glaronenses cultos, incluidas algunas mujeres, han peregrinado con desbordante entusiasmo hasta Zúrich, solo para verlo.

Como miembro de una generación más vieja, él prefería algo menos idílico, ha dicho el magistrado Tschudi. Aunque en ese ilustre círculo ya habían tenido en consideración el *Emilio* y *Las cartas escritas desde la montaña*, él proponía leer otra obra de su autor favorito, Jean-Jacques Rousseau, pues no conocía mejor confrontación con las ideas de la tolerancia y la Ilustración...

El *camerarius*, por su parte, se vio obligado a alertar con vehemencia contra esos escritorzuelos que estaban de moda. Esa pretensión de aceptarlo todo como natural era una manía que no se detenía siquiera ante lo más sagrado: los milagros de Jesús. De ahí a negar la existencia de Dios, como hacía el tal Voltaire, solo había un paso...

Voltaire no se oponía Dios, solo era anticlerical, objetó Cosmus Heer con sequedad.

Las aletas nasales del *camerarius* temblaron. A continuación, esforzándose por mantener cierto equilibrio de ánimo, dijo que el sabio Bodmer de Zúrich consideraba a Rousseau un hombre ateo y peligroso.

Una sonrisa maliciosa se dibujó en los labios del alférez Zwicki, gran amigo de los franceses. El *camerarius* despreciaba sus arranques de ingenio, su escepticismo galante.

A algunos en Glaris les convendría tal vez acercarse antes a lo natural, dijo Cosmus Heer. Un poco del espíritu de los Enciclopedistas no haría daño a nadie. Aún había quienes pretendían invocar al diablo cuando desconocían ciertas explicaciones naturales, como ocurría precisamente en el caso de la tal Göldin. En el último congreso de la Sociedad Helvética, un pastor le había hablado de tres casos de aparente epilepsia sobre los que pretendía escribir para *Der Teutsche Merkur*, la revista publicada por Wieland en Weimar. El primer caso era el de la hija del deshollinador Jakob Schnebelin, natural de Affoltern am Albis, que tenía la misma edad de Anna Maria Tschudi cuando empezó a padecer convulsiones espasmódicas y estados de paroxismo. Los padres atribuyeron los ataques al Maligno. Enviada al hospital de Zúrich, dos aprendices de cirujano animaron a la niña a que mostrara sus ataques a cambio de dinero. A continuación, le dieron un par de azotes y la enviaron a casa, donde vive desde entonces rebosante de salud. En el mismo pueblo habían tenido un caso similar con una joven sirvienta. En Wölflingen había sido un niño.

El preceptor y farmacéutico Steinmüller quiso saber si alguien había examinado alguna vez a fondo la cama y la ropa de Anna Maria Tschudi.

El *camerarius* se mostró indignado.

¿Acaso tomaba por estúpido al doctor y juez Tschudi? ¿Lo creía incapaz de diferenciar una parálisis real y una contractura en el pie, unas convulsiones auténticas y unos espasmos y torsiones, con una simulación autoinfligida? Podía olerse ya, dijo, con la vena de la sien cada vez más hinchada, cuál era el quid de la cuestión para aquellos señores. No en vano algunos de ellos estaban emparentados por matrimonio con los Zwicki de Mollis. ¿Acaso habían olvidado la ley por la cual era preciso excluir del tribunal de cualquier proceso judicial a los parientes cercanos? Sea como fuere, los Tschudi harían valer esa ley...

Yo también soy un Tschudi, dijo el magistrado con serenidad. Pero, como muchos antepasados de nuestra honorable estirpe, me arrogo el derecho de expresar mi propia opinión. Y esta difiere de la suya, señor *camerarius*...

Oído esto, el *camerarius* se puso de pie y se marchó. Un viento helado penetró a través de la puerta de la hostería El Águila Dorada.

Pero es cierto, dijo Dorothea a Steinmüller. Mi prima estuvo allí. La niña escupe ganchos, alfileres y otros objetos punzantes. Ella misma había recogido en un orinal la flema azulada de la niña y examinado la dureza y el filo del alfiler...

Instigado por el juez Tschudi, el consejo llega a un acuerdo: los miembros del tribunal emparentados con el doctor Zwicki, de Mollis, debían ser excluidos. Con ello se despedía a los más hábiles adversarios: el anciano exgobernador y jurista Cosmus Heer y el actual jefe de gobierno Tschudi.

Un escándalo, esa mutilación del consejo, dijo el preceptor y farmacéutico Steinmüller. El Consejo Evangélico se ha convertido en una cofradía de granjeros. El hecho de que reservaran la presidencia al elocuente mayor Bartholome Marti no compensaba el escándalo. Al menos era un consuelo que el doctor Marti recibiera de las más altas instancias la orden de examinar a la niña enferma. El doctor Marti era el médico más progresista de toda la región de Glaris. Eso lo decía con veneración. Había hecho cosas inestimables por el bienestar de la gente cuando introdujo la vacuna contra la viruela. Lo primero que hizo fue usar el serum de la viruela bovina en lugar del de la humana... Sí, una mente iluminada y sin prejuicios. ¿Sus autores favoritos? Voltaire, Bayle, Rousseau...

# 10

Después de pasar la noche en la habitación para vagabundos de la parroquia de Sennwald, Anna quería ponerse en camino en cuanto despuntara el día, usando la puerta trasera. Pero solo hacia el amanecer pudo conciliar el sueño, un manto plomizo bajo el cual quedó tendida sobre el saco de hojas, respirando pesadamente, y del que unos gritos la rescataron.

Eran la cinco de la mañana. El café estaba listo en la cocina. Mientras Anna lo bebía, la nueva sirvienta del párroco la observó en silencio desde el otro extremo de la mesa.

¿Te gusta tu trabajo aquí?, le preguntó Anna entre dos sorbos de café.

La joven asintió. El resplandor de la vela hacía brillar sus redondas mejillas y su mentón prominente. Anna sintió una breve punzada de dolor al ver el rictus de alegría en la comisura de los labios de la joven cuando le confesó: Tampoco es que vaya a quedarme demasiado tiempo. Mi prometido habla de casarnos.

Anna no podía perder más tiempo. Tenía que encontrar la manera de seguir adelante. Le dijo a Tildi que diera sus saludos al pastor y a su esposa, pero, en ese preciso instante, el pastor la llamó desde su gabinete. Aún llevaba puesto aquel camisón de dormir que parecía haber envejecido con él. Un atuendo de un verde oliva pálido y grasiento, con bolsillos deformes. Quería darle algo para el camino, dijo. Metió la mano en un estuche y le entregó una moneda de oro.

Anna, le dijo. Rezaré por vos. La desdicha parece pisaros los talones. La culpa, toda vez que uno se ha liado con ella, ya no se aparta, y te sigue como un perro vagabundo.

Pero yo soy inocente.

Anna frunció el ceño y le lanzó una mirada sombría.

El pastor, pensativo, la miró y guardó silencio.

¿Sabéis que yo hablé en favor de vuestra inocencia en aquella ocasión?, dijo al cabo de un rato. ¿En el tribunal matrimonial presidido por el regidor y compuesto por los jueces de mayor edad de las cinco parroquias y el corregidor?

Sí, sí, Anna lo sabía. Se acordaba.

Aún podía oír en su interior algunas frases sueltas de aquel interminable proceso.

«...y tuvo esta joven concupiscente, pero inexperta en cuestiones de amor, la desdicha de quedar embarazada. Supo mantener en secreto su embarazo, de modo que nadie notó nada. Hasta que llegó la hora de dar a luz. Entonces se retiró a su habitación, hasta que, en algún momento, echaron de menos su presencia y fueron en su busca. La hallaron ya parida. El desorden en su cama levantó las sospechas... y encontraron a un niño muerto bajo el saco de paja. El incidente fue denunciado, como corresponde, al gobernador en funciones, pues había evidentes indicios de un asesinato premeditado...» (H. L. Lehmann)

¡Ah, la concupiscencia de las sirvientas, de las mujeres en general!, había exclamado el pastor de Salez con un profundo suspiro. (Nadie habló de la concupiscencia de Jakob Roduner, que entonces estaba ya lejos de allí, haciendo la guerra en Holanda).

El pastor de la parroquia vecina de Sax le dio la razón. Aquello era una epidemia. Por todas partes se topaba uno con esos relatos sobre infanticidios. En el sur de Alemania, en el País de Vaud y en los territorios cercanos, las criadas parían en sus recámaras, en los graneros y en los retretes. Mataban a sus hijos y afirmaban luego con desvergüenza que ya estaban muertos al nacer.

De ello tiene que haber indicios médicos, dijo el corregidor, volviéndose hacia el médico de Salez.

Los hay, dijo el doctor. En Gotinga, donde había estudiado, un erudito suizo, Albrecht von Haller, trataba en sus conferencias el tema del infanticidio.

Había mujeres que oprimían la fontanela del feto con el pulgar. Más tarde, al abrir el cráneo, se encontraban rastro de inflamación y aplastamiento de las meninges, así como hemorragias en las cavidades del cerebro.

Otro método era un pinchazo de aguja. Era difícil de detectar, ya que la herida diminuta quedaba a menudo cubierta por el cabello.

Al seccionar la cabeza, el médico encontraba un rastro sanguinolento que empezaba en las meninges y llegaba hasta el cerebro.

Tengo náuseas, dijo Anna, desde el banquillo de los acusados.

El médico ni la miró y continuó su exposición:

Luego estaban las violentas dislocaciones de las vértebras cervicales. En casos así, al examinar el cuerpo se encuentra en el exterior una luxación del cuello.

Pasemos ahora a los métodos de estrangulamiento, apremió el pastor de Salez.

Eso era más complicado... Haller, a pesar de las objeciones de Heister y Alberti, abogaba por el examen pulmonar, en virtud de que el pulmón flota cuando una criatura respira y se hunde cuando eso no ocurre.

Estoy mareada, dijo Anna, aferrándose al banquillo.

Sentaos, dijo el médico.

Pero el corregidor no permitió que Anna se sentara, la llamó a comparecer. Anna se levantó de nuevo con el desahogado vestido que le habían dado durante el arresto preventivo. La tela a la altura del pecho mostraba manchas de la leche que le extraían a diario para el recién nacido de la esposa del maestro.

Ella no había querido matar al niño, lo había envuelto en unos trapos para que no se helara en la fría recámara, lo había colocado a su lado bajo la manta...

El recién nacido de Anna Göldin ya no podía ser examinado, declaró el pastor de Salez. Hasta donde sabía, le habían dado sepultura en la fosa para los no bautizados. Al decir esto último, arrojó una mirada llena de reproche a su colega Breitinger.

El padre Breitinger se levantó. No tenía motivos para dudar de las palabras de Anna. Alabó su impecable servicio, su carácter excelente.

Sí, también Haller, al final de sus conferencias, hacía llamamiento al humanitarismo, dijo el médico, apoyándolo. Y lo hacía en los siguientes términos: «Cuando los sacerdotes de la justicia se devanan los sesos sobre cómo castigar una violación de la ley, también deberían preguntarse si la propia ley no instigaba en ocasiones a cometer delitos».

«Había sólidos indicios de un asesinato premeditado: tal vez, en ese aspecto, se omitió examinar el asunto como era debido, quizá porque el juez tuviera un corazón demasiado blando como para firmar una sentencia de muerte, o quizá porque tuviera como principio no ejecutar a las infanticidas, resultó, en resumen, que ordenó que el verdugo le diera unos leves azotes con la vara y la condenó a un confinamiento de seis años en casa de sus padres...» (H. L. Lehmann)

No fue fácil entonces hacer cambiar de parecer al gobernador, dijo el pastor Breitinger mirando a Anna, que estaba de pie a su lado, lista para partir.

En ese caso se habría ahorrado tener que huir de nuevo, murmuró Anna, y echó una ojeada al libro de bautismos. El pastor comprobó que toda la amabilidad de antes había desaparecido de su rostro. Tenía un rictus más resuelto en el mentón, el pelo estaba más revuelto, la mirada más inquieta.

«Primer *Visum et repertum* del 13/14 dic. 1781.

Actualmente la niña se encuentra en su lecho, en un estado miserable y casi todo el tiempo inconsciente. Los músculos de su cuerpo están rígidos; semejantes, en cierto modo, a fuelles de hierro, de manera que ni el cuello ni los brazos o los pies pueden doblarse o flexionarse: en particular el pie izquierdo se ha acortado, por lo que la niña no puede mantenerse en pie ni caminar, ni durante los estados de paroxismo ni sin ellos, ni aun durante los ataques de delirio y las frecuentes contracciones. Cuando los ataques remiten, se queja de dolores en toda la parte izquierda, y esto ocurre desde principios de la enfermedad. (Dr. Joh. Marti, Glaris)»

«Informe médico-pericial sobre este primer *Visum et repertum.*

Una vez el abajo firmante, respondiendo a un encargo de la autoridad competente, estuvo presente en el primer examen del cuerpo de la hija del doctor y juez Tschudi, y debiendo ofrecer ahora un bien fundamentado informe médico-pericial sobre las causas, naturaleza y circunstancias de esta triste y poco común historia, tal parece que la cuestión principal a dirimir sea si el caso ha de atribuirse a causas meramente naturales o bien a ciertos hechizos sobrenaturales. Sin detenerme aquí en las divergentes opiniones de los eruditos ni dejarme guiar por supersticiones ni falta de fe, me parece que los ataques de esta criatura son dignos de lástima, y que el *Corpus delicti*, es decir, los alfileres salidos de su cuerpo y que cierta persona confesó haber puesto en su desayuno antes de haberse marchado de la casa del doctor Tschudi, son idénticos, lo cual puede explicarse correctamente conforme a principios físicos si se dividen en dos categorías: 1) aquellos en los que el alma padece las más frecuentes ofuscaciones de la razón y las más terribles ideas de una imaginación trastornada, como si siempre tuviera a la sirvienta ante sus ojos, viéndose amenazada por ella, y 2) aquellos que afectan al cuerpo, de los que provienen esas contracciones, la rigidez convulsiva de las extremidades, los fuertes dolores en el cuerpo, la flema y la sangre que anteceden en cada ocasión a la expulsión de los alfileres. El primer tipo de ataque se deriva del miedo y el horror que sobrevinieron a la niña al descubrir las intenciones e instintos asesinos de su cuidadora, y que, como es natural, se vieron reforzados con el horror expresado por sus amorosos padres y otras personas y por sus justificadas manifestaciones de disgusto a la vista de la pequeña. Todo ello se ha grabado profundamente en el corazón de dicha criatura.

El segundo tipo de ataques tiene como causa única y exclusiva los alfileres, esos cuerpos punzantes y fuertemente irritantes que provocan excoriaciones en las paredes nerviosas del estómago y los intestinos y que, por la conexión de los nervios entre sí, propagan esos movimientos convulsivos a todas las extremidades, e incluso al cerebro. Por mucho que puedo basar mis opiniones en el prestigio de un gran número de estudiosos que me preceden, me remito aquí única y exclusivamente al libro que está ahora en manos de todos, cuyo autor es el doctor Tissot: *Instrucciones para el pueblo en general*, en el cual pueden leerse ejemplos parecidos, tanto sobre las consecuencias del miedo como sobre los cuerpos que se quedan atrapados en el estómago, en el que se habla además de una hija que se había tragado una cantidad considerable de esos alfileres. Sin embargo, en lo que atañe al modo en que esos alfileres pudieron ser suministrados a los niños en tales cantidades, al punto de hacer temblar a las criaturas antes de probar cualquier bocado, pues se negaban a ingerir ni una sola cucharada completa de alimento sin haber examinado antes todo el plato, es algo que, de hecho, resulta difícil de comprender y no podrá revelárnoslo nadie más salvo ese monstruo de sirvienta. (En Glaris, a 13 de diciembre de 1781, doctor Joh. Marti)»

Solo una noche, Anna, le había dicho la mujer del pastor. Aunque no es nuestro señor quien os persigue, si el gobernador se entera, también nosotros podríamos tener problemas...

Todos los señores, aun estando enemistados entre ellos, cierran filas cuando se trata de un súbdito indócil, tienden una red que abarca toda la región, así que vuela, pájaro, de lo contrario no escaparás, te verás enredado entre sus hilos, mientras el lazo se estrecha.

Anna sigue el camino comarcal, que atraviesa poblados y pequeños bosques de los bancos del Rin. Las cumbres y los pasos de montaña están cubiertos de nieve.

Como el envío de Steinmüller no había llegado nunca a Werdenberg, solo llevaba consigo la moneda de oro que le había dado el pastor; y lo peor era que no podía comprender las causas por las que habían enviado a un alguacil en su busca,

los motivos por los cuales la perseguían como a un animal. Todo por culpa de aquellos alfileres en la leche. Jost Spälti había
insinuado vagamente que la hija del doctor Tschudi se hallaba
enferma desde su partida de Glaris. Pero ¿eso qué rayos tenía
que ver con ella o con los alfileres?

Partiendo del lago de Constanza y pasando por Rohr-
schach, Anna subió hasta San Galo, por cuyas calles desfilaban
algunos carruajes elegantes y la gente giraba la cabeza para
mirarla. Tschudis y Zwickis que la evaluaban con la mirada,
contemplándola como a un espantapájaros de cara roja y pelo
revuelto...

Mejor perderse en algún sitio apartado, tierra adentro. Durante una ventisca de nieve, Anna salió de la ciudad en dirección al oeste. Colinas nevadas con granjas y árboles, nuevas
lomas que la protegían de las miradas; un paisaje ideal para
esconderse.

Siguiendo el consejo de un paisano, salió de Herisau, en
Appenzell, y puso rumbo a Toggenburg. En Degerschen o De-
gerschein un tabernero buscaba a una sirvienta. Su nombre
era Jakob Züblin.

*Antes de que vuestros pies tropiecen en montes de oscuridad.*
Jeremías, 13:16

# 1

«...La pobre niña yacía allí, sin juicio, luchando sin fuerzas contra la miseria y la muerte y sus terribles consecuencias, provocando lágrimas de compasión en todos los que iban a visitarla. Juzgue usted mismo, estimado amigo, los sentimientos de esos padres viendo a su adorada hija luchar con la amarga muerte, viéndose incapaces de ayudarla, presos de una angustiosa expectación sobre cómo y cuándo acabaría aquel desgarrador espectáculo. La mejor madre del mundo, abatida a causa de la aflicción, los ojos cubiertos por un velo de dolor, el rostro pálido como la muerte, el alma sumida en un torbellino de desesperación, queriendo llorar sin poder, tambaleándose mientras se hunde en los brazos de su esposo, buscando consuelo en quien se muestra inconsolable...» (H. L. Lehmann)

Estoy embarazada, dijo la señora Tschudi.

Otra vez, dijo su marido, contrito, con la mirada perdida.

Ella, furiosa, apartó las cortinillas del lecho matrimonial, mostrándose a los ojos de sus antepasados, que colgaban de las paredes enmarcados en oro, ajenos a las cosas de este mundo, exponiéndose a sus miradas con su cofia y su camisón de volantes.

Mientras su marido se vestía, ella le dijo: Hoy me quedaré en cama.

Él asintió.

Hindschi tenía un poco de sordera. El doctor Tschudi tuvo que llegarse hasta la cocina y decirle en voz bien alta que llevara un café a la señora. Impaciente, dio la espalda a la sirvienta y miró hacia fuera, a través de la ventana. La nieve se había fundido y los caminos de grava y los árboles estaban al descubierto. Antes de que irrumpiera el invierno, el capitán había reacondicionado el jardín al gusto de la señora: caminos que parecían espolvoreados con azúcar, tejos con formas esféricas, tuyas podadas en forma piramidal.

Un Versalles diminuto a la sombra de los muros.

Con la tenacidad de un topo, el pariente de su mujer se había abierto paso a través del jardín para, finalmente, entrar también en la casa. El doctor Tschudi se lo encontraba a diario en el pasillo, o junto a la cama de la enferma. Detestaba el aspecto de sus orejas prominentes, los ojos sumisos, la frente baja y arrugada que cantaba a los cuatro vientos que ahí había un hombre lleno de preocupaciones y pensamientos, alguien que se preocupaba por los demás, un hombre que llevaba a gusto su carga sobre sus hombros robustos.

Nadie se sentaba con tanta frecuencia junto al lecho de la enferma. Es decir, no, él no necesitaba silla, prefería quedarse al borde de la cama, confeccionando algún juguete con la niña. Se pasaba tardes enteras hablándole, ganándose su confianza.

En una ocasión en que el doctor Tschudi expresó en voz alta su preocupación de que el capitán descuidara sus obligaciones en la parte exterior de la casa, su mujer reaccionó con la susceptibilidad de cualquier embarazada.

¡Deberías estar agradecido en lugar de celoso! El capitán se sacrificaba por la niña, estaba siempre a su lado cada vez que le venía uno de sus ataques. Él, como médico, ganaba su dinero haciendo sus visitas y ocupándose del sufrimiento ajeno. Pero cuando la niña se sentía mal, había por lo menos un hombre en casa. ¡Además, el capitán tenía unos nervios de hierro!

En eso su mujer tenía razón.

Aunque por su oficio estaba acostumbrado al sufrimiento, los ataques de su hija lo llevaban al borde de la desesperación. La misteriosa enfermedad no podía curarse con los medios que él tenía a su disposición: vomitivos, laxantes, enemas. Había examinado toda la bibliografía sobre casos parecidos, había leído las *Instrucciones al pueblo en general*, de Tissot. En el capítulo dedicado a cuerpos obstruidos, el médico de Neuenburgo escribía:

«Un alfiler de tamaño medio fue expulsado con la orina al cabo de tres días y, por la misma vía, se expulsaron un pequeño hueso, semillas de cerezas o ciruelas y hasta algunas de durazno».

«Una aguja ingerida salió al cabo de cuatro años por el muslo; otra a través del hombro».

«Un hombre se tragó una aguja que le perforó el estómago y penetró en el hígado, provocándole una letal consunción».

«Una niña se tragó unos alfileres que, durante seis años, le causaron los dolores más violentos: por fin, pasado ese tiempo, los expulsó espontáneamente y se curó. A lo largo de un año entero, tres clavos le causaron cólicos, desmayos y convulsiones: finalmente fueron expulsados al defecar y la enferma se curó...».

Al doctor Tschudi ninguno de los casos le parecía comparable al que tenía lugar en su propia casa.

El *camerarius* también era un habitual.

Cada día, a las cuatro de la tarde, entraba en la habitación de la enferma, se acomodaba en una silla del fondo y, con letra cuidada, anotaba en su diario sus comentarios sobre la extraña y enigmática enfermedad:

«...el 18 de noviembre debe de haber expulsado por la boca al menos 3 alfileres. A partir de ese día y hasta el 14 de diciembre fue expulsando cada día un alfiler, o 2, o 10, o 13. El número máximo ha sido 17, hasta llegar a un total acumulado de 106. En estos últimos 14 días ha salido solo uno por día, siempre puntual, siempre a la misma hora de la mañana, entre las 8 y las 9, pero nunca durante las horas nocturnas. Dos de ellos eran bastante grandes, el resto, de tamaño medio o pequeño. Los había torcidos y rectos, blancos, amarillos y negros. A continuación del último aparecieron también tres ganchos de latón amarillo. Los días 15 y 16 de diciembre la niña expulsó 3 piezas de alambre de hierro torcido. El día 17, un clavo de hierro de cabeza ancha y punta partida. El 19 de diciembre, un trozo de alambre de hierro atravesado en un pedazo de teja redondo. El día 21 de diciembre, otro clavo de hierro entero con cabeza ancha y redonda. En los días siguientes, el acceso se cierra con una gran cantidad de semillas amarillas, parecidas a las semillas de nabos. Todas esas excreciones tienen lugar entre los dolores más atroces y las más violentas convulsiones y sacudidas, a veces mezcladas con gran cantidad de sangre, siempre acompañadas de mucha flema amarilla y un color vitriolo, y de un hedor fuerte y nauseabundo... He asistido a ese terrible espectáculo casi todos los días, con el fin de consolar a los afligidos padres y de encomendar a la niña inocente y tan duramente tratada a la misericordia de Dios...»

El *camerarius* echó una ojeada a lo escrito, entrecerró los ojos para ver mejor y fijó su mirada en el vacío.

A la luz del crepúsculo, las páginas del libro parecían amarillentas. Cuando sus ojos se posaron de nuevo en el escrito, las letras empezaron a apartarse de las líneas y a danzar. El clérigo cerró el diario de golpe y permaneció inmóvil bajo los colores ocres del anochecer, asqueado de aquella enfermedad que portaba la huella del Maligno.

¡Qué insolencia la de esa criada al colarse en una familia de la estirpe de los Tschudi!

Qué impertinencia la de esa sirvienta que había conseguido acceder a la casa de su sobrina haciéndole ojitos al marido con medias promesas. Una artimaña bien conocida. Con la vara, su sobrina le había mostrado la puerta de la calle, pero ella había regresado como Belcebú, acompañada de otros demonios peores, «y el postrer estado de aquel hombre viene a ser peor que el primero», se dice en Mateo 12, 45. Nadie sabrá airear mejor el secreto de esa enfermedad que «ese monstruo de sirvienta», había afirmado el doctor Marti.

Y el *camerarius* deseaba ahora el regreso de Anna, a la que él mismo había expulsado de la región.

# 2

Anna seca las copas, las pone a contraluz. Las colinas nevadas centellean frente a las ventanas.

Sus horas preferidas son las mañanas tranquilas, cuando la taberna está vacía y solo se escucha el tictac del reloj en su caja con forma de ataúd. A través de las estrechas ventanas, la luz cae sobre las mesas del local.

Hacia el atardecer, el salón se llena de tejedores, bordadores y humildes campesinos. Voces alteradas que se excitan con facilidad cuando hablan sobre el mercado del hilo de San Galo o los precios del hilo de Löthli.

¡Marie!

Anna no oye nada. Absorta en sus pensamientos, sigue sacando brillo a los vasos y las copas.

¡Marie!

Anna se estremece.

¿Estáis soñando, Marie?

A la voz ronca llegada del salón le sigue un acceso de tos. Ahí está sentado de nuevo ese hombre delgado que siempre se acomoda junto a la estufa, como si tuviera frío. A veces viene por las tardes a tomar un vaso de vino tinto, mientras sus alumnos, en el aula, se inclinan sobre las tablas de pizarra. El polvo, Marie. Ese polvo se asienta en los pulmones, no me vais a creer el polvo que levantan las letras... Tose. Pide un vaso de Balgacher, esperando bajar con vino el malestar y el tedio. ¿No quería ella sentarse un rato, con él, a la mesa?

A veces, en las horas de menos ajetreo, ella le hacía el favor. A fin de cuentas, también ella necesitaba algo de ocio. Como sirvienta, echarse una taberna a las espaldas es una carga mayor que la casa de unos señores. Hay que ver la de suciedad que arrastra la gente consigo. Una podría estar todo el tiempo de rodillas, con el trapo de la limpieza en la mano. También las mesas deben ser fregadas con arena, y el mostrador ha de limpiarse con vinagre para quitarle la capa pegajosa, y luego con aceite de nueces para sacarle un brillo sedoso.

¿Me oís, Marie?

La mirada velada de él. Un maestro de escuela percibe hasta la más mínima señal de ausencia.

Le oigo, responde ella, sin escuchar.

Ella lo deja que siga hilvanando su hilo de maestro y piensa en cosas del pasado. Sin embargo, debería concentrarse en el ahora.

Aquí la llaman Marie.

También ha dado un apellido falso. Hay más cosas intercambiables de las que uno se imagina. Tanto más en el caso de una sirvienta.

Nunca antes la taberna había estado tan limpia, la alaba el dueño. Tiene maña con la limpieza. En cuanto a servir, primero tuvo que acostumbrarse a los berridos de los bordadores, a su manera de sentarse, con sus espaldas robustas y los brazos clavados en el tablero de la mesa, los cuellos encogidos, como a la espera de un golpe. Noche tras noche, como si aún estuvieran sentados en sus sótanos de bordadores, en sus ratoneras, mientras sus ojos bordan patrones; paredes y mesas llenas de patrones. No es culpa suya que el vino se les suba a la cabeza con el segundo vaso, que los vuelva agresivos y beligerantes.

Sabe por su padre lo que significa beber con el estómago vacío. Tener tres vacas en el establo y diez bocas en la mesa. Tampoco el turno de noche en el taller de bordado cambia nada en ese sentido.

A veces le parece que su padre está allí entre esos bordadores, buscando en el aguardiente o en el vino su Nuevo Mundo, su Pensilvania. ¿No ves bailar a los pieles rojas, Anni? Están bailando en torno a un fuego, los penachos de pluma se bambolean en sus cabezas. Y su padre danza con ellos, con torpes movimientos de las piernas, aplasta a pisotones el olor a moho en la cocina de Sennwald, donde el fuego arde en el hueco del hogar y la rueca ronronea.

Bufonadas, pájaros en la cabeza, tonterías.

Siempre ese mirar más allá.

Tu padre y tú, Anni, tendréis que poner de nuevo los pies en la tierra.

Ha puesto de nuevo los pies en la tierra de Degerschen. En la taberna de Züblin. Los ojos intentan abrirse paso desde esas habitaciones bajas y escapar por las estrechas ventanas, pero la siguiente cadena de colinas pasa el cerrojo a la mirada. Hasta aquí y no más allá. Agáchate, sé humilde. La felicidad también puede llegar un día a Degerschen, Anni, no todo está perdido aún. Ella asiente, asiente a lo que dice el maestro, mientras sus ojos ven el Glärnisch por encima de las colinas de Toggenburg. Reminiscencias de un sueño. Recuerdos.

# 3

«...la inconveniencia de la situación se debe sobre todo al alto Glärnisch, un monte totalmente desnudo y apenas cubierto de bosque bajo. Situado hacia el oeste de la comarca, la priva de disfrutar de los benéficos rayos del sol a las dos de la tarde. No obstante, la desnudez de esas enormes masas rocosas no deja de tener su belleza...» (J. Caspar Fäsi, *Sobre la comarca de Glaris*, 1797)

Días que no llegan a clarear; a la sombra del monte. A las tres de la tarde el sol se pone por detrás del Glärnisch y ya todo se torna oscuro y frío.

Aún tienes que hacerme una lámpara para mi casa de muñecas, capitán.

La niña Anna Maria, apoyada en unos cojines, está erguida en la cama. Acomoda las sillas de las muñecas, cubre la mesita del tamaño de la palma de una mano. En eso se oye de nuevo la voz halagüeña del capitán:

Anna Migeli, ¿no quieres revelarme tu secreto? Todo lo que has escupido, los alfileres, los alambres de hierro, los ganchos, los clavos, tienes que habértelos tragado en algún momento. No en la comida habitual, porque lo habrías notado. ¿Fue Anna quien te los dio? ¿Todos a la vez? ¿O cómo? ¿Ocultos en una galleta?

Ahuyentar esa voz. Esa voz que de vez en cuando habla de otras cosas, pero nunca renuncia a su propósito.

Anna Maria niega con la cabeza y sacude el pelo ralo que, en la nuca, se enreda formando un moño del color de la paja. El cuarto de muñecas se tambalea, las sillas se vuelcan. Los platitos, los pequeños tenedores y cuchillos caen de la mesa. Un grito de rabia.

En la silla situada al fondo se mueve alguien. El *camerarius* alza la mano, hace una seña al capitán.

La voz del capitán se retira, pero vuelve a la carga cuando la niña, de nuevo en silencio, se inclina otra vez sobre sus muñecas:

Es probable que alguien hubiera ayudado a Anna. ¡Piénsalo! ¿Fue una mujer o un hombre? ¿Tal vez un jorobado? ¿Si supieras algo se lo dirías al capitán, verdad?

Quiero la lámpara, repite la niña, con obstinación. Verena tiene una en su casita de muñecas, como la de los pastores en los Alpes; un trozo de sebo con una mecha.

El capitán asiente.

Satisfecha, la niña cubre de nuevo la mesa con el mantel, saca de los cojines la muñeca más bonita y la hace ir hasta la mesa del té, poniendo un pie delante del otro. Entonces tararea:

> *Quiero ir a mi fogoncito*
> *y prepararme una sopita,*
> *pero un gnomo jorobadito*
> *ha roto mi cazuelita.*

¿La ha oído?, pregunta el capitán, volviéndose hacia el *camerarius* con una mirada triunfal.

En el fondo, una mano delgada se alza. Los puños de encaje brillan.

En fin, que si vos me preguntáis, primo...

El cerrajero Steinmüller estiró el cuello para ver las cazuelas, los morteros y los frascos etiquetados de su pariente, el farmacéutico. Venía casi a diario, a mediodía, cuando las mujeres que venden las tisanas contra la tos estaban ocupadas en sus cocinas. Pedía esto y aquello, ingredientes para alguna de sus recetas secretas, e intercambiaba novedades con su primo.

En fin, que si vos me preguntáis, estas cosas no ocurren por casualidad. Tendremos aún más disgustos con estos temas de brujerías y similares. Mientras sean unos pocos los que tengan la última palabra y al resto no se les deje ni hablar, el diablo seguirá haciendo de las suyas. Ya no se tratará solo del intestino y de sus movimientos peristálticos; también atacará a otros órganos, los pellizcará y apretará; habrá bastones flotando en el aire, agujas volando por las habitaciones. La niña tendrá zumbidos en los oídos, oirá voces...

# 4

Anna limpia las ventanas de la taberna, un aire fresco entra en el recinto. Bajo la luz deslumbrante de febrero, el maestro, sentado junto a la estufa, parece más pálido. Su boca abierta como en una queja deja entrever los dientes cariados.

Su mujer tose más que él. Es solo piel y huesos, no conseguirá vivir mucho más tiempo.

Por el año escolar 1781-1782, por dieciséis semanas de clases, le han pagado 34 florines y 24 cruceros, no más.

Anna frota con fuerza el cristal de la ventana. La luz de febrero. Ese azul renuente sobre las cumbres aún nevadas. El modo en que saluda, en que hace promesas.

Se ha terminado el invierno, Anni, ya has pasado lo peor. Es hora de que te hagas enviar el baúl con la falda de tafetán y la blusa de encajes de cuello alto, comprada en el mercado de Gallus en Glaris.

Anna baja de la silla, se acerca al maestro de escuela.

¿Podría escribir una carta para ella? Le daría un cuarto de Veltliner por sus servicios.

Sí, claro, por él no había problema. A menudo escribía cartas para otra gente. Los alumnos estaban ahora ocupados y, si alborotaban, su mujer velaría por el orden. ¿Tendría Züblin papel y tinta? Él siempre llevaba consigo su pluma de ganso.

El baúl, Steinmüller. Se ha quedado siempre en el lugar equivocado. Me he pasado la vida haciéndomelo enviar de un lado al otro.

Si al menos esta vez lo hubiese traído conmigo...

El maestro tose, moja la pluma. La hoja blanca parece marchitarse bajo su aliento.

«Mi baúl marrón y negro que está en vuestro desván...»

La punta de la pluma se desliza veloz sobre el papel; dibuja redondeces, traza lazos, descansa en una raya. Se confunde, se enreda, se escabulle entre los arabescos.

Tenéis muy bonita letra, maestro.

Él sonríe, halagado.

«...y os ruego enviarlo con urgencia, en cuanto podáis...»

Depender siempre de alguien que le escriba las cartas. Si hubiera podido ir medio año más a la escuela, habría aprendido ese arte. En aquella época, en Sennwald, había llegado a entender las letras cuando las leía. Cada niño llevaba de casa un libro distinto para aprender. Ella aprendió con el Libro de los Salmos: «El Señor es mi pastor. En lugares de verdes pastos me hace descansar». El maestro se lo hacía repetir con la caña en la mano. Las trenzas de Anni saltaban al ritmo de lo leído; bajo la mesa, los pies se mecían a la par. De vez en cuando su pie izquierdo rozaba el derecho en el punto en que le picaban los sabañones. El canturreo de las sílabas. Ella se deslizaba sobre el torrente de letras, se alejaba del pupitre escolar a través de las diez líneas que, como a los otros, le correspondía leer.

Bien. Es suficiente, Anna.

Desilusionada, apartaba el libro.

Ahora no volvería a tocarle hasta pasado mañana, siguiendo un estricto orden alfabético. Hasta entonces, solo aburrimiento y un guiño de somnolencia. Al calor de la estufa, sobre la que se calentaban los abrigos y los zapatos, casi sentía vértigo. La mujer del maestro, sentada ante la rueca, le hacía un gesto de aprobación con la cabeza: Muy bien leído, Anna, el año próximo podrás aprender a escribir.

Pero al año siguiente su padre había muerto y para Anna terminó el tiempo de ir a la escuela.

Cuando trabajaba con los Zwicki, Dorothee, la hermana quinceañera de Melchior, había querido enseñarle a escribir.

No cierres la mano tan fuerte en torno al estilete.

Empecemos con la A, que es la primera letra del alfabeto y de tu nombre.

Arriba, abajo. Así.

Anna trazaba gruesas rayas sobre el pizarrón. Cuando pasaban el borrador, aún podían verse.

Pero un buen día la señora Zwicki puso fin a las lecciones. ¿Qué tontería era esa de enseñar a escribir a una sirvienta? Si una criada llegaba a dominar el arte de la escritura, se consideraría demasiado buena como para servir a los señores. ¿Adónde iríamos a parar si la plebe se educara como la gente de alcurnia?

La Providencia establece que el pueblo llano venga al mundo con poco entendimiento. Anna es quizás una excepción. ¿Será para su ventaja? La señora Zwicki no lo sabía.

Sí, le hubiera gustado aprender a escribir palabras.

Había tantas palabras como arena junto al mar, le había asegurado en una ocasión Dorothee, riendo. Y todo porque Anna le había dicho: Conocéis tantas palabras, y yo ninguna.

«...Y os ruego que no reveléis mi paradero actual...»

¿Y la dirección? El maestro de escuela alzó la cabeza, tosió y la hoja se arqueó entre sus manos.

Göldin. Katharina Göldin, comadrona en Wedenberg.

¿Es pariente?

Anna asintió.

Göldin. Una familia del dominio de Sax. Justo ayer le había llamado la atención ese nombre: en el último número del *Zürcher Zeitung*. El párroco, que estaba suscrito al periódico, se lo había pasado. Un anuncio. En él se buscaba a una sirvienta que había hecho algo en la región de Glaris. Se llamaba Anna Göldin.

Pero esta se llamaba Marie.

¿Y la firma?

Ah... No, sin firma.

Eso era poco habitual.

Ella hace un gesto de rechazo. Allí conocen mi nombre.

¿Ya conocían las últimas noticias sobre el asunto Göldin?

David Marti, el tabernero de El Águila Dorada, acudió a la tertulia de los viernes de la Sociedad de Lectura. Desde que el *camerarius* se había distanciado del ilustre círculo, podía hablarse con toda libertad.

La niña había aclarado el misterio de los alfileres. Lo sabía de primera mano, por el capitán.

La criatura había empezado a toser y a temblar de repente. Señalando con las manos hacia el techo de la habitación, había dicho: ¡Tú, bestia miserable! Yo no te hice daño alguno, pero sé algo.

Apremiada por el capitán para que continuara hablando, la niña gritó y acabó diciendo que no podía decir nada, o de lo contrario le pegarían de nuevo. ¿Quién le pegaría? Eso no lo dijo. Pero entonces reveló una historia que luego repitió sin variaciones ante la Comisión de Honor y que quedó recogida en acta. Él había obtenido una copia a través del escribano Marti:

«Un domingo, durante el día, Rud. Steinmüller, de Abläsch, estaba en la habitación de la sirvienta Anna, sentado en la cama. Había también otra persona arrastrándose por el suelo que no tenía brazos ni piernas. Entonces Anna le dio una golosina azucarada que sacó de una tarrina. Le dijo que tenía que comérsela en la habitación y no debía decir nada a sus padres. Junto a la tarrina había también un ungüento. El tal Rudeli Steinmüller y el que estaba arrastrándose por el suelo no hicieron nada. Papá y mamá no estaban en casa».

El tabernero miró con expresión triunfante a los presentes. Un silencio embarazoso.

El alférez Zwicki susurró a su vecino, el fabricante Blumer, que habían ido hasta allí para nutrirse de ideas ilustradas, con la intención de leer a Rousseau o a Bayle, pero que de repente estaban de nuevo en la Edad Media, rodeados de historias sobre el diablo.

El viento cálido de los Alpes soplaba con fuerza al otro lado de las persianas cerradas de El Águila Dorada, sacudía las ripias del techo y hacía chirriar el cartel de la taberna.

La inquietud podía palparse en el ambiente.

En los centros más brillantes de Europa habían desterrado a las sombras y los claroscuros. Las mentes ilustradas, los edificios de formas claras y abiertas, los jardines geométricamente ordenados... habían provocado un verdadero éxodo de diablos, fantasmas, demonios, brujas, engendros, magos malignos, espíritus y niños mutantes. Y ahora todos encontraban refugio a la sombra de aquellos montes, en los rincones de los valles.

Era preciso luchar contra eso con las armas de la razón, pensó el alférez. Había que limpiar la región de Glaris. Si fuese necesario, con el huracán proveniente de Francia.

El alférez hizo un gesto negativo con la cabeza, como si espantase una pesadilla. Frunció sus delicados labios y se preguntó si acaso aquella golosina contendría la *materia peccans*, el germen en cierto modo, de todos esos alfileres, clavos y alambres expulsados más tarde por la niña. ¿Quién iba a dar crédito a tal cosa en una década en la que, en otros lugares, la razón celebraba sus más osados triunfos?

Cosmus Heer asintió haciendo un gesto de aprobación. Por lo que conocía de la estructura del estómago, con sus movimientos peristálticos, de la faringe y de todos sus vasos asociados, era imposible por naturaleza que una niña se tragara todo eso, lo retuviera en el cuerpo durante varios días o incluso semanas y lo expulsara sin asfixiarse.

El alférez sonrió con malicia: ¿era posible que, al final, todo aquello resultase no ser más que un fraude sutil y hábilmente orquestado?

Un cuarto de onza de crémor tártaro, primo farmacéutico. Dorothee ha pillado un resfriado. Y una dosis de triaca, por favor. La rodilla de la mujer del carnicero Marti ha mejorado. ¿Habéis recibido corteza de quina? Dos onzas, como siempre.

Aún no han encontrado ni rastro de Anna.

¡Por suerte, primo! Al final acabarán colgándola y nada cambiará. Nadie ve las verdaderas causas de ese embrollo. Las palabras se vuelven más afiladas cada día, apuntan contra quienes hablan, se clavan en los oídos, penetran en la boca y en las fosas nasales, pican y pinchan los intestinos, se convierten en herramientas de tortura.

El cerrajero se acercó un poco más al mostrador.

¿Es cierto, primo, que en París han publicado un diccionario enorme que reúne todas las palabras y sus explicaciones, que informa sobre cuestiones de filosofía, religión, política y ciencias naturales? Se dice que ya cuenta con veintiocho volúmenes y que la colección se llama Enciclopedia. ¿Creéis que más tarde repartirán entre el pueblo las palabras y sus significados?

De inmediato lo supo: era Marie.

Todo coincidía. El maestro no podía entender que en el ayuntamiento de Glaris lo trataran tan mal. El doctor Tschudi ni siquiera lo invitó a una copa. Lo dejaron allí plantado, sin más, hasta que al final le pusieron las cien coronas en la mano.

Él, en cambio, había pasado dos días recorriendo aquel camino infinitamente largo, subiendo y bajando montes, en medio de las heladas y a través de senderos intransitables. No, no sentía palpitaciones ni el menor asomo de compasión por Marie.

En la taberna de Ricken, donde tomó una sopa, leyó una vez más el anuncio:

«El honorable cantón de Glaris, de confesión protestante, ruega por la presente a todo aquel que descubra el paradero de Anna Göldin, la persona descrita a continuación, que la traiga ante la justicia. Se le pagarán cien coronas en recompensa. Con lo cual se solicita a todas las autoridades y funcionarios que presten toda su ayuda para arrestar a esa persona, ya que ha cometido aquí un acto monstruoso al suministrarle de modo misterioso y casi incomprensible cierta cantidad de alfileres y otros objetos a una niña inocente de ocho años.

Anna Göldin, de la parroquia de Sennwald, perteneciente dominio del alto Sax y de Forsteck, jurisdicción de Zúrich, de unos cuarenta años aproximadamente, de complexión gruesa y alta estatura, redonda y rubicunda, cabello y cejas negras, con ojos grises algo insalubres, que a menudo parecen enrojecidos. Muestra un aspecto abatido y habla en su dialecto de Sennwald; lleva un atuendo con los colores de moda, una falda azul y otra a rayas, un corpiño con lazos, un chaleco de damasco gris, calcetines blancos de castor, un capuchón negro y, debajo, una cofia blanca; también lleva un lazo de seda negra en el cuello.

Fechado el 25 de enero de 1782 St. V.

Cancillería de Glaris, de confesión protestante».

Había plegado la página con el anuncio como algo muy valioso, la había guardado en el bolsillo de la pechera, portándola consigo a través de las colinas nevadas. Mientras tomaba la sopa, había alisado el papel con el dorso de la mano. En el reverso del anuncio de búsqueda y captura, sobre el que habían caído unas gotas del caldo, leyó lo siguiente:

«París, 9 de febrero: Durante los últimos festejos, la reina se mostró realmente deslumbrante. Imposible hacer una estimación del valor de sus joyas. También el rey brilló con sus piedras preciosas. El día 21, la reina, en compañía de las señoras Elisabeth y Adelaida de Francia, de la princesa de Borbón Condé y de las princesas de Lamballe y Chimay, viajó a Notre Dame y Saint Geneviève para agradecer a Dios por el feliz alumbramiento del delfín...»

Y él dejándose casi el alma en Glaris con esa tos. Dos veces tuvo que coger aire para hablar:

La sirvienta... Marie... O, mejor dicho: Anna.

Sí, en Degerschen, en la taberna de Züblin.

No, por esos lares no había hecho ninguna brujería. No que él supiera, en todo caso. Tampoco había hecho daño a nadie. Más bien había sido útil. El propio Züblin decía que la taberna nunca había estado tan ordenada. Y era un tipo parco en alabanzas.

El maestro aparta la vista del presidente de la Comisión y examina los rostros de los demás caballeros: cabezas rústicas que lo observan con frialdad, casi con animadversión. En las primeras filas, alguien le dice en voz alta a la persona que tiene al lado:

La tal Anna es útil allí, pero aquí solo nos trae desgracias. ¿Para qué, entonces...?

# 5

Unos muros desnudos frente a la ventana enrejada, como si los hubieran empotrado en la pared. El Glärnisch con sus vetas y sus fallas. Una parte del calabozo en el que la tienen encerrada. Vista desde el saco de paja, parece una pirámide que clava su punta en la plomiza inmovilidad del cielo. Cuando se levanta, cubre del todo la ventana. Muescas, grietas y líneas, como una frente en la que puede leerse el pasado.

Aquí estás de nuevo, Anna. La vaguada del valle ha vuelto a engullirte. Por orden de los honorables señores y autoridades del cantón de Glaris.

Tienes que venir con nosotros, Anni.

El alguacil Blumer, vestido con su uniforme oficial rojo y negro, había apartado la vista de ella, avergonzado. Anna conocía bien su rostro rollizo y bondadoso. Cuando alguna vez pasó por delante del ayuntamiento, él, con su manera de ser afable, había intercambiado con ella un par de palabras.

A continuación, el gendarme hizo sonar los grilletes. El alguacil le pegó un codazo y le susurró con rabia: Dejad eso ya, ¿me oís?

El gendarme, un joven alto como un árbol, se había imaginado de otro modo el arresto de una mujer tan peligrosa.

Mientras avanzaba a zancadas por la alta nieve del camino que comunicaba Dicken con Degerschen, había imaginado una escena mucho más violenta y terrorífica. Y ahora, una vez alcanzada la meta, le molestaba la embarazosa amabilidad de su superior.

Anna se había quedado pálida. Hacía semanas que veía en sueños instantes como aquel, pero las arduas jornadas de trabajo la distraían hasta el punto de brindarle una extraña sensación de invulnerabilidad. Se mostró tranquila y serena. Debía subir y recoger sus cosas.

Bien, pero no debía llevar un equipaje demasiado pesado, el camino era complejo.

Anna se desató el delantal y lo colgó del clavo junto a la escoba. Mi baúl, reflexionó en voz alta. Recién llegó ayer con el coche de posta. Estaba todo dentro: sus vestidos para la época más cálida del año...

Züblin podrá enviárselo más tarde, opinó el alguacil Blumer. Y después de una pausa, añadió: En caso de que sea necesario.

Anna le lanzó una mirada recelosa.

¿No irán a encerrarme en Glaris, verdad?

Me temo que debéis contar con prisión preventiva.

Acto seguido, Anna dijo a Züblin: Guarda el baúl en el desván. Pronto estaré de vuelta.

Durante dos días y parte de una noche, con las manos atadas, a través de colinas y cumbres nevadas, siguió al hombre uniformado de rojo y negro. Un paisaje acuchillado de barrancos, recortado por colinas y quebradas. En las vaguadas de los valles y en las crestas de las colinas había bastante nieve acumulada. En Wattwil, Blumer convenció a un cochero para que los llevara cuesta arriba a través del empinado bosque de Hummel, pero a media altura el carro se quedó atascado en el recodo de un camino y, cuando lograron liberar sus ruedas a paladas, el cochero tuvo que darse la vuelta y regresar.

Los tres continuaron a pie. El gendarme se quejaba: las autoridades de Glaris eran unas tacañas, debieron poner a su disposición un coche, así habrían podido seguir los caminos de los valles: por el valle del Rin hasta Sargans y, de allí, cruzando el canal de Walensee, hasta Mollis y Glaris. El alguacil era de la misma opinión. Había pedido al consejo un carruaje, pero allí le espetaron si era costumbre ahora conducir a una criminal a prisión como si fuese una señora. Le ordenaron entonces trasladar a la delincuente con las manos atadas a los grilletes. Esa sirvienta había salido ya bastante cara, de ningún modo podía escapar. Por su culpa se habían gastado ochocientos florines en cuestiones administrativas, y se habían ofrecido cien coronas por su cabeza.

¿Conducir a Anna hasta Glaris como si fuese un animal de circo?

A él no se le habría ocurrido. De ese modo causarían un revuelo en cada pueblo; atraerían las miradas, provocarían comentarios: ¿Qué ha hecho esa mujer? ¿Es peligrosa? En Wattwil, una mujer gritó entre la multitud: ¡Esos alguaciles llevan los colores oficiales de Glaris! ¡Es la tal Göldin! ¡La bruja que envenenó con alfileres a una niña!

En Ricken se recogieron antes de que cayera la noche. El alguacil desató las manos a Anna para que pudiera tomar su sopa. Cuando hubo saciado la peor parte del hambre, ella preguntó:

¿Es cierto que los glaroneses pretenden encerrarme por ese par de alfileres en la leche? ¿Por qué no lo hicieron en su momento? Según Spälti, la niña cayó enferma. ¿Eso qué tiene que ver conmigo?

Blumer partió un trozo de su pata de cerdo y se la puso a Anna en la sopa.

Haced acopio de fuerzas, Anni, fueron sus únicas palabras.

Reanudaron el camino en las primeras horas de la mañana. La ruta estaba cubierta por la nieve que había sido arrastrada por el viento. El frío se le colaba a Anna en los zapatos. El cuero de la parte superior se había desprendido.

Tenía los dedos rojos, entumecidos. Empezaron a dolerle y, por último, a sangrar.

El alguacil desgarró un pañuelo y le envolvió los pies con los trapos.

Luego continuaron por aquel blanco vacilante.

El sol de invierno lo congelaba todo y dolía en los ojos.

En Kaltbrunn, donde hicieron otro alto, el vino soltó la lengua al ordenanza.

No había imaginado que las cosas fueran a resultar tan fáciles.

Capturar a una bruja era algo peligroso, le habían repetido en Glaris hasta la saciedad, mientras le daban algún consejo para el camino: No la toques. No seríais el primer hombre que cae en sus redes.

En el valle del Linth sopla un viento frío y cortante. Mientras camina, Anna mantiene cerrado el delgado mantón. Siente una punzada en el cuello, además de esos retortijones en el bajo vientre: la insistente necesidad de soltar aguas.

Tengo que hacer pis, Blumer.

¿Otra vez?

No, no la dejaría esconderse detrás de aquel granero. ¿Qué ocurriría si desaparecía para siempre tras aquellos álamos? Anna era una persona imprescindible para las autoridades de Glaris, y, si la perdía, Blumer ya podía renunciar a su cargo sin dudar, pues los honorables señores de la ciudad no tendrían perdón con él. Anna se agachó al borde del camino. Se ahuecó la falda y se acomodó como una urraca bajo el álamo. No miréis, ordenó, mientras se recogía las enaguas. Unos hilillos amarillos surcaron la nieve. El ordenanza, a pesar de todo, la observa. Ella protesta.

Vaya mujer melindrosa. Ya le sacarán a palos esos remilgos. Hace un par de años, en Gaster, le cortaron la lengua a una bruja. Y en la comarca de Zug, cincuenta años atrás, torturaron a otra y la apedrearon de tal modo que quedó tan fina como una hoja de papel cebolla.

En Glaris la gente estaba ansiosa por la llegada de Anna. Los partidarios de la Göldin temían una desgracia (un *malheur*, como había dicho Cosmus Heer) que ya no pudiera borrarse nunca de los anales de historia regional.

Para los adeptos de los Tschudi, en cambio, el destino de la bruja estaba decidido. Solo el juez de paz no sabía aún si desear o temer la proximidad de Anna.

A fin de cuentas, ella seguía allí aun estando ausente físicamente.

La casa estaba poseída.

La niña veía a la sirvienta lo mismo despierta que dormida.

Gritaba su nombre. Las agudas «A» atravesaban las puertas de la casa, las paredes de los pasillos... Como invisibles puntas de flecha, se clavaban en los oídos y en las espaldas de quienes visitaban la vivienda.

Todo tenía lugar en nombre de Anna.

Tschudi la había echado de su casa a *contre-coeur*, pero ella había regresado bajo cien ropajes distintos: se había apostado en cada rincón.

Jamás una criada había dominado de tal modo a sus señores.

Anna se les aparecía hasta en el lecho matrimonial.

¡La preñaste!

¡Juro que no!
¡Faldero de brujas!

Que su mujer le reprochara no hacer nada por la niña contradecía los hechos: el doctor y juez de paz había hecho todo cuanto estaba a su alcance, según los últimos conocimientos de las ciencias médicas. Dos veces al día le había tomado el pulso, que a veces estaba más débil y otras más acelerado.

Le examinaba el rostro, en ocasiones pálido, en otras, rojo, con los ojos ora cerrados, ora abiertos con perplejidad.

Había prescrito una doble sangría, enemas, vesicatorias. Por consejo de un colega, cuando la niña se desmayaba le soplaba humo de tabaco, tras lo cual Anna Migeli siempre se despertaba, aunque volvía a tener convulsiones. Le había vertido en la boca, a modo de prueba, ojimiel, cebolla albarrana y crémor tártaro.

Había puesto a la pequeña un emoliente cataplasma de triaca en torno al cuello, la había bañado y frotado los pies en agua caliente y le había prescrito otro enema. Además de todo eso, le había suministrado alcanfor, asafétida y antihistéricos, y por el día, para tranquilizarla, le había administrado la tisana número 15 recomendada por el libro médico de Tissot: «Flores de hierba de San Juan, saúco, melito, todo molido hasta que quepa entre las yemas de tres dedos, disuelto luego todo en un vaso o copa de vino con un litro de aceite de trementina mezclado con agua hirviendo».

Todo en vano, le había dicho el *camerarius* al juez. No hay hierba que valga contra eso, ningún medicastro de Kassel o de Gotinga podía parar ese mal. Había que acudir a otras ayudas. Con toda discreción, por supuesto. Conocía una dirección en Pfaffhausen, cerca de Zúrich.

Cuando llegaron con Anna a las primeras casas de la ciudad, Blumer dispuso que el ordenanza le pusiera los pesados grilletes a la delincuente, a fin de satisfacer durante el último trecho las órdenes del consejo.

Pronto se vieron rodeados por una bandada de niños bulliciosos. La noticia de la llegada de Anna Göldin corrió como pólvora por las calles. Bajo el alero del ayuntamiento, de donde colgaba una piel de oso extendida, se apelotonó un grupo de curiosos.

Nadie se habría asombrado de ver a Anna llegar volando en una escoba por encima del Wiggis, con el pelo recogido en una cola de caballo llameante, como una señal luminosa, o transformada en un animal, como un cuervo, por ejemplo; un cuervo al que el ordenanza había cubierto de grilletes y cadenas. La fantasía de la gente, que por lo general era pobre y se agotaba en cuestiones prácticas, se había exacerbado a raíz de aquellos extraños sucesos.

Anna apareció por fin, con paso lento. Solo con esfuerzo podía mantenerse erguida bajo el peso de las cadenas, parapetada por el alguacil y el ordenanza.

Una bruja de verdad. Una mujer escupió el suelo delante de ella. Anna alzó la vista. ¡Era la panadera! ¿Qué había sucedido durante su ausencia para que aquellos rostros conocidos se deformaran de tal modo? El rictus malvado en las comisuras, los ojos entornados con fruición.

Ya en una ocasión había visto Anna aquellos rostros. Fue aquella vez en Sennwald, cuando se dijo que había matado al bebé.

«...en resumen, el verdugo le dio unos leves azotes con la vara y la condenó a seis años de confinamiento en la casa de sus padres...»

Anna apenas notó los azotes.

Pero aquellas miradas quemaban, la vergüenza de estar semidesnuda delante de los curiosos. Los ojos lascivos. Los cuchicheos.

¿Dónde la azotará el verdugo?

¿En los muslos? ¿En el trasero?

¡La camisita se le teñirá de rojo! Verá las estrellas, sin duda.

Y merecido lo tiene. A fin de cuentas, se dejó tocar.

¿Por el pastor?

No, por el tal Roduner, de nombre Jakob.

Que la dejó plantada el muy canalla, una infamia.

Tal vez se olió a tiempo la clase de fulana que era ella.

Pecad y matad el fruto.

Carne de su carne.

¿Y qué es del tal Roduner?

Se las apaña con bravura en la guerra. Los padres han recibido noticias suyas desde Holanda.

Anna, prisionera en la última planta del ayuntamiento. Desde hace días. Sin interrogatorios. Una calma inquietante. Los días dejan su rastro de luz y de sombra en el Glärnisch, las horas del día pueden adivinarse por el color que van reflejando las rocas.

¿Qué es el tiempo que una oye a cuentagotas, cuando está sentada quieta al borde de una pila de paja?

A veces la despierta un estruendo. Torrentes de nieve vuelan por encima de las laderas en vertical y desaparecen más abajo, entre las rocas, como si el macizo del Glärnisch estuviera hueco y lo devorara todo y se lo tragara, a través de unas fauces invisibles.

# 6

Aquí nada puede ocultarse.

Un lugar inquietante.

Esa quietud inflada.

Cada paso resuena.

En las ventanas parpadean los espejos inclinados, registran las sombras en las habitaciones que dan a la calle.

No obstante, la visita de Irmiger habría podido ocultarse, eso lo admitía hasta el capitán. Pero aquel veterinario de Pfaffhausen convertido en exorcista se había empeñado en llamar la atención a toda costa.

Hizo su entrada en Glaris montado en una *chaise* de último modelo. En lugar de detenerse ante la casa del doctor Tschudi, lo hizo en medio de la plaza del Águila, se apeó del coche, drapeó el abrigo, la faja de brocado, mostrando en su pecho el brillo de una cadena de oro como la que usan los alcaldes; luego inclinó la cabeza con la boina de terciopelo y el arreglo de plumas oriental, y leyó la pizarra con el menú: sopa, aperitivo, truchas, carne, embutidos, ciruelas hervidas, almendras asadas, tarta de nueces.

En la taberna, donde primero devoró una trucha y luego una pata de cordero, le contó al tabernero a voz en grito que debía reponerse, pues tenía muchas cosas por hacer.

Los comensales, que a la hora del mediodía se reunían allí en gran número, apartaron sus cuchillos y tenedores. El doctor Tschudi lo había hecho traer para que curara a la niña poseída. Sí, en casos muy complicados el arte de los médicos pronto llegaba a sus límites, entonces tenía que venir alguien con métodos distintos. Toda una ciencia en sí misma. Había resuelto en la región de Zúrich muchos casos similares; en su ramo había mucho que hacer por todo el país. En esos últimos tiempos tan convulsos, los demonios se habían soltado, y ya solo tenía que aparecer alguien que supiera invocarlos, como esa sirvienta, para que de inmediato empezaran a hacer estragos, sobre todo entre niños inocentes.

Aquel hombre hablaba con gestos exagerados, su voz se oía en todas las mesas. Todos lo escuchaban con asombro o malestar.

Más tarde, algunos vecinos de Glaris llegaron a decir que el tal Irmiger había puesto en casa de Tschudi a todos los demonios de rodillas, que caían al suelo muertos de risa.

Irmiger hizo que le mostraran los clavos escupidos, pintó en la pared unas cruces y sigilos con albayalde, perforó un agujero en el umbral de la puerta y clavó una puntilla.

Dio instrucciones para que fumigaran la casa con incienso antes de la salida del sol. Palpó el cuerpo de la niña y dijo que tenía dentro muchas cosas que era preciso extraer, por lo que iba a suministrarle unos remedios. Ordenó, además, que arrojaran los alfileres y clavos recién expulsados en una tumba abierta del cementerio o que, a falta de esta, los lavaran con agua corriente.

El tal Irmiger reforzó aún más el criterio difundido entre la plebe de que los alfileres y los clavos habían salido de aquella golosina. Ante las burlas de los ilustrados, reaccionó ofendido. Un año después, cuando intentó curar con los mismos métodos a un chico que escupía clavos en Wysslingen, cerca de Zúrich, hizo que se recogieran en acta unas declaraciones que, más tarde, en 1783, fueron publicadas en Zúrich en el boletín médico de Rahn, la *Gazette de santé*: «¡Oh, esos campesinos ingenuos, que se muestran perplejos ante cosas que no ocurren todos los días y, por el contrario, no tienen la más mínima idea de lo que ocurre a diario y que, a menudo, es más milagroso e inexplicable aún! Ven esos clavos que tienen ante sus ojos, que han surgido de la carne y de la sangre, y eso les parece un milagro, pero siguen siendo simples clavos. Por el contrario, miran a ese niño que crece en el vientre de su madre, hecho de miles y miles de venitas y pequeños nervios, lo ven llegar al mundo como por milagro, y no pueden comprender que un clavo pueda crecer y ser expulsado del cuerpo del mismo modo que un niño se forma y nace».

Después de que Irmiger diera a beber a la niña un té cuyas hojas llevaban inscritas las palabras «¡Ayúdame, Jesús!», tras haberla torturado con laxantes, vomitivos y lavativas sin que los demonios desaparecieran —si bien los clavos dejaron de emerger—, ni el pie sobre el que había aplicado unos apósitos se enderezara, dijo: Ahora todo es en vano, ahora ya nadie puede ayudarla salvo la propia persona que la corrompió...

Dicho eso, se embolsó algunos luises de oro, subió a su carruaje y se marchó.

¿Sabéis lo que ha dicho el tal Irmiger, primo maestro y farmacéutico?

Que son malos tiempos; que el diablo anda suelto.

A lo que añado: Dios nunca anda suelto, por desgracia.

En cuanto sale a pasear por ahí, le clavan las manos y los pies a una cruz, lo cuelgan en algún rincón con imágenes sagradas, lo encierran en marcos dorados, y lo guardan entre las páginas amarillentas de algún libro de cánticos, en Biblias y catecismos. El trato con el diablo les causa menos dificultades que con el propio Dios, primo.

Anna llevaba tres semanas en prisión.

Aún no sabía la causa de su arresto.

¿Qué está ocurriendo, Blumer?, preguntó al alguacil cuando este le trajo la comida desde su vivienda en el consistorio.

Había un motivo especial, le explicó él. En Glaris había una jurisprudencia protestante, otra católica y otra comunitaria. Aún estaban discutiendo con cuál de ellas la juzgarían. La familia Tschudi apostaba por el Consejo Evangélico, pero el bando opuesto prefería el comunitario, pues afirmaba que el Consejo Evangélico había sido diezmado de sus mejores mentes desde que excluyeron a los parientes del doctor Zwicki de Mollis... Era un consejo de paisanos que daba su consentimiento a todo lo planteado por el doctor y juez Tschudi.

Anna no entendía.

Todo ese revuelo en torno a su persona.

Y en medio del huracán, esa calma. La dejaban allí sentada, a la espera, entre muros húmedos.

Esta inactividad, Steinmüller.

He estado en movimiento toda mi vida.

De aquí para allá, de allá para acá, lejos de las sombras. Ahora las sombras me han alcanzado, crecen dentro de mí.

Empiezo a pensar, Steinmüller.

Hablo contigo, aunque apenas puedas oírme, ahí en Abläsch. ¿O acaso estás en la celda de al lado? El alguacil Blumer ha dicho que Anna Maria Tschudi os ha implicado con ciertas declaraciones suyas.

Siempre me burlé de tu propensión a filosofar, pero ahora yo también lo hago: ¿hacia dónde, de dónde, por qué?

Las montañas están ahí para que la mirada no se despeñe en el vacío.

Su primer arresto, aquella vez en Sennwald, fue distinto. Seis años de confinamiento en casa de sus padres, había escrito Lehmann. Pero sus padres llevaban mucho tiempo muertos, y la casa había sido vendida. Anna pasó su arresto en la casa de su hermana más joven, Barbara, nacida nueve años después que ella, en agosto de 1743, y casada en Sax con Adrian Appenzeller.

Según las disposiciones del tribunal, Anna debía pagar su alojamiento realizando labores de hilado.

No estaba autorizada a salir de la casa; la zona lodosa que unía la vivienda con el granero era el límite. Mientras los padres faenaran en el campo, los niños quedarían al cuidado de la infanticida. Le tenían gran apego a aquella mujer silenciosa y de pelo negro que permanecía hasta altas horas de la noche peinando el algodón y el hilo de Löthli. La madeja valía en el mercado solo dos cruceros, decía el cuñado mientras metía la mano en la fuente para coger otra patata.

Anna detestaba su rostro picado de viruela, sus ojos apagados y sin pestañas.

Él espiaba cada uno de sus pasos.

De no existir la noche con su negro cerrojo, los monótonos días se fundirían unos con otros.

Su cuerpo estaba encogido de frío, sobre el saco que hedía a rancio y a patatas viejas. Las sábanas, gélidas. Ni un solo rincón caldeado, ni una sola pared. Al otro lado dormía el cuñado, ella lo oye resoplar como una bestia.

Es un mundo estrecho, una tierra de nadie que ella se ha creado entre el despertar y el sueño. A esa hora su cuerpo ya no arroja sombras; podría atravesar las paredes.

Baila en la cuerda floja sobre la costura de los días.

Estaba perdiendo la noción del tiempo; las estaciones del año se alternaban, iban y venían, pero para Anna siempre era invierno en Sax.

En una ocasión, el pastor Breitinger le escribió una carta: «*Comportaos bien, quedaos dentro de casa, orad y trabajad*». Había añadido un par de pasajes edificantes tomados de algún libro. Él no podía acudir a visitarla, aunque con el carruaje no era más que un paso de Sennwald a Sax.

Durante la noche de la primera luna nueva de marzo, el cuñado pidió prestado un hacha al vecino y llegó al establo, donde estaba Anna, blandiendo la herramienta. Ella pegó un grito y él se regodeó al oírlo. Le dijo que arrastrara con la cuerda a un cerdo hasta la zona fangosa: iba a sacrificarlo. Le exigió que se quedara cerca y, con un cubo, recogiera el torrente de sangre fresca que saldría del cuello del animal tras cercenarle la arteria principal.

La cara y el delantal de Anna se cubrieron de salpicaduras de sangre.

Como si tuvieras sarampión, se burló el cuñado.

Anna sintió vértigo.

No lo haré, se rebeló cuando el marido de su hermana quiso sacar otro cerdo para sacrificarlo. Entonces él llamó a Barbara, pero esta se negó a ayudarlo y, dirigiéndose a Anna, la recriminó: ¿Acaso te crees mejor que nadie, tú, mal bicho?

Esa noche, al atardecer, el cielo sobre los montes Kreuzberg se tiñó de rojo, como si la sangre del cerdo se concentrara allí.

Esas rojeces anunciaban malos tiempos, decía la gente del pueblo. En primavera llegaban otras señales: temblores de tierra, un cometa, tormentas, abortos, inundaciones.

Un día, durante el tercer año de su arresto, por la época en que empezaba a fundirse la nieve, Anna estaba en la ventana y sintió las sacudidas de la tierra, que durante el tiempo muerto había hecho acopio de fuerzas en sus cámaras secretas.

Por las noches acariciaba planes de fuga. Una noche nubosa y sin luna fue andando hasta Werdenberg para ver a su prima Katharina. Nadie la siguió, el cuñado estuvo feliz de librarse de ella y el señor del castillo de Forsteck tenía desde hacía tiempo otras cosas de qué ocuparse antes de seguir el rastro a una sirvienta.

# 7

Anna Göldin estaba encerrada en el ayuntamiento, recibía sus alimentos y se la dejaba en paz. Mientras tanto, la niña padecía grandes tormentos. Y Anna sufría con ella. La señora Tschudi hizo este reproche a su marido en presencia del *camerarius*.

¿A qué están esperando?

También a él le incomodaba, respondió el juez. ¡Esos infinitos debates en el consejo para decidir el tribunal ante el cual llevar el caso!

Una cábala de los enemigos, sin duda.

El *camerarius* estuvo de acuerdo con él. En diciembre, los católicos se habían desentendido del asunto del tribunal con explicaciones tortuosas. Sin embargo ahora, en el acuerdo del 25 de febrero, ¡daban marcha atrás! Se declaraban dispuestos a participar, «a fin de demostrar un entendimiento amistoso, y también por otros motivos». Tenía claro dónde estaba el quid de la cuestión: ¡los partidarios de la Göldin habían manipulado a los católicos y querían presentar a toda costa el proceso ante el consejo comunitario! El doctor Tschudi dijo que conocía un medio para liberar las manos al consejo. Había una ley de la década de 1750 ahora caída en el olvido, sumamente útil...

El 2 de marzo, poco antes del mediodía, Steinmüller entró en la farmacia y, caminando de un lado a otro sobre las baldosas de barro salpicadas de sol, esperó a que la empleada del cirujano Blumer vendiera por fin su sirope de amapolas, tres onzas de azufre, una pizca de raíces de serpentina y diez granos de alcanfor.

Cuando la puerta se hubo cerrado tras ella, el cerrajero empezó a hablar: ¡Primo, teníais que haber visto el espectáculo! Ayer me citaron ante el consejo para declarar y responder en relación con la carta a Anna.

Ridículo, sí.

Tratan esa carta como un documento peligroso, debido a lo que llaman ciertos pasajes oscuros. ¡Como si este proceso a la Göldin tuviera algo más que pasajes oscuros! No obstante, a mi carta le corresponde el dudoso honor de ser lo único concreto que tienen a mano. No paran de darle vueltas, interpretando sus pasajes como exégetas bíblicos. Y cuando me dispongo a abrir la boca y exponer mis argumentos, oigo unos ruidos: unos hombres pasan de largo junto al alguacil y entran en la sala del consejo, cada vez en más número, hasta alcanzar un total de cincuenta, todos liderados por el juez y doctor Tschudi y, tras él, el capitán.

Miro sus caras y solo veo a miembros de la familia Tschudi, parientes hasta donde alcanza la vista, gente de Glaris y otros valles vecinos. También campesinos de Kleintal a los que Tschudi ha prestado algún dinero. Como dice el dicho: «Quien pide prestado es siervo de sus acreedores». Los cincuenta hombres se plantan delante de la honorable autoridad. ¡Cincuenta Tschudis contra sesenta miembros del consejo!

Hasta el presidente Bartholome Marti ha estado a punto de subirse por las paredes: ¿Qué significaba aquel desfile?, pregunta.

A ello responde el juez de paz Tschudi: Con esta «respetuo-sa presentación» —¡así la definió, primo!— exijo que el caso de la Göldin sea llevado de inmediato ante el Consejo Evan-gélico, que es el tribunal competente en ese caso. En el mo-mento de la comisión del delito, Anna Göldin formaba parte de mi hogar. En caso contrario, me veré obligado a recordar una ley fuera de uso, pero aún vigente, según la cual cincuenta hombres honrados y valientes tienen derecho a convocar al go-bierno regional. ¡En este caso, los honorables señores deberán escuchar la opinión del pueblo sobre el tribunal ante el cual será presentado el caso!

¡Y la «respetuosa presentación» tuvo su efecto, primo! El consejo decidió *ad hoc* iniciar sin dilaciones los interrogato-rios en la sala del Consejo Evangélico. Como examinadores se nombró al tesorero Jost Heiz y al regidor Altmann, de Ennen-da. Las actas serían llevadas por el escribano Kubli Netsal.

¡Cincuenta Tschudis contra una criada!

«Segundo *Visum et Repertum* del 10 al 21 de marzo de 1782.

Los tres caballeros enviados por la autoridad encontraron a la niña tumbada en un diván y en plena facultad de juicio, de modo que se mantenía distraída en su lecho con juegos de niñas y respondió a todo de manera razonable. Sin embargo, durante la larga presencia de cinco horas de la Comisión de Honor, ese estado se transformó en frecuentes ataques breves de apenas dos minutos, con convulsiones y delirios, duran-te los cuales la niña de repente perdía el sentido, enrojecía, el pulso se le aceleraba y los músculos en torno a la boca le empezaban a temblar. En un momento dado extendió el pie derecho, torció los brazos y emitió un gemido, a raíz del cual se hizo silencio de nuevo, para, a continuación, quejarse de atroces dolores en el pie y en la cabeza. Otro aspecto extraño e inusual de este fenómeno se presentaba cada vez que la niña hacía sus necesidades, a raíz de lo cual la tez se le ponía pálida, el pulso se le reducía a gran velocidad y casi se perdía del todo, hasta que se producía el desmayo, del cual solía recuperarse prontamente. La anterior tensión convulsiva de los músculos desapareció en general y parecía concentrarse solo en el pie izquierdo, ahora completamente inútil, contraído dolorosamente contra el cuerpo, de modo que, de aplicarle cierta fuerza, se hubiese roto en lugar de flexionarse. Los intentos realizados en ese sentido han provocado en la niña, en cada ocasión, accesos de gota muy dolorosos, motivo por el cual la criatura ha de pasar su vida de forma miserable en la misma cama. Aunque puede dormir y a veces incluso comer con apetito, gracias a lo cual se mantiene bastante bien de peso». (Johann Marti M. D.)

# 8

Cuanto más pequeña se sentía Anna en su saco de paja, olvidada a la sombra del Glärnisch, tanto más poderosa crecía su imagen en las mentes de los otros, agrandándose cada vez más y más, hinchándose hasta alcanzar dimensiones monstruosas, las de una gigante y hechicera con peligrosos poderes. A ello contribuyó la mañana del 10 de marzo.

En la sala del ayuntamiento sobre la cual se hallaba Anna, sentada en un saco de paja, en la tercera planta del edificio, el escribano regional hizo lectura del examen forense. El doctor Marti comparecía para dar respuesta a la pregunta, varias veces formulada, sobre si consideraba que la enfermedad de Anna Maria Tschudi era obra del diablo. Él había redactado por escrito su postura al respecto en una carta destinada a un amigo de Zúrich:

«He estado a punto de admitir que el llamado príncipe de las tinieblas es un señor demasiado grande como para estar ocupándose de tales juegos de niños: pero nunca pude creer que entre San Miguel en lo alto y Satán en lo más bajo pudiera haber grietas vacías tan asombrosas. ¿No es posible que en ese enorme espacio pululen criaturas espirituales para nosotros invisibles, que actúan con libre albedrío, pudiendo ser malas o buenas y practicando con nosotros, tal vez incluso con frecuencia, un juego perverso como el que solemos practicar nosotros mismos con criaturas más bajas...? ¿Tenemos acaso absoluta certeza de que no existe en las regiones del aire una categoría de seres que no son ángeles buenos ni malos, ni almas de personas fallecidas, sino seres intermedios ubicados entre nosotros y ellos, mitad ángeles, mitad humanos?»

Glaris, por lo tanto, pasó a ser el decorado de una excelente puesta en escena: una acción principal y una acción mágica, en la que se agitaban universos del bajo y el alto mundo, con intervención de poderes en los asuntos de los vivos. Espíritus intermedios de distinta proveniencia, risueños, haciendo travesuras entre el Wiggis, el Schilt y el Glärnisch.

Diablos menores, pequeños demonios serviles que obedecían a la señal de una sirvienta. La jerarquía del mundo visible continuaba —¿cómo pensarlo de otro modo?—, también en lo invisible.

Y esa poderosa criatura estaba ahora sentada sobre las cabezas del consejo, sometida a un régimen de pan y agua.

El asunto podía volverse peligroso para los honorables sesenta caballeros del consejo de Glaris y los valles vecinos.

Una sirvienta, una mujer débil, ciertamente, tras la cual acechaba la perniciosa, aquella que, en caso de azuzar al diablo, acabaría de inmediato con los sesenta y les aplicaría sus artes de bruja, al punto de despojarlos de su virilidad y atraparlos en sus redes...

¿Estaba encadenada Anna Goldin?, quiso saber un paisano del valle del Linth.

El alguacil asintió.

Pero acto seguido recibió la orden del presidente de reforzar las medidas de seguridad.

¿Y eso de qué serviría?, preguntó a su vez el armero Freuler. Ese tipo de gente podía atravesar puertas cerradas y poseía una hierba mágica, la balsamina del Himalaya, capaz de reventar cualquier cerrojo. Vaya estupidez, comentó el carnicero Streiff. La sesión continuó, pero la presencia de la bruja se hacía notar. El aire crepitaba, se atizaban las ideas, los deseos ocultos. Alguien susurró a su vecino de asiento que la noche anterior unas brujas desnudas habían estado cabalgando por sus sueños montadas en sus palos de escoba. El aludido respondió que el trato carnal con brujas incrementaba la potencia. Bastaba ver al doctor Tschudi, con perdón: su esposa estaba ahora encinta del onceno hijo.

El presidente Marti anunció entonces que podían comenzar con los interrogatorios más indulgentes.

A continuación compareció el juez Tschudi.

Pedía al consejo «interrumpir el procedimiento de los interrogatorios».

Sabía que eso sonaba absurdo. A fin de cuentas, él había querido llevar adelante el asunto. Pero, pensando en la niña, deseaba intentarlo una vez más. Estaba enterado, por fuentes muy fidedignas, que «ese tipo de personas estaba en condiciones de reparar el daño que habían causado». Por eso solicitaba al honorable y respetable consejo «preguntar a la Göldin de forma adecuada si no podía devolver a la niña a su estado de salud anterior», como recogió el escribano en el acta.

El hecho de que el alguacil le traiga en persona la comida, así como el poco habitual olor a vino que le llega de la jarra, hace que Anna se avive.

¿Se ha demostrado mi inocencia, Blumer? ¿O van a interrogarme?

El alguacil deja la jarra de vino sobre la mesa y hace un significativo gesto con la mano.

Antes de los interrogatorios habían examinado de nuevo a la niña, que se encontraba en un estado deplorable: no podía andar ni mantenerse en pie. Su miserable estado... si pudierais verla, se os atenazaría el corazón.

El alguacil hace una pausa. Anna permanece sentada, en silencio.

El consejo quiere saber ahora, en nombre del doctor Tschudi, si puede ayudar a la pequeña.

Entonces Anna, con la voz ahogada, dice: ¿Cómo podría ayudar yo a la niña si no le he hecho daño alguno?

«...a raíz de lo cual el alguacil le hizo saber que ella era sin duda la causante del mal infligido a la niña y que, si escamoteaba la verdad, sería puesta en manos del verdugo...»

Anna se levanta y se queda quieta en medio de la penumbra. Se oye su respiración acelerada.

El alguacil la apremia. Su castigo, si aceptase la petición, sería sin duda menor.

Anna suspira. Ruega que le concedan una noche para pensarlo.

Esa tenaz parálisis de sus ideas.

Hasta un punto y no más allá.

Perseguida a través de montañas, cumbres y laderas, sin respiro. Luego, la sensación de una seguridad que retorna. Entonces, de nuevo, un abismo.

Los métodos de sus perseguidores son sofisticados.

Como trampas para osos cubiertas de maleza, con una fosa y un cepo al fondo.

A pesar de la avanzada hora de la noche, Anna lo ve todo claro. Distingue los bordes de la trampa, los inspecciona, mira a través del camuflaje de ramas secas.

En su oído, claramente perceptible, el jadeo de sus perseguidores.

Ni un paso adelante, ni un paso atrás.

Si dice que no, traerán al verdugo.

Si dice que sí, ellos triunfarán. Se dirá entonces que corrompió a la niña y que por eso puede curarla.

Como un ratón en busca del trozo de queso, se ha extraviado de nuevo en la región de Glaris después de tantos años de carencias.

Dos, tres veces ha regresado a la región.

Y ahora ha caído en la trampa.

# 9

No habría sobrevivido a aquellos años terribles en Sax de no haber intuido que aún existían cosas con las que ni siquiera se atrevía a soñar: ciudades ricas, valles en los que fluía el oro, Pensilvania.

Después de la huida, había acompañado a Katharina en sus visitas a parturientas y enfermos. En el castillo de Werdenberg la mujer del regidor había tomado a Anna por la asistente de Katharina. La estaba ayudando hasta que encontrara un nuevo empleo, dijo la comadrona, pero en aquella región había pocas casas señoriales. Entonces la señora dijo que en la región de Glaris, de donde ella era oriunda, había suficiente gente rica. Debía dirigirse a sus parientes, a la mujer del pastor Zwicki, en Mollis. Su marido estaba enfermo y tenía niños adolescentes, así que estaba buscando a una criada trabajadora.

La casa de los Zwicki: cinco plantas, una torre de vigilancia desde la cual podía controlarse todo lo que se moviera dentro o fuera del valle. También el interior de la vivienda era como el soñado por cualquier sirvienta: fuentes para todo tipo de platos, cubertería de plata, manteles de damasco. Un oasis en la miseria de principios de la década de 1770, cuando era preciso comprar los cereales en Egipto y trasladarlos a hombros a través de los pasos de montaña, pasando por Bellinzona y Chiavenna. Los pobres se alimentaban solo de espelta. La señora Zwicki repartía limosnas en la puerta trasera de su casa.

Una señora benévola. Anna nunca tenía que andar contando el dinero para las compras. ¿Señorita Anna, qué va a comprar hoy? ¿Del mejor? ¿Un poco más? En el mostrador de la bodega intentaban agenciarse sus favores. La sirvienta se daba lustre bajo el resplandor de sus señores.

Era preciso estar con la familia en las buenas y en las malas, le había dicho la señora Zwicki desde el primer día. Ocuparse de su bienestar, su honor, su tranquilidad, su seguridad y su salud, más que de cualquier otra cosa. Lo había tomado del librito de Lavater para la servidumbre. Participar del prestigio de una familia honorable. Pertenecer a ella, aunque solo fuera desde la perspectiva que ofrece la cocina.

¿Por qué Anna come en la cocina?, había preguntado Dorothee.

Las mejillas de la señora Zwicki se tensaron, un tinte sonrosado cubrió su cara redonda y enmarcada por oleadas de cabello blanco. Son diferencias fijadas de antemano por Dios, pequeña. Quien las desoía, atentaba contra el orden. Mantén el orden y él te mantendrá a ti. Quien lo derogaba, caía.

La primera vez que Anna vio al joven señorito, que había venido a casa durante las vacaciones semestrales, se le enredaron los pies con los soldaditos de plomo de Balz, el hermano más pequeño. Ruborizada, se detuvo delante de la estufa de azulejos en la que podía leerse la inscripción: «Johann Heinrich Zwicki, que Dios te bendiga».

Y ahí estaba él, ahora. Ya lo conocía por sus cartas, que eran de tal delicadeza que su madre se las hacía leer en voz alta durante las comidas:

«La señora mamá debería prestar atención a su salud, no salir demasiado rato, usar aceite de almendras y polvos antiespasmódicos contra el catarro...»

Dorothee leyó el pasaje por segunda vez. La señora se secó los ojos con el pañuelo de encajes. Melchior describía escenas de su vida de estudiante en Gotinga, poniendo énfasis en lo que interesaba a su madre y ahorrándose lo que pudiera no encajar.

«...he viajado a Buchholz para un desayuno campestre, que están muy de moda por aquí desde que la gente lee a Rousseau y a Gessner. Las damas llevan sombreros de paja amarillos y ala ancha, como pastoras, y sobre la hierba se extiende un mantel con cosas deliciosas traídas en una cesta por la sirvienta de la señora Fellinger, esposa del concejal. He estado allí embargado por las más agradables sensaciones, viendo saltar los corderitos, contemplando el arroyo, si bien lo identificaba todo como *superbes déguisement*, recordando con viva nostalgia el terruño, en el que se mantiene ese trato tan íntimo con Rousseau y la simplicidad de la gente del campo...»

Podría ser un poeta si no estudiase medicina, dijo Dorothee.

Anna le sirvió en la mesa. Era distinto a sus hermanos. Tímido, con una constitución física delgada. Mientras cortaba el pan para los niños más pequeños, ella sintió cómo se posaba en ella la mirada de sus ojos oscuros y soñadores. Ahora, en abril, debería llevar bufanda y leer a la sombra del muro protegido del viento, le recomienda la señora Zwicki, aludiendo a su bronquitis crónica, a su delicada salud. Los ojos de Melchior se alzaron por encima del borde del libro cuando Anna se estiró bajo el tendedero, en la huerta de árboles frutales. Un aleteo de nubes pendía en ese cielo cruzado por corrientes azules de un viento cálido alpino, mientras ella arrastraba una tina llena de ropa mojada. Entonces él se puso en pie de un salto y le quitó la carga.

Pero no...

Ella rehúsa, se ruboriza.

¿La asusta acaso que él vea en ella al ser humano, a la mujer, y no a una persona de segunda categoría? En Gotinga él se ha ocupado de las ideas de la Revolución inglesa, de las de la insatisfecha Francia.

Melchior dejó la tina en el suelo. A través de las hileras de perales, por la ventana abierta, se oía a Dorothee tocando la espineta.

Un viento del sur quedó atrapado entre los cuatro muros. Trémulos arabescos de luz, las telas se inflaron, la cofia de Anna mostró de pronto unas aletas que se doblaron hacia arriba.

Un rayo de sol iluminó su ojo izquierdo, las miradas de ambos se encontraron. Esos revoloteos de uno a otro, a saber con qué objetivo, bajo ese cielo inquieto y movido por el viento, que abre huecos azules y vuelve a cerrarlos con el trazo lechoso de unas nubes.

El batiente de una ventana se abrió de golpe y la señora Zwicki llamó a su hijo. Su padre tenía una de sus crisis cardiacas, ese viento cálido sacaba de sus casillas todo lo que uno daba por sólido. El libro de Melchior permaneció abierto junto al muro, Anna leyó, al pasar, el pasaje subrayado:

«¡Tanta inocencia con tanto talento! ¡Tanta bondad con tanta firmeza! ¡Y el reposo del alma en medio de la vida real, de la vida activa!»

El libro había sido publicado hace poco, le explicó él más tarde. Su autor es Goethe. Él leyó en su rostro mientras le resumía el contenido. Su mirada expresiva y llena de alma. La boca de labios llenos, de línea tan comedida. En medio de esa armonía, el óvalo que denotaba reserva.

Él la involucró en una conversación, admirando su forma de responder con libertad, de presentar con claridad sus demandas; su espíritu flexible y vivaz.

En un arranque de rebeldía contra los convencionalismos, él le regaló el libro. Ella pasó una noche entera leyéndolo, arrancando lentamente el sentido a las palabras. Por falta de práctica, las lágrimas las borraban de vez en cuando.

La esposa del pastor se dio cuenta. Las velas gastadas. Reprobó a Melchior que hubiese regalado el libro de un libertino (es lo que ha oído decir), una obra inapropiada incluso para una mujer de rango, por no hablar ya de una sirvienta. Debía, si acaso, leer a Lavater.

Entonces la señora regaló a Anna una edición de las oraciones y salmos.

A Anna no le gustan los salmos de Lavater, llenos de palabras almidonadas, metidas en la camisa de fuerza del verso medido. Prefiere los salmos tradicionales con los que aprendió a leer, un flujo vigoroso que la arrastra: «Te amo, Señor; tú eres mi fuerza. El Señor es mi roca, mi fortaleza y mi salvador; mi Dios es mi roca, en quien encuentro protección. Él es mi escudo, el poder que me salva y mi lugar seguro...».

Lo que aprendió en su juventud de memoria se ha impregnado en su carne y en su sangre, es reserva de emergencia de la que se nutre en noches como esa.

El consuelo de la religión.

A los dieciséis años tuvo por primera vez conciencia de ello, en las clases de catecismo en Meyenfeldt.

Era agradable sentarse alguna vez en medio de un círculo de gente de la misma edad, sobre todo cuando una tenía que romperse la espalda trabajando en la casa y el establo de la mañana a la noche.

El pastor habló de la Jerusalén celestial. Anna estuvo pendiente de sus labios. Alivio, consuelo. «Jesucristo, escucha mi añoranza, escúchame, amigo de mi alma, ¿vas a despreciar a un corazón que llora por ti?» Todo mezclado con anhelos terrenales, porque del lado donde se sentaban los chicos, allí donde la ventana se abría a un patio sembrado de castaños, algunas miradas volaban hacia ella. Las chicas fingían no notar nada, intercambiaban postalitas con proverbios y recortes de papel: «Para Anna, en recuerdo de su más querida amiga». ¡Oh, cuántos sinceros propósitos, cuántas nobles decisiones! La vida era más relajada, se elevaba más transparente hacia lo alto.

# 10

«La mañana del 11 de marzo, el alguacil acudió de nuevo donde la prisionera para informarle sobre lo decidido en relación
con el asunto [...], a lo que Anna dijo que le trajeran a la niña
en nombre de Dios, que quería ayudarla con ayuda del Señor
y la asistencia del Espíritu Santo. Al decirlo suspiró y se quejó:
"Oh, que ser tan desdichado soy"».

¿Qué día es hoy, Blumer?

11 de marzo.

Hoy la niña cumple nueve años.

El año pasado, ella le había preparado una tarta a la que
puso ocho velas. Temprano por la mañana, con los dedos aga-
rrotados, había encendido el fuego de la cocina.

De repente, había oído un grito.

Anna Migeli estaba parada en el umbral de la puerta, descalza, en camisón.

¡Anna, estás ardiendo!

La niña tiene la vista clavada en el pelo de Anna, que parece arder bajo el resplandor de las llamas. Sus ojos chisporro-
tean como los de un felino antes de saltar sobre su presa.

Anna ve a la niña temblar, se acerca a ella y le toma el pulso
en la muñeca.

¿Has tenido miedo?

La niña asiente.

¡Tu pelo estaba en llamas! Era como una antorcha que prendiera fuego a la casa. Y luego el viento cálido se llevaría las tejas y arderían la prensa, la iglesia, el cuartel de la guardia... Tontita.

Anna le acaricia la cabeza hasta que la niña se tranquiliza. Anna Migeli alza la vista hacia la criada, que, en ese momento, con el gancho de la chimenea en la mano, le parece enorme, una Anna a la que las llamas obedecen.

En el trato con el diablo, dice el *camerarius*, era preferible mantener un tono cortés y ceremonioso. El 11 de marzo es un viernes, cumpleaños de la niña. El consejo ha decidido traer a «la hijita corrompida del apreciado doctor Tschudi» hasta el ayuntamiento en horas de la noche.

Alguacil, los porticones han de permanecer cerrados, hay que pasar el cerrojo a las puertas. No puede haber cirios encendidos en el candelabro con la figura de la Justicia con cola de sirena. Solo debe haber una lámpara, colocada en el suelo.

Los señores examinadores, los caballeros de la Comisión de Honor, alzan la mano y dan fe de su obligación de guardar el secreto.

Una crepitante expectación.

El capitán entra con la niña, la rodea con sus brazos. Inclina la cabeza en gesto maternal, la frente surcada por arrugas de preocupación, las orejas prominentes. Cuánta devoción. Ocupa su puesto en medio de la sala, con la niña en su regazo.

Aún falta la bruja, pero ya se oyen los pasos que se acercan, el tintineo de las cadenas.

Ana tiene un aspecto descompuesto, pero en nada parece una bruja. Artificios, eso se nota. Sigue siendo una buena hembra, tiene que ser delicia examinar su cuerpo en busca de la marca embrujada que el diablo suele estampar en sitios ocultos después de sellar el pacto. El verdugo lo hará. Pero aún no ha llegado ese momento.

El juez Tschudi da un paso adelante, y pide formalmente a Anna que ayude a su hija. La conmina a aplicar el antídoto a su hechizo. ¿Necesitaba hierbas, medicamentos? (Se sabía que esa gentuza se servía de hierbas; el propio Homero hablaba de la moly, la hierba mágica que Helena mezcló en el vino a Telémaco. La hierba de San Juan pone en fuga al diablo, las semillas de helecho vuelven invisible a quien las porta, las semillas de peonía quitan el miedo a los niños, o la mandrágora, la raíz de aspecto humano que crece bajo los cadalsos, a partir de la orina del ahorcado...).

Anna no necesita nada. Confía en sus manos y en sus rezos.

Los señores de la Comisión de Honor intercambian miradas elocuentes.

Pero Anna ni se fija, solo tiene ojos para la niña, para su cara pálida y la mirada quebradiza, la pierna torcida y contraída contra el cuerpo. Sus palabras quedan recogidas en acta por el escribano:

«Querida niña, creí siempre que algo dentro de ti andaba mal, pero nunca creí que tu piernita se te pusiera así...»

Con satisfacción se registra la compasión de su voz, la expresión de su rostro. Indiscutible. Serán mucho más misericordiosos con ella si logra reponer a la dañada.

«Anna Göldin ha tocado la pierna enferma de la niña, la izquierda, la ha levantado y ha estado apretándola en varios puntos, entre suspiros y palabras espirituales...»

La vela colocada en el suelo confiere a Anna un aspecto demoniaco. Sobre la cabeza del capitán se yergue la imagen de la Justicia con su sonrisa de sirena. Justo bajo esa ambigua imagen femenina se formulan los juramentos. Las sombras de la Comisión de Honor se independizan, trepan por las paredes y proyectan cabezas deformes y extremidades de araña en el techo.

«...el señor capitán, como guardián de la niña, ha reconocido que la pequeña estiraba la piernita, que daba muestras de cierta movilidad, mientras que antes, durante los ataques de gota, solo había estado rígida e inmóvil...»

Dos horas dura el intento de cura. La cara de Anna cubierta de sudor sobre la pierna enferma, sus manos se niegan a obedecerla. La Comisión de Honor nota con asombro que la niña se ha mantenido quieta como un corderito y ha dejado que Anna maniobre, mientras unos días atrás, durante el examen del doctor Marti para el informe pericial, gritaba con cada mínimo contacto y pataleaba con la pierna sana. Hacia las once de la noche ponen de nuevo las cadenas a Anna y la conducen a su mazmorra.

Las noches del 12 y el 14 de marzo repiten el intento de cura en el consistorio.

El alguacil informa de que «la pierna se mostró un poco más larga y recta», pero la niña aún no podía mantenerse en pie ni caminar. Anna quería intentarlo de nuevo, justamente en el sitio en el que había empezado todo el mal: en la cocina de los Tschudi.

El martes 15 de marzo, a las once la noche, trasladan a Anna desde el consistorio hasta la casa de la familia Tschudi, «cumpliendo con todas las medidas de seguridad dispuestas para que la persona no pudiera escapar». El alguacil a su izquierda, el capitán a su diestra, un gendarme delante y otro detrás. Jamás un sujeto tan peligroso había sido conducido por las calles de Glaris, mientras la luna asomaba entre las nubes sobre la Schwammhöhe, haciendo centellear el camino de grava en el jardín de los Tschudi, y mientras el viento traía el olor a canela de los tejos. Entraron en la cocina por la puerta trasera.

Anna exige que solo estén presentes el capitán y el alguacil Blumer. «A continuación la Göldin tomó una de las sillas disponibles y la colocó delante de la pequeña mesa de la cocina con estas palabras: "Fue tal vez una mala hora cuando tú y yo estuvimos en desacuerdo"».

Anna quita la media a la niña. Esa pierna horriblemente deforme, el pie contraído. Quiere curar a la niña, hacer todo lo posible por ello esa noche.

«Ven, Anna Migeli, en el nombre de Dios, y ya que para toda la gente he de ser una bruja, quiero ayudarte y no hacerte ningún daño...»

Anna la agarra con más fuerza. El alguacil relataría más tarde cómo le pareció que la pierna se convertía en cera bajo la presión, las torceduras y los agarres. Anna la estira en toda su longitud, «y, al hacerlo, la pierna emite un fuerte chasquido, un crujido tan fuerte como cuando se quema madera de abeto...». Los que escuchaban detrás de la puerta oyeron el crujido y entraron corriendo. Colocan a la niña en el suelo, y esta se queda de pie. Guiada por otra persona, consigue caminar de un lado a otro.

Los miembros de la Comisión de Honor, los padres de la niña, el alguacil y el capitán se muestran perplejos ante el poder de las «artes» de Anna. ¿No debía subir con la niña a su habitación para que todo fuera bien?, apremió el capitán. La niña dice que fue allí arriba donde recibió la golosina.

Por el amor de Dios, subamos entonces, dice Anna.

La sirvienta deja la puesta en escena al capitán. En la cama, en la recámara, de nuevo las mismas maniobras. Para que todo fuera como es debido, ¿no debía haber alguien más allí?

Anna no sabe de qué le hablan.

La niña, bajo el apremio del capitán, dice que «Ruedi Steinmüller también estaba presente...».

Anna dice que esas serían «alucinaciones».

Cuando acaba el tratamiento, Anna está exhausta y empapada en sudor. El doctor Tschudi y la Comisión de Honor le permiten quedarse un rato más en la recámara, le ponen algo de beber en una mesilla.

Están perplejos con las artes de Anna, primo maestro y farmacéutico. La niña ha estado enferma dieciocho semanas. Su padre, célebre por su tacañería, ha gastado media fortuna en su curación, ha hecho venir al doctor Marti y al curandero Irmiger... Y al final llega Anna y la niña se cura.

Pero eso, ¿le ha servido de algo a la sirvienta?

No. La gente cree que es una bruja.

Alguien con tales habilidades sin duda debe de tener su pacto con el Maligno.

El diablo les viene de perilla.

Pero a la niña sí la creen.

Ella solo necesita abrir la boca y escupir palabras en lugar de alfileres; de ella mana sin cesar una hedionda papilla de mentiras.

Palabras susurradas al oído por el capitán, inculcadas por ese astuto soplador de la dulzaina, con sus orejas enormes, asistente de la mentira, alcahuete entre el bien y el mal. Ese taimado lameculos, mejor que se hubiese quedado en su garita en lugar de darse tanta importancia. Ave de rapiña que se alimenta de lágrimas ajenas, de los suspiros y gemidos de la señora Tschudi. El curandero Irmiger le había hecho creer que a sus espaldas había una cifra secreta que se revelaría una vez llegado el fin del mundo.

Y la niña, ¿estaba ya curada del todo?

Aún tenía trastornos de estómago, le hace saber a Anna el doctor Tschudi a través del alguacil.

Nuevos obstáculos. Tarea complicada.

Es como las siete pruebas del cuento, una espiral en cuyo centro una misma ha de salvarse.

El señor doctor debía poner a su disposición los ingredientes para un laxante. Ella prepararía el brebaje y se lo daría a beber a Anna Migeli.

¿En la cama, en su habitación? Por qué no.

Al defecar, la niña depone una semilla amarilla, semilla con pinchos que el doctor Tschudi examina en detalle e identifica nada menos que como una *saburra intestinorum*.

# 11

Está atrapada en la red de sus preguntas, pataleando para liberarse a la vez que se enreda en ellas cada vez más.

El 21 de marzo, el primer interrogatorio amistoso.

Todo empieza con una charla inocente, con informaciones sobre su persona, una mujer de cuarenta y cuatro o cuarenta y cinco años (calcular la diferencia entre el año 1732 y 1784 no es algo apto para todo el mundo, y más considerando que el programa escolar anterior a la revolución no incluye las matemáticas, ni en Sennwald ni en Glaris). Natural de Crüzgass, en Sennwald. El nombre de su padre es Adrian Göldi, el de su madre, Rosina Büeler.

No, ella no puso alfileres en la leche, al menos no con sus propias manos.

Los inquisidores se miran.

Previendo que la interrogada lo negara, habían preparado un interrogatorio a partir de la probada Instrucción General y Especial de Baviera, que se refiere también al *Martillo de las Brujas* o *Malleus Maleficarum*, especialmente en la parte dedicada a los juristas, con su código criminal sobre los modos de exterminarlas.

Las preguntas giran en círculo.

Nada puede decir Anna acerca de los alfileres. Supone que ha sido cosa del espíritu maligno. Ella mira hacia la ventana, unos bancos de niebla se desplazan a lo largo del Glärnisch, se agolpan en sus salientes.

Es el espíritu maligno, Anna.

Heiz proyecta los labios hacia delante, sus ojos la miran llenos de lujuria. Anna teme que su fantasía no baste para satisfacer a los señores. Mejor retractarse.

Lo medita durante una pausa que queda recogida en acta.

Entonces, con un suspiro, dice: «Por el amor de Dios, sí, yo puse esos alfileres en la leche».

La lluvia repiquetea en los cristales. El corregidor Altmann, sexagenario todavía vigoroso, despliega un enorme pañuelo y se suena la nariz.

Cuatro horas duró el primer interrogatorio, hasta bien entrada la noche. El segundo, a la mañana siguiente, solo se relaciona en apariencia con las preguntas del día anterior. De los alfileres en la leche, el acta recoge, sin explicaciones, un salto hasta los ciento siete pinchos provocados por la golosina.

«¿Era consciente de haberle dado esas cosas a la niña?

Sí, era consciente.

¿Cuándo y cómo?

Justo el domingo de quermés, cuando la señora estaba visitando a la esposa del teniente Becker.

¿Dónde?

En la casa del doctor, arriba, en la recámara de la sirvienta, como había dicho la niña, mientras la interrogada estaba sentada en la cama.

¿Y de qué modo?

Dentro una golosina.

¿Y de dónde la había sacado?»

Kubli recoge en el acta que Anna se queda perpleja. Esa perplejidad se extiende, se niega a dar respuesta durante más de una hora. Heiz está junto a la ventana, dándole la espalda a la interrogada; Kubli afila la pluma de ganso detrás del escritorio. Anna está de pie, la vista obstinadamente clavada en las sombras que se acumulan bajo los muebles.

Se huele el sudor de su miedo. Heiz abre de golpe la ventana. Llueve a cántaros, un olor a tierra irrumpe en la sala del interrogatorio. Toda Glaris está envuelta en una frialdad mohosa, una humedad de sepulcro.

La tierra, reblandecida por la lluvia de varios días, borbotea, absorbe todo lo vivo hasta cubrirlo de musgo. Tiene buena digestión, la tierra. Cuántas generaciones de mortales se ha tragado ya sin aspavientos; pero los supervivientes no se escandalizan por ello. Basta ver cómo caminan descalzos por esa tierra voraz. El corazón tendría que encogérsenos ante tanta candidez...

¿Y bien, Anna?

Si no responde, el verdugo se hará cargo.

Anna suspira y dice que Steinmüller le dio la golosina.

A continuación habla Heiz: «Noto que estáis aún como petrificada. ¿Hacéis daño a Steinmüller con vuestra confesión?».

Anna responde: «Ya no sé ni lo que hago».

Le leen de nuevo su declaración. Ella dice que tiene que retractarse: Steinmüller no le dio la golosina. Se la dio el diablo.

Esa última declaración es acogida con avidez.

¿Bajo qué forma se le presentó el diablo?

«Bajo una forma terrible».

Anna tiene la cara bañada en sudor, se desploma. La llevan de vuelta al calabozo.

Pasan unos días de calma hasta el siguiente interrogatorio.

A finales de marzo, las rocas del Glärnisch absorben la creciente claridad de los días, ganan en profundidad, cobran ese

tono violeta que recuerda a las hepáticas que uno puede recoger por esa época, entre el follaje del año anterior, en la linde
del bosque de Ennetbühls.

Melchior escribía sobre las montañas en casi cada carta enviada desde Gotinga. De una de ellas cayó al suelo una silueta.
Anna se apresuró a recogerla, observó el perfil de Melchior y
se la entregó a la señora Zwicki.

Le atraía alejarse de los libros y marcharse a las montañas,
después de haber leído, hacía poco, el excelente poema de Haller.
Pretendía practicar el alpinismo en cuanto acabara el examen.

¿Un poco más de asado de ternera, señora?, preguntó Anna, balanceando la bandeja.

La señora Zwicki hizo un gesto de rechazo. Más tarde.

Eso de hacer alpinismo era bueno para confortar el cuerpo
y el espíritu. Cuánto placer y dicha suponía para un alma sensible poder contemplar con asombro esas inconmensurables
masas montañosas...

Su escritura era soberbia. Dorothee hizo una pausa mientras leía.

Le parecía que lo escrito era una cita, dijo la madre.

Gessner, si no me equivoco.

A Anna, todo lo que Melchior escribía en sus cartas le parecía copiado de un libro. Lo pensaba llena de admiración.

Sus escapadas por las montañas tuvieron un final abrupto
en la segunda semana de vacaciones. La señora Zwicki creía
que Melchior había contraído la pulmonía tras bañarse en el
agua helada del lago de Klöntal.

Un buen día, por esa misma época, el pastor cayó redondo
al suelo y su corazón dejó de latir. Mientras lo llevaban a la
tumba, Melchior permaneció en cama con fiebre alta, deba-
tiéndose entre la vida y la muerte.

La señora Zwicki, exhausta de velarlo por las noches, perdió los nervios.

Anna asumió los cuidados de Melchior.

Siguieron unos días en los que todo empezó a espesarse: la cara del enfermo se volvió macilenta; su cuerpo, demacrado. Él yacía allí sin quejarse, en la recámara iluminada por la luz de julio, en calma, como si con la desaparición de sus fuerzas se consumara un acto solemne. Anna reflexionaba si no habría enfermos adictos a participar de ese juego lento de la desaparición. El médico tiene pocas esperanzas.

En los días que dura la crisis, Anna no se aparta de su cama. La ventana está abierta de par en par, pero el aire de julio pesa como una columna inmóvil sobre el recuadro del jardín de árboles frutales. Las malvarrosas no arrojan sombra. No se oye el habitual zumbido de los insectos. Solo se ve esa luz blanquecina que se difumina entre los montes y, mezclada con la nieve, ciega a quien la mira. Algo sobrenatural ocurre en esos días.

Anna vela porque ningún pájaro se acerque al alféizar de la ventana: si alguno se posara por un rato, el enfermo moriría a la mañana siguiente. Lo peor ya habría pasado.

Anna toma la mano de Melchior, que cuelga fláccida al borde de la cama, y la baña de lágrimas.

A continuación, días y semanas en los que la vida retorna; en los que los árboles y arbustos del jardín recobran sus sombras.

Una noche, cuando le lleva la cena, él intenta abrazarla.

Anna se zafa del abrazo, rehúsa.

¿Por qué?, pregunta Melchior, con un asomo de reproche en el rostro. Ella calla. No puede expresar con palabras lo que siente. Él, en cambio, las domina. Tiene a mano siempre frases como «El amor no conoce diferencias impuestas por una sociedad despreciada por los grandes pensadores y abocada al fracaso, Anna».

O también: «¡Cuando pienso en esas pretenciosas y complicadas niñas de sociedad, en sus caprichos y su lenguaje salpicado de un francés chapurreado!».

Día tras día se hace más claro que él la desea. Qué le importa que ella sea un poco mayor.

Hay en ella cierta quietud que reposa en su interior y crece hacia fuera, cada vez más.

¡Jueces en tribunales de cinco o de nueve jueces, tribunales morales, los honorables señores del Consejo Tripartito! Tantos pajareros, pero ¿dónde están los pájaros? Ahora por fin les ha caído uno en la red, una auténtica bruja que se ha perdido volando hasta ese rincón de la región de Glaris. Los jueces la rodean, la ven resistirse, enredarse cada vez más en las redes. ¡Halalí! ¡Salgamos a cazar brujas!

Dorothea sueña que me encierran tras candados y cerrojos, primo maestro y farmacéutico. Duerme mal, pretendo prepararle una tisana con seis onzas de sirope de regaliz, tres onzas de agua de melisa y una onza de crémor tártaro. Jamás se acerca a las rejas y los barrotes de hierro de mi taller. Le asusta que Anna haya estado repitiendo como un loro esas sandeces sobre la golosina y me haya metido en el asunto señalándome como el artífice.

Yo sabía que Anna volvería a entrar en razón. De hecho, se desdijo de todo, gracias a Dios, primo. El miedo hace cambiar de rumbo no solo a la liebre. Pero no, con mi extensa parentela de gente ilustre no se atreverán a encerrarme. Un Steinmüller, a fin de cuentas, no es una criada cualquiera. Hasta el gobernador alaba al padre Jakob Steinmüller, de Matt, y dice que ahí fuera, en el mundo, bien podría ser un ministro, un general o un erudito como Haller. Un genio de la lengua, pero modesto. Y luego está la dinastía de maestros Steinmüller de Glaris, de la cual vos, primo, sois la quinta generación y su lumbrera...

El farmacéutico ríe.

Los rayos de sol inundan la habitación, la balanza de latón resplandece. Entonces la puerta se abre con un enérgico movimiento.

En nombre de la ley.

El cerrajero y el farmacéutico miran perplejos al gendarme cuyo uniforme exhibe los colores oficiales del cantón.

Por orden de las honorables autoridades ha de llevar a Steinmüller, *ab instante*, hasta el consistorio.

Eso tenía que ser un error, sin duda. Anna se había retractado.

El gendarme, un tipo alto con el mentón cubierto de granos y una bolsa para la peluca en la espalda, negó con la cabeza.

En el interrogatorio de esa mañana, la Göldin había vuelto a confirmar todas las acusaciones contra su persona. El asunto debía ser examinado ahora por las más altas instancias.

Pero Dorothea...

Ya estaba al corriente. Él había pasado antes por Abläsch para buscar al cerrajero.

Id, primo, intenta persuadirlo el farmacéutico. Sois un ciudadano con buena reputación. Vuestra inocencia se hará oír. De lo contrario, toda la parentela de los Steinmüller acudirá en vuestra ayuda, aunque sin tantos aspavientos como acostumbran a hacer los Tschudi...

Es la primera vez que el gendarme representa a las fuerzas del orden sin la presencia de su superior, el alguacil Blumer, y ha sido una demostración satisfactoria. Pero le molesta que el cerrajero ejecute ahora el requerimiento con sus piernas torcidas, con sus pasos claudicantes y nerviosos. Se ve obligado a adaptarse y a renunciar a ese modo de andar solemne que tanta impresión causa entre las mujeres. ¡Vaya hombrecito este al que ha de llevar ante la justicia por las calles de Glaris! ¡Un tipo enclenque que huele a ajo! Solo los perros y las criadas se dan la vuelta para mirarlos. Es apenas cuestión del azar que esa misma mañana del 29 de marzo el doctor Tschudi haga una visita al ayuntamiento, «en compañía de su pequeña hija, ahora del todo recuperada, quien, para asombro legítimo y no menor placer de los honorables representantes de la autoridad, recorre en toda su longitud, sin dificultad ni ayuda adicional, el gran salón del consistorio».

Steinmüller solo alcanza a ver el final de esa comparecencia: la niña, con un vestido de terciopelo rojo y la cabeza cubierta de rizos forzados por su actual sirvienta con un hierro caliente. Reverencia ante la presidencia del Consejo Evangélico. Besamanos a los honorables señores de la autoridad.

Lágrimas de conmoción destellan aquí y allá entre los rústicos rostros.

Santo cielo. La criatura camina. Y sin ayuda.

Debe su recobrada salud a la enérgica intervención de la justicia, explica el doctor Tschudi. A la gracia de una acción valiente. Pocas veces puede experimentarse de manera tan palpable.

Ni una palabra se dice de Anna.

Pero la mejor parte está aún por llegar.

Tschudi se inclina sobre su hija y la anima a que encuentre en la sala al hombre que le dio la golosina aquel domingo de romería.

Un silencio, como el que surge en el circo durante los actos de equilibrismo.

Los ojos claros de la niña, la mirada que se desliza a través de las filas, dejando un rastro.

Entonces se detiene en Steinmüller, que está de pie bajo la puerta, entre el gendarme y su superior.

Con paso alegre y el aleteo de su faldita roja, la niña camina hacia él a través de la multitud, que se aparta.

Ese de ahí.

Mientras se llevan a Steinmüller, el doctor Tschudi explica que, según las declaraciones de su mujer, la niña no había visto nunca antes al cerrajero.

¿Acaso es eso posible en una ciudad tan pequeña? Murmullos de perplejidad, interrogantes, objeciones.

# 12

Ese miedo repentino que te ahueca por dentro, hasta el punto de que al final ya solo queda una delgada capa de lo que fuiste.

Las preguntas de los inquisidores han sido estudiadas hasta el más mínimo detalle: una red de pesca según el patrón de los *Interrogatia*, afirmaciones incriminatorias acompañadas de las pertinentes preguntas sobre el dónde y el cuándo.

Anna se detiene, presiente, busca la meta que las preguntas de los inquisidores ya conocen antes de que se pronuncie la respuesta.

Acosada, cambia repentinamente de rumbo.

Inculpa a Steinmüller. Luego al diablo. Luego, de nuevo, a Steinmüller.

Insiste en esa última declaración, aunque Steinmüller, que está en la celda de al lado, ha declarado de forma resuelta, durante dos duros interrogatorios los días 30 y 31 de marzo, que no sabe nada del asunto, que hace años que no pisa la casa del doctor Tschudi y que durante la romería de marras, cuando se supone que tuvo lugar la escena, estuvo primero en la iglesia y luego en su vivienda.

A Anna le preguntan si está dispuesta a confirmar su declaración bajo tortura.

Está dispuesta.

Los interrogatorios suaves dan paso entonces al examen bajo tortura. El 4 de abril hace su entrada en Glaris, proveniente de Wyl, el verdugo Volmar, que es «informado e instruido adecuadamente ante la comisión». Así mismo, se permite que el hijo del verdugo, de diecinueve años, «deseoso de observar y aprender cómo se desarrollan las cosas», presencie los interrogatorios.

El terror tiene un método.

El maestro de su oficio conoce el ceremonial: la intimidación se incrementa de forma gradual. Primero *verbalis*; más tarde, *realis*. Durante el primer examen bajo tortura, el verdugo se coloca en el pasillo y Anna ve al hombre rechoncho con la espada. Durante el interrogatorio, él se sitúa a su lado, en silencio.

En el segundo examen, el día 5 de abril, trasladan a Anna a la caseta de las torturas y la hacen sentarse en el caballete. El verdugo entra y, mientras le muestra los instrumentos de tortura, acerca a ella su cara: una cara ancha y llena de muescas, no siniestra, solo enigmática, grave, y con marcadas líneas en torno a su boca y las aletas de su nariz. Bien podría estar sentado delante de algún libro en una sucursal comercial.

Le muestra las empulgueras (la *Polletra*), las cuerdas o fidículas, un collar con púas en su parte interior, las peras, las pinzas, el potro en escalera sobre el cual se extendía a los delincuentes... A modo de ejemplo, le ata las cuerdas en torno a las muñecas, Anna siente como se le clavan hasta el tuétano. Las lágrimas le corren por las mejillas.

Es famosa la manera desapasionada con la que el maestro verdugo de Wyl hace su trabajo, la exactitud con la que lleva a cabo sus obligaciones.

Solo molesta el joven de diecinueve años, con sus ojos vivos y curiosos, que nunca se queda quieto, sino que camina de un lado a otro y mira por la ventana.

¿Afirma Anna todavía que Steinmüller le preparó la golosina?

Anna asiente.

A continuación, por insistencia propia, traen a Steinmüller hasta el cuarto de tortura.

La aparición de Steinmüller genera en Anna un miedo mayor que el provocado por el verdugo. Achaparrado, con sus piernas torcidas, el cerrajero está de pie entre dos examinadores. Con palabras y gestos apela a la Anna de otros tiempos, la que aún pervive en ella, ahora intimidada, hecha un terrible ovillo en su fuero interno:

Debería mostrar algo más de bondad con un viejo que nunca le ha hecho mal, no crearle tal desdicha, ella sabe mejor que nadie que él es inocente.

Su mirada suplicante.

Anna, intentan enfrentarnos, rompe sus reglas del juego. Ellos notan que nosotros sabemos más cosas, intuyen, por el sudor que brota del miedo, que somos diferentes. Nunca fuimos de los suyos, estamos en el límite, con una pierna de su lado y la otra entre las sombras del bosque, entre las láminas de las setas, las hormigas de alas blancas, los cálices de las flores, de donde emerge por las noches el misterio.

Anna se retracta. Que Steinmüller la perdone.

Él toma su mano, le agradece entre lágrimas, promete rezar por ella.

Cuando se llevan a Steinmüller, continúa el interrogatorio a la exhausta incriminada.

Ahora quieren saber cómo tuvo lugar la corrupción de la niña sin la participación de Steinmüller.

Anna suspira, calla.

Menciona de nuevo al espíritu maligno.

En lo que atañe al diablo, la avidez de conocimientos de los señores es insaciable.

«¿Quién te dio las cosas?»

«El Maligno con sus garras, entre las cuales había un trozo de papel que decía: "Ahí lo tienes". Ella lo había deseado dos días antes, y el diablo había estado dos veces donde ella, bajo un aspecto terrible y aterrador...»

«¿Dónde, en qué momento y con qué palabras llamaste al diablo?»

«Había mirado de nuevo por la ventana de la cocina a las doce de la noche y, al no ver a nadie, gritó: "Oh, espíritu maligno, ve y tráeme algo para la niña, pues hemos tenido un conflicto..."

Ella no vio por dónde había entrado el espíritu maligno; podía colarse por cualquier agujero».

Después del tercer interrogatorio bajo tortura, Anna ha de confirmar sus declaraciones.

Su cuerpo desnudo es tendido sobre la escalera, esta vez sin pesos. Anna emitió «un alarido violento y terrible, pero nadie la vio derramar una lágrima».

La siguen interrogando mientras cuelga de la escalera.

Las mismas preguntas una y otra vez, preguntas como latigazos. Anna mantiene la versión del diablo. El diablo le había entregado, envueltas en papel, «unas semillas de artemisia rojizas y amarillas y veneno blanco», ella había suministrado los ingredientes a la niña en un humedecido pan de especias.

Esto suena plausible para los interrogadores, pero revela ser un callejón sin salida, en tanto la niña Anna Maria Tschudi no quiere saber nada de un pan de especias e insiste en la golosina preparada por Steinmüller.

El 13 de abril tiene lugar el cuarto interrogatorio bajo tortura.

Izan a Anna con una pesada piedra que cuelga de sus pies atados. Para asombro de la Comisión, la sirvienta apenas muestra síntomas de dolor. Lo atribuyen al diablo en un primer momento, pero el acta recoge lo siguiente: «Mas el verdugo de Wyl, quien por su comportamiento parece ser hombre sumamente razonable, dijo que era del todo normal que la persona sintiera menos dolor, ya que sus miembros sufrían el estiramiento con la primera tracción, pero eso no ocurría en la segunda».

De nuevo las preguntas, mientras sufre, desnuda, las torturas. Le dicen que la niña no quiere oír hablar del pan humedecido. Entonces Anna se retracta de su versión del diablo y regresa a la de la golosina de Steinmüller.

Ya tiene suficiente. Sus fuerzas se hallan al límite.

El día 8 de mayo, la tortura más violenta: «cuando a la delincuente la estiran con fuerza con la piedra de contrapeso, la dejan varias horas colgada, entre sacudidas violentas a cada pregunta principal, atormentada del modo más brutal».

El escribano no puede ya soportar sus lamentos. Lo persiguen por las noches. Sus manos, entumecidas por el sudor, buscan un nuevo pliego de papel. Siente pena del papel inmaculado que él ahora habrá de enlodar con esas preguntas perversas. En qué situación espantosa se ha dejado involucrar con su escritura, poniendo su firma al final de un acta tan confusa que ni la más bella caligrafía podría redimir.

¿Confirmaba Anna, bajo tortura, la versión de que Steinmüller le había entregado la golosina?

Mientras la someten al tormento de una pinza al rojo vivo, Anna emite un suspiro y susurra que sí.

El hijo del verdugo vomita.

Kubli pone fin al acta: «Por fin han desatado a la Göldin, maltrecha y exhausta, y la han devuelto a la nueva torre».

Anna y su cuerpo maltrecho.

Esa noche soñó con una estrella que se acercaba: de ella salían, como estrellas fugaces, todas las Annas anteriores. Como si su alma le dijera: No eres la Anna de ahora, eres las otras Anna.

En el sueño aparecía siempre Melchior, en todos sus pensamientos.

Anna, acuéstate a mi lado, tú me curas.

«...habrás de ocuparte de la salud de los señores más que de cualquier otra cosa...»

Ella era la plenitud, una fruta deliciosa. Él la deseaba.

«...incluso si enferman, habrás de esperar con acopio de paciencia y estar atenta a cada gesto y cada mirada...»

Él contemplaba su cuerpo por largo rato.

¿Dónde empiezas tú, Anna, y dónde acabo yo?

Él no dice nada más, y eso la contenta.

Cuando él hablaba, sus frases y sus palabras sonaban para ella como copiadas de un libro, como si otro hombre hablara por su boca. Ella se veía en la orilla, separada de él por un río de palabras. Un Melchior callado le resultaba aún más cercano.

«...ella encontró un empleo. Un joven señor de buena familia y digno de mejor destino, fue a caer en sus redes, se convirtió en la víctima de sus pasiones desaforadas.» (Lehmann)

Él mismo se dio cuenta de que estaba embarazada. Pero ni una sola palabra salió de sus labios. La consoló diciéndole que todo se arreglaría. Las fechas navideñas ablandaban los corazones; incluso el de su madre.

Anna, con la fuente en la mano, estaba de pie en el umbral de la entrada que daba al comedor, contemplando el árbol adornado con cirios. Las llamas temblaban como si se reflejaran en una superficie de agua.

Ven, Anna. Según la tradición familiar, en Navidad la servidumbre se sienta a la mesa con nosotros, para recordar que fue en un establo donde nuestro Señor...

Anna se siente débil frente al plato de bordes dorados. La criatura, vástago de un Zwicki, está sentada con ella a la mesa, se agitaba en su vientre.

A la hora de repartir los aguinaldos, pasan al salón.

Los chicos más pequeños se sumen en sus juegos.

Melchior y su madre ocupan sus asientos en uno de los bancos tallados, dispuestos por el constructor de la casa junto al nicho de las ventanas y destinados al agradable intercambio de ideas, al armónico colofón de veladas transcurridas entre charlas placenteras.

Anna, mamá...

Los ojos de la señora Zwicki no tienen pestañas, son una membrana como la de los pájaros, y se agitan con la menor irritación.

Su gracia, su talante obsequioso, su mente ágil y lúcida...

Las cejas de la señora Zwicki, enarcadas por naturaleza, denotan un estado de permanente horror.

¿De quién hablas, Melchior?

De Anna, madre.

El movimiento nervioso de su cabeza, también como el de un pájaro.

Ni siquiera un Zwicki puede permitirse una *mésalliance*.

Lo tiempos cambian, madre.

*Causeries de salon, mon cher.* Charlas de divanes afelpados. Ninguno de esos hijos de aristócratas se atreverá a cortar la rama sobre la que se asienta. El honor de la familia, Melchior.

Para el *camerarius*, el honor de la familia estaba por encima de todo, le dijo el joven maestro Steinmüller. Eso se notaba al repasar la lista de las obras que había escrito. Esa preferencia por el esplendor de su estirpe no se manifiesta solamente en los árboles genealógicos sobre la distinguida, célebre y muy antigua noble estirpe de los Tschudi de Glaris. También en las obras históricas ensalzaba y protegía en exceso a su compatriota y pariente Ägidius Tschudi. En *Historia del cantón de Glaris a través de las biografías de hombres ilustres de la familia Tschudi*, las figuras destacadas de la familia formaban el tronco, los tallos y las ramas, mientras que los acontecimientos históricos no eran más que las hojas, las flores y los zarcillos en el tronco de los Tschudi.

Él, Steinmüller, temía que Anna añadiera una hoja siniestra a esa historia si el *camerarius*, sin duda un hombre de vasta erudición y extraordinarios méritos, no buscara dar un giro aceptable a todo ese asunto, algo que aún estaba en su mano...

Indignado, el *camerarius* intenta tomar una bocanada de aire.

¡Algún charlatán había presentado hacia fuera los sucesos que tenían lugar en la región de un modo aberrante! Como resultado de ello, había recibido la siguiente carta del jefe supremo de la iglesia reformada de Zúrich, Ulrich, fechada el 19 de abril:

«Permítame que a través de vos, señoría, recabe información más precisa sobre un asunto que me interesa enormemente. ¿Es cierto que en Glaris, como dicen los rumores, hay gente que cree seriamente y afirma que cierta sirvienta ha puesto en la comida habitual de una menor de edad una gran cantidad de alfileres, clavos de hierro y no sé cuántas otras cosas?

¿Es cierto que algunos caballeros de rango y prestigio en esa región se han dejado convencer por esas ideas ridículas? ¿Es cierto que la desdichada persona que es objeto de tales ridículas sospechas se halla todavía en prisión y corre incluso peligro de perder la vida a manos del verdugo por culpa de ese delito imaginario?

No, en honor de su iglesia y de su estado soberano, no puedo ni quiero creer tal cosa. Sería de hecho motivo de gran tribulación que en nuestro ilustrado siglo se intentaran reinstaurar esas terribles tragedias que deshonran tanto a la humanidad como al cristianismo, tragedias que tienen lugar aquí o allá bajo el manto protector de la superstición, sobre todo en un país protestante y en una región donde la noble libertad ha establecido su privilegiada morada. Esto, a ojos de toda la ilustrada Europa, sería una enorme vergüenza, no solo para su honorable cantón, sino para toda nuestra confederación y, muy especialmente, para nuestra reformada iglesia. Honorable señoría, no soy solo yo a título personal quien piensa de esta manera, sino todos los hombres razonables de nuestra ciudad, desde los más humildes hasta los más encumbrados. Es por esta razón que mi consciencia me ha puesto ante el deber de comunicarle esto en fraternal confianza...

Solo me resta asegurarle los votos de mi más elevado respeto.

En Zúrich, a 19 de abril de 1782.

Joh. Rud, Ulrich, antístite».

El *camerarius* se sienta de inmediato tras su escritorio. Expresa su más sincera gratitud por la carta. A partir de los apuntes de su diario, relata el curso de la enfermedad con todo lujo de detalles. A continuación, quiere responder como sigue a la pregunta del religioso sobre la existencia de hombres de rango y prestigio que se dejaron convencer por esas ideas ridículas:

«Es asunto claramente establecido que todos los materiales enumerados fueron expulsados por la niña entre increíbles dolores. Esto puede ser probado y confirmado por un gran número de testigos instruidos y honestos que lo examinaron todo con exactitud y presenciaron los hechos con tristeza. El corpus delicti fue hallado, no solo de modo aparente, sino también sustancial. La misma serpiente que mordió a la niña inocente la curó más tarde. La criatura lamentablemente maltratada está sana y camina. ¿Cómo puede ser ridículo algo que uno cree por haberlo visto con sus propios ojos y oído con sus propias orejas? En este siglo ilustrado, ¿no estará permitido hacer uso de nuestros sanos sentidos y confiar en ellos?

[...]

Pero incluso suponiendo que condenen a muerte a la Göldin, ¿qué derecho tendría un público imparcial a censurarlo? ¿Acaso esa gente desdichada que corrompe el fruto de sus entrañas y pone en un estado miserable a los inocentes hijos de sus señores no merece castigo, e incluso la muerte?

[...]

Deseando seguir siendo depositario de su valiosa amistad y asegurándole mis votos con mi más considerado respeto,

En Glaris, a 14-25 de abril de 1782.

Joh. Jacob Tschudi, pastor».

El segundo intento tuvo lugar en Nochevieja.

Melchior y su madre, sentados en el banco junto a la ventana.

La luz nevada del Wiggis reflejándose en su pelo blanco sostenido por una redecilla. Ningún rizo se escabulle fuera del entramado.

Yo y Anna, madre.

¿Sí?

Anna está esperando un hijo.

Me siento mal, Melchior. ¡Traedme mis sales!

# 13

«Quien viaja a través de los valles de Glaris, recorre una fábrica en plena efervescencia. Estos pobres pastores, atrapados entre terribles riscos y sin apoyo de ninguna índole, han aprendido a dominar varios oficios de la rama del comercio solo gracias a la actividad de su espíritu y a su perseverancia, ofreciendo con ello un notable ejemplo de pueblo industrioso.» (Johann Gottfried Ebel, 1802)

El mundo, en progreso continuo, avanza hacia la perfección concebida por Dios en la que la serpiente pierde su veneno, las malas hierbas son destruidas, el crecimiento espontáneo es controlado y sobre los tejados de las respetables casas de Glaris humean las chimeneas de las fábricas de algodón, las que estampan la tela y las hilanderías, de la tejeduría de muselina: señales de actividad y ambición, de una naturaleza en perfeccionado avance gracias a la civilización. Un mundo pulcro y abarcable.

Pero siempre una mujer, pensaba el *camerarius*, ponía en peligro los paraísos terrenales, sacaba de su equilibrio a los mejores mundos posibles.

Mira desde el púlpito a ese pueblo de feligreses divididos por su sexo gracias al pasillo central: de un lado, la masa de hombres casados, con sus pesados abrigos de tela marrón, impregnados de un olor a tierra y a establo, un terreno fértil en el que él podía esparcir sus semillas de palabras.

Del otro lado, las mujeres, de aspecto más claro y variado en su caos de cofias y trajes típicos, con alguna que otra prenda francesa de moda, con la perpetua agitación que recorre las hileras de sus asientos como una brisa, probablemente debido a las flores de largo tallo que sostienen en sus manos y mueven de un lado a otro, y que ellas huelen durante el sermón, o dejan caer, aburridas, sobre sus regazos.

A las mujeres, pensaba el clérigo, es difícil llegar, se resisten a mejorar. Salomón las llamaba «el mar», simple materia informe.

Hasta ese instante, el cerrajero Steinmüller se había enfrentado con obstinación a las preguntas tramposas, a las palabras hirientes como garfios. Había conseguido sacar la cabeza de algún que otro nudo gracias a una respuesta sagaz o con chispa. La idea de contar con la ayuda de sus familiares le daba fuerzas. La sirvienta del alguacil le había hecho llegar de contrabando, a la celda, la copia de una carta de la familia Steinmüller a las autoridades. Su destino había movilizado a los intelectuales de la parentela; el estilo brillante de la misiva hacía pensar en que su autor debía de haber sido uno de los dos Jakob Steinmüller, o el joven maestro o el sabio párroco de Matt, que, según había dejado entrever uno de los examinadores, se tomaban muy a pecho el asunto del cerrajero. El pastor, que había sido predicador en un batallón del Real Ejército Sardo-Piamontés, había conmovido ya a la opinión pública glaronense con una carta en la que, a raíz de un tumulto en la comunidad, amonestaba y advertía a los «señores compatriotas de Glaris» de la necesidad de conductas más democráticas. En esa ocasión, el pastor preguntaba en su carta si tal vez fuera posible que un hombre con supuestos poderes infernales pasara sesenta años llevando una vida honesta como insignificante cerrajero y sin haber amasado un capital gracias a su arte.

Pese a la carta, Steinmüller permaneció encerrado. El verdugo lo amenazó con un interrogatorio bajo tortura si no revelaba la verdad.

Steinmüller respondió que la autoridad tendría que cargar con la responsabilidad de que su viejo cuerpo no consiguiera rehacerse después de ser sometido a los tormentos.

En eso le llegó de trasmano una nueva carta que su mujer había dictado a una joven de catorce años.

«Querido esposo:

Que Dios te dé fuerzas y consuelo en tus penas y te ayude en su misericordia a redimir tu inocencia. Pero arrepiéntete, por favor, de la ingenuidad de haber tenido un trato tan irresponsablemente cortés y justo con esa maldita bruja y, en un acto realmente sospechoso, hayas tratado de un modo u otro con ese espíritu animal. Es ese el motivo por el que ahora estás en prisión.»

Su mujer le daba instrucciones precisas sobre cómo comportarse para que lo liberaban.

El 3 de mayo, Steinmüller solicitó que lo llevaran una vez más frente a Anna. En presencia de los examinadores, la llamó «perra del infierno», «mal bicho», y llegó incluso a quitarse un zapato y a arrojárselo. Entonces le preguntaron qué significaba ese comportamiento suyo, y él dijo que se le estaba acabando la paciencia. Que con su decencia, ruegos y súplicas solo había conseguido agravar su situación; que sus condiciones de arresto eran ahora más duras y su ración de comida se había reducido. Por último, hubo de admitir que su mujer le había escrito.

Entonces se decidió aplicarle en serio la tortura, sobre todo después del registro practicado a su vivienda y su taller, durante el cual se encontró un libro «con toda suerte de artificios secretos destinados a corromper a las personas».

Antes de torturarlo, le aconsejaron que hablara con su familia. Sin embargo, no dieron acceso a los autores de las cartas, sino a otros dos parientes devotos de la autoridad: el tesorero Zwicki y el viejo maestro de escuela Steinmüller. Ninguno de los dos le resultó de ayuda alguna; al contrario, todo lo que hicieron fue amenazarlo: si insistía en negarlo todo y más tarde se veía obligado a confesar bajo tortura, se desentenderían de él.

El interrogatorio tuvo lugar inmediatamente después de esa conversación y en presencia de los familiares.

Steinmüller, exhausto y desesperado, evitó la mirada de los examinadores y del devoto y viejo maestro.

Delante de las ventanas está la ciudad de Glaris, una Glaris apocalíptica, bajo la sombra violeta de la montaña.

En una visión, ve al capitán en lo alto del Glärnisch con Anna Maria Tschudi, mitad niña y mitad anciana, en su regazo: lleva una túnica hecha de nieve y en su mirada extraviada se refleja el monte en miniatura. Ve las casas carbonizadas, las calles llenas de escombros, mientras el doctor Marti está sentado frente a un escritorio en medio de la plaza del Águila y escribe un informe forense en el que diagnostica una enfermedad que acabará con el mundo. En medio de ese caos apocalíptico, se oye la voz y las toses del corregidor Altmann:

Si reconoce haber dado a Anna Maria Tschudi la golosina.

Lo reconoce.

A la pregunta sobre su preparación, Steinmüller responde: «Había cogido limaduras de acero y pedazos de una piedra que había estado durante mucho tiempo en la plaza del mercado y que le había entregado David Bohlen, diciéndole que la había traído un mozo de Kleintal, donde se suponía que la piedra contenía oro. Aún tenía en su casa restos de esa piedra. Si se rompe, salen de su interior unos granos amarillos como los de la actinolita. Había empleado, además, vitriolo amarillo quemado, claras de huevo y harina, un poco de yeso calentado y miel, y con todo eso hizo una masa que más tarde horneó en una bandeja de hierro en el fuego de la forja».

No era de ninguna utilidad hacer uso de esas trolas papistas, dijo el *camerarius* al tesorero Zweifel cuando iban camino de casa. Era mejor dejar de un lado el *Martillo de las brujas* con sus abstrusas fantasías sobre íncubos y súcubos, de gente que puede volar o adoptar formas de animales o de brujas volando en palos de escoba.

Pero la lucha contra los corruptores de niños también tenía su tradición en la iglesia protestante. Incluso el antístite de Zúrich debería saberlo. Calvino había predicado en Ginebra, al referirse a la bruja de Endor, que «la Biblia nos enseña que existen brujas y hechiceras y que conviene castigarlas con la muerte». En 1545, Calvino intervino con máximo rigor en los procesos contra las brujas de Peney. Y, finalmente, hasta el propio Lutero luchó contra el diablo, según propias declaraciones, y en su sede de Wittenberg fueron quemadas cuatro brujas.

Él afirmaba que la brujería era fruto sobre todo del pecado del orgullo, del pretender transgredir los límites fijados por Dios a los hombres. En su opinión, la mujer era especialmente propensa a ese tipo de orgullo. Por reprochable y anticuado que fuera en casos concretos el *Martillo de las brujas,* ese código conocido también con el nombre de *Malleus Maleficarum,* lo cierto es que también contenía algunos aspectos positivos que servían como punto de partida. Sus autores, Sprenger e Institoris, derivaban el origen de la palabra fémina de las voces *fe* y *minus*. Es decir, la mujer era más propensa a dudar y a renegar de la fe, lo cual constituye la base de toda brujería.

La mujer era un jardín silvestre que había de ser domesticado y mejorado. En ese sentido, el jurista y filósofo político Jean Bodin designaba al dominio del hombre sobre la mujer como el dominio de la razón sobre la naturaleza, de la sensatez sobre el deseo, del alma sobre el cuerpo.

# 14

Anna, tu amor es demasiado absoluto.

Ese ojo solar sobre nosotros cubre el cielo entero y temo que nos queme.

Sé razonable, Anna. Nada de castillos en el aire.

Forzarlo sería irracional.

Te daré las señas de un colega en la Maternidad de Estrasburgo.

Alejarse a través del único agujero que había en la malla, por la parte alta de Mollis, con rumbo a Kerenzerberg.

Alejarse de algo que uno ama, con el aire más frío a cada paso. En lo alto empieza a nevar, pero el camino preserva el color de una placa húmeda de pizarra. Alejarse cada vez más, adentrarse en las zonas moderadas de la mediocridad, donde las pasiones ya no interfieren en los planes ambiciosos.

Anna, aún no es tiempo para el amor, no hay lugar para él, lo ahogan desde su propio germen.

Te daré dinero, Anna.

Ella lo rechaza. Se propone hallar un empleo de sirvienta en Estrasburgo, proporcionar a la criatura los mejores cuidados, aunque tenga que entregar a la nodriza hasta el último florín ganado.

Adiós, Anna.

Hasta más tarde. Los nuevos tiempos llegarán. Tampoco su madre vivirá eternamente.

No debe escuchar. Ha de seguir adelante, imperturbable, sin mirar atrás. La mirada lo achica todo y lo tergiversa para siempre. Ha de dejar atrás un pedazo de sí, como la lagartija que huye. El tiempo con el que soñamos envejece antes de nacer, es un azulejo disfrazado de idilio griego.

De Ziegelbrück ha de partir en una chalupa con rumbo al lago de Zúrich, al Rin, y de allí a Estrasburgo. ¿Podrá la criatura crecer en medio de este frío que se le cuela en los vestidos? También la luna sobre los cada vez más distantes montes de Glaris tiene el color verde de una fruta sin madurar.

La nieve cubre de blanco la llanura del Linth bajo un cielo de cristal lechoso.

Ese incesante goteo de nieve, de diminutas partículas de tiempo. Ese pasar delante de juncales cubiertos de escarcha, situados fuera del tiempo y del espacio.

También en prisión tiene esa sensación del tiempo que se diluye, que escapa al aquí y al ahora. ¿Hacia dónde se dirige?

Solo los montes perseveran en su sitio, y allí permanecerán, inmóviles, cuando Anna solo exista en las ampulosas actas de Kubli. Los montes son eternos, pero la vida de los hombres es breve, trepidante y sensible en sus cuerpos frágiles e indefensos.

«Examen forense del doctor en Medicina y juez Joh. Marti.

Por órdenes del sabio Consejo Eclesiástico y en compañía de la Comisión de Honor designada a ese efecto, el aquí firmante se dirigió a la celda del infortunado Steinmüller, donde el verdugo mostró a los honorables señores presentes el cuerpo muerto del reo y el lazo en torno al cuello. Una vez retirada, la tela enroscada permitió mostrar también la profunda marca azulada y cubierta de hematomas en torno al cuello, visto lo cual, y sumado a los espumarajos que brotaban de la boca y la nariz, parece más que claro que la tela fuera la verdadera causa de esta desgraciada muerte, ahora certificada por un fiel y devoto servidor de los honorables señores (Joh. Marti)».

El cerrajero había preferido dejarse convencer por aquellos barrotes de hierro, cuya infalibilidad conocía gracias al trato diario con ellos, en lugar de poner esperanzas en sus parientes. El 12 de mayo se ahorcó de las rejas de la puerta de la celda con la ayuda de una banda de tela de lino. Había escapado para siempre, en posesión de sus secretos y recetas diabólicas. El Consejo, urgentemente convocado, se sintió timado. Nada más lógico, les pareció, que condenar al malhechor incluso después de muerto, como se recogió en el acta:

«Los honorables señores de la autoridad competente, por la gracia de su juramento, admiten que el cadáver de dicho envenenador ha de ser entregado al verdugo, que debe meterlo en un saco y hacerlo descender, bien atado con una cuerda, a través de una de las ventanas, para, a continuación, en un carro, trasladarlo hasta el patíbulo de la Reichstraße, donde se le cortará la mano derecha y se enterrará su cuerpo a tres pies de profundidad bajo el cadalso, en uno de cuyos postes se clavará su mano, a modo de merecido castigo y ejemplo disuasorio para otros».

El patrimonio de Steinmüller fue confiscado en favor del tesoro cantonal evangélico.

El sol poniente había teñido la roca con un tono rojizo. Ahora el crepúsculo depositaba un filtro gris sobre el follaje de los tilos.

También el verde de los prados soñados contiene ese gris crepuscular. Las casas tan imponentes como la de Zwicki se encogen, se convierten en decorados planos, fáciles de juntar y agrupar. Melchior, con un libro en la mano, camina lentamente a través de la huerta de frutales y desaparece a través de la puerta situada hacia el este. Anna se queda sola entre los árboles crepusculares.

Árboles, me siento tan cerca de vosotros.

El viento que se cuela a través de las paredes de roca ha dado cuenta de las últimas hojas.

¿Debían poner a Anna tras las rejas de por vida o era mejor entregársela al verdugo? En el Consejo tienen lugar prolongadas discusiones. Hay gente deseosa de evitar una ejecución a toda costa. Gracias a su consulta, el cantón de Zúrich se ha mostrado favorable a acoger a la «bruja de Glaris» y condenarla a trabajos forzados.

Qué palabra tan ominosa: «bruja». Era preciso evitarla estrictamente en las actas y en la sentencia, Kubli. Corruptora, envenenadora, malhechora, espíritu maligno. Cualquiera de esos vocablos era menos capcioso.

Trasladarla a Zúrich. ¡Lo que faltaba! Eso dicen los partidarios de Tschudi. La carta del antístite era la típica muestra de la arrogancia de esos ciudadanos que se tenían por iluminados. Con sus nuevas pesquisas lo ponían todo en entredicho, arrojaban una nueva luz sobre todo y acabarían poniendo sobre ellos los cuernos del diablo, en lugar de los de Anna, calificándonos de provincianos retardados...

Tienen que desembarazarse de Anna. Tan cierto como la muerte misma.

Todos esos fantasmas han de quedar enterrados bien hondos, bajo el cadalso.

Ocurra lo que ocurra con Anna, tu infamia perdurará, le dice la señora Tschudi a su marido.

No deberías excitarte en tu estado, responde el juez. Yo acabaré con todos esos rumores.

# 15

La casa de los Zwicki en invierno. Como un arca deriva a través de la nevisca. La luz vacilante en su centro proviene de la lámpara de lectura de Melchior sobre la mesilla junto a la estufa, ese monte de azulejos, lleno de paraísos en el alicatado.

Árboles invernales rodeados de aves. Nubes atrapadas entre los esqueletos.

Ha llegado la hora de la verdad.

Por petición de Tschudi, es menester arrastrar el cuerpo antes rebosante de Anna, ahora martirizado y febril, ante el consejo.

El *corpus delicti*, apoyado en el alguacil, en medio de la sala.

El juez de paz y doctor Tschudi se sitúa a una prudente distancia. Ansioso por preguntarle a Anna, en presencia de los sesenta cabales caballeros del Consejo, si ha tenido trato carnal con ella o le ha hecho solicitudes indecentes.

La expresión furtiva en los rostros de esos hombres. Se lo han advertido. Es un desvarío formular a Anna esa pregunta en público. Ahora que todo parece perdido para ella, la mujer podría vengarse de él con una mentira.

La menor ambigüedad salida de su boca lo condenaría para siempre al escarnio.

Sobre la cabeza de Anna, ese candelabro con forma de mujer que sonríe misteriosamente: la Justicia con cola de sirena.

Como suele hacer en momentos de gran tensión, el presidente del Consejo, el mayor Marti, proyecta hacia delante su voluminoso labio inferior.

Pero Anna solo tiene ojos para su antiguo señor.

Se siente inseguro, ella conoce bien sus expresiones.

Ojos implorantes como los de un cachorro, el parpadeo mendicante bajo los párpados pesados.

Con esa expresión estuvo mirándola sin apartar la vista desde el umbral, mientras ella se aseaba en la cocina el torso desnudo. Como en aquella ocasión, sus miradas se cruzan. Como en aquella ocasión, los ojos de él se apartan y buscan una trayectoria menos incriminadora. Anna lo ha expulsado de su campo de visión, ve cómo se encoge la figura del doctor y juez, la ve volverse negra y diminuta, cual una corneja con el plumaje henchido sobre un árbol en el jardín de los Zwicki, en invierno. Oye entonces su propia voz a través de la algodonosa capa de nieve: Siempre se mostró correcto, el señor.

Los árboles, en invierno, subsisten en vertical, cada uno para sí, orgullosos de su estatura. También los campesinos, en sus terruños, avanzan de ese modo sobre los campos invernales, arrojando sombras en la claridad. Cada uno es el prójimo de sí mismo.

Gracias. Podéis llevaros a la acusada, alguacil. ¿Alguna cosa más, juez Tschudi?

El presidente Marti agita la mano como si espantara unas moscas.

Sí, él, el juez Tschudi, se negaba a asumir coste alguno por el juicio. Otros debían pasar por caja. Quien había dilatado y encarecido el proceso por haber alertado a la acusada.

Pero Tschudi se guardaba todavía en la manga otra carta de triunfo. Su cara se vuelve fofa, no le pega esa sonrisa maliciosa, ese modo de mover la cabeza en un intento por parecer simpático.

Se había enterado de algunas cosas por medio de fuentes muy fidedignas.

Ese distinguido caballero de Mollis no había alertado a Anna para complacer a su señora madre, sino para encubrir ciertas calamidades... El trato carnal no había tenido lugar en Glaris, sino en Mollis. Por esa época Anna había abandonado la región con la barriga hinchada y dado a luz en el extranjero. Recomendaba a los nobles señores de la autoridad seguir la pista a tan delicado asunto...

Árboles veraniegos. Las gradaciones de las sombras se vuelven más densas hacia el interior, se transforman en una trampa con forma de embudo. Olor a follaje.

Los aceites etéreos mantienen a raya a los mosquitos, ha dicho la señora Zwicki, y ha colgado un ramillete de hojas de nogal sobre la cama de Melchior.

Un aroma de tilos entra en la habitación. Una maraña de voces.

Una multitud se ha reunido en Spielhof. Una música llega hasta la celda de Anna, un cuchicheo de palabras.

Recitan un poema del *camerarius*.

Una versión del francés, traducida con brillantez, adornada con palabras de relleno:

> *¡Orgullosos tilos!*
> *Ni una ojeada de sol*
> *atraviesa su frío techo.*
> *Estancia predilecta de las ninfas*

*en estos suelos:*
*vuestras hojas rejuvenecidas,*
*firmes testigos de la candidez de nuestros ancestros...*

Anna, entre oleadas de dolor, embalsamada en una fragancia de flores.

Un ardor se concentra en las heridas. Las más alargadas de los tobillos, donde el peso de la piedra de tortura tiró con más fuerza, están llenas de pus.

*El cielo os proteja de las jugarretas*
*del tiempo, de los vientos y del hacha...*

Aplausos. El *camerarius* agradece la amable atención del público.

No, él no aspira a los lauros del poeta. Son impulsos súbitos salidos de las cargas del día a día. Que el trato con las musas sea para quienes habitan regiones más amables. Por estos lares todo ha de medirse a partir de la adustez de las montañas...

Ideas molificadas por los dolores constantes.

Sueños orlados por los labios de las heridas.

Ella jamás ha dicho una palabra sobre su relación con Melchior, aunque con ella hubiese podido ganar prestigio entre otras criadas, entre los señores.

Un secreto guardado por mucho tiempo acaba hundiéndose cada vez más dentro.

Si te despojan de ese secreto, se destruiría lo más esencial del mismo, desde sus raíces hasta sus ramificaciones más finas.

A la mañana siguiente, Blumer la conduce de nuevo hasta la sala del consejo.

Los inquisidores le exigen respuesta para un delicado asunto.

¿Confiesa haber quedado embarazada del doctor Melchior Zwicki de Mollis?

Anna clava su mirada en las manos sonrosadas de Altmann, cruzadas encima del redondo vientre.

Entonces, no sin cierto orgullo, dice: Lo confieso.

¿Dónde había dado a luz a la criatura, después de haber abandonado el país?

En Estrasburgo.

¿Y dónde se encontraba?

Muerto.

No es posible sacarle nada más. Anna junta las cejas, mira a través de la ventana. Confía en su fuero interno que le ahorren la confrontación personal con Melchior Zwicki.

Pero a él ya lo han interrogado.

Kubli ha recogido en acta su respuesta: Él lo confiesa, pero espera que sus señorías, una vez pasado tanto tiempo (ocho años), le perdonen el «desliz».

Su Melchior, el que está grabado en su recuerdo, nada tiene en común con el cobarde al que vio hace medio año en el mercado de Gallus, en Glaris. Había estado paseándose por los puestos de venta, y finalmente se había detenido delante de unas cofias y pecheras, telas de seda de Venecia y Holanda. Quiso probarse una cofia con volantes y encajes y buscó su imagen en el espejo, pero este estaba negro con la multitud de personas que acudían desde la Plaza del Águila a pasear por el mercado.

En un grupo estaba Melchior.

Anna se dio la vuelta, aún llevaba puesta la cofia; el viento jugueteaba con los volantes.

Involuntariamente dio unos pasos en dirección a él. Sus miradas se encontraron por primera vez, después de muchos años.

Melchior titubeó. Su mirada se tornó insegura.

Pasó de largo junto a ella, como si no la conociera.

Ella se quedó como aturdida. La cofia se le había deslizado hacia un lado, y ella no pudo prestar atención ni al vendedor ni a sus cumplidos. Se la dejaba más barata. Para su lindo cabello. Anna se arrancó la cofia de la cabeza.

Siguió caminando, turbada. No se dio cuenta de que un cochero, al que conoce de Mollis, andaba rondándola. En un momento en que se detuvo, el hombre le susurró al oído que el doctor Zwicki la esperaba a las seis en Erlen.

Ya había oscurecido antes de las seis. Ella dobla por la calle principal. Delante camina un cazador que lleva un rebeco muerto a la espalda. Con cada paso, la cabeza del animal frota la basta tela del morral. Los ojos del rebeco están abiertos de par en par.

Anna sigue al cazador hasta la plaza del mercado. Una vez allí, toma una decisión repentina y se da la vuelta.

Durante el camino de regreso, una media luna está suspendida sobre el Wiggis. Aún puede verse el reflejo de su otra mitad, algo más pálido, de azul tenue.

Aquí, para ver el cielo, es preciso esforzarse más que en otros sitios. Se necesita fuerza para echar la cabeza hacia atrás y mirar hacia arriba. Anna tiene la nuca rígida, los músculos de sus ojos están fatigados.

Alargad un poco las cadenas, Blumer. Quisiera detenerme ante la ventana, tomar aire. Me asfixio.

Cuando los ojos se dirigen hacia lo alto, aún ven un resto de claridad entre los picos de los montes, un concentrado de cielo azul y puro.

Anna, el Consejo ha decidido tu destino. Muerte por decapitación es la sentencia.

Dicen que hubo treinta votos en contra y que otros treinta y dos votaron a favor de su muerte. Al parecer Kubli ha salido en su defensa, pero ahora ha de redactar la sentencia de muerte.

El *camerarius* y el diácono Marti han recibido el encargo de prepararos para una muerte digna...

Del breviario de preguntas adaptado del *Catecismo de Heidelberg*:

*¿Cuáles son los grados y etapas de la humillación de Cristo?*

*Su humilde nacimiento y su vida, su pasión y muerte;*

*Su sepultura y su descenso a los infiernos.*

*Demuéstramelo.*

*Filipenses 2,7. Cristo se despojó a sí mismo, tomando forma de siervo, hecho semejante a los hombres; y estando en la condición de hombre, se humilló a sí mismo.*

*Pregunta: ¿Cuál es el otro grado y la otra etapa de la humillación de Cristo?*

*Su grande y profundo sufrimiento.*

*¿Cómo sufrió Cristo?*

*En cuerpo y alma.*

*Demuéstramelo.*

*Salmo XXII, 16: «...horadaron mis manos y mis pies».*

*«Puedo contar cada uno de mis huesos».*

*Mateo 26, 38: «Mi alma está muy triste, hasta la muerte».*

*Pregunta: ¿Con qué fin ha padecido Cristo?*

*Con el fin de que su sufrimiento nos redima en cuerpo y alma de la condena eterna, y gane y restaure para nosotros la justicia y la vida.*

*Demuéstramelo.*

*Juan 2, 14-15: «Y como Moisés levantó la serpiente en el desierto, así es necesario que el Hijo del Hombre sea levantado, para que todo aquel que en Él cree, no se pierda, mas tenga vida eterna».*
*¿Hubo de morir forzosamente nuestro Salvador?*
*Respuesta: Sí, claro.*

Fueron las prolijas explicaciones del *camerarius* en torno a la muerte, de las cuales ninguna consiguió acertar en ese oscuro centro nocturno de la muerte. Anna pide estar sola. El *camerarius* dice que tienen órdenes de las autoridades de traerle consuelo y aliento. Entonces, por lo menos, pide que haya silencio. El diácono Marti le muestra la cruz. Ella la contempla sin decir nada, la besa.

Una vez fuera, el *camerarius* le dice al diácono que Anna se aferrará a Jesús como a un último amante. Suena enfadado, como si algo sembrara el caos en su imagen del mundo.

18 de junio de 1782.

Glaris agitada por una fiebre de brujas. Las chimeneas de la fábrica de estampados y los caballetes del tejado de las hilanderías se clavan en un cielo amarillento y rojizo.

Las labores han cesado. La gente de Glaris y de los valles circundantes acude en masa. En Spielhof se han apostado los sesenta hombres del consejo, se agitan los penachos de pluma de los alabarderos, los abrigos escarlata de los alguaciles.

Boato solemne por la muerte de Anna.

La traen desde el gabinete de escribanos del ayuntamiento, donde ha permanecido los últimos dos días, vigilada por seis alabarderos.

Esa luz, tras semanas de sombras crepusculares, se le clava en los ojos como un cuchillo.

«PROCESO POR MALEFICIO Y SENTENCIA contra ANNA GÖLDIN, de Sennwald, condenada a ser decapitada con la espada:

La delincuente aquí presente, en arresto durante diecisiete semanas y cuatro días, la mayor parte del tiempo en cadenas y grilletes, se llama Anna Göldin, es natural de Sennwald y ha confesado en las sesiones de interrogatorio, con y sin coacción, que el viernes anterior a la última romería, entre las tres y las cuatro de la tarde, salió de la casa del doctor Tschudi y se dirigió por callejuelas traseras, cruzando el Gießen, hasta la casa del cerrajero Steinmüller, quien más tarde, por desgracia, se quitó la vida estando bajo arresto de la autoridad, y le pidió expresamente que le diera algo para causar perjuicio a la segunda hija del doctor y juez Tschudi, con la que había tenido un disgusto, todo con la perversa intención de enfermar a la criatura...»

Esa serpiente de palabras que se retuerce y anuda, que alza la cabeza y saca la lengua, para, al final, acabar mordiéndose la cola. Kubli lee en voz demasiado baja. El público del fondo protesta.

«...tened en cuenta la enorme deslealtad y la maldad cometida por la delincuente aquí presente, en calidad de sirvienta, contra la hija inocente de sus señores; tened en cuenta las casi dieciocho semanas de una enfermedad insólita y terrible, las circunstancias deplorables antes descritas que hubo de sufrir la desgraciada criatura para perplejidad de todos [...]. Tened en cuenta, asimismo, la disoluta vida previa llevada por esta persona, castigada anteriormente por la mano del verdugo a instancias de las legítimas autoridades de su región natal, a raíz de haber dado a luz en secreto a un niño al que ocultó entre las sábanas...»

Anna expuesta a esas frases, a las miradas.

«...motivo por el cual los respetables señores del Consejo han llegado, bajo juramento, a un veredicto: que la miserable delincuente y envenenadora sea entregada al verdugo para recibir merecido castigo por su crimen y servir de ejemplo duradero para otros. Que sea conducida al patíbulo habitual...»

Por orden de las autoridades, Anna no es conducida al lugar de la ejecución a través de los campos recién sembrados, sino del hayedo: el cereal rozado por la sombra de la malhechora iría a parar luego en forma de pan a los estómagos de los ciudadanos y el ciclo del mal se iniciaría de nuevo.

Anna arrastra con esfuerzo las cadenas, sube la última colina apoyada en el brazo de Blumer, jadeando. En la ciudad, la gran campana empieza a tañer. Una nutrida multitud está a la espera del espectáculo. Los panaderos recorren las filas portando unas cestas: según una antigua costumbre, el día de una ejecución se reparten panes entre los pobres y los niños.

«...se la ejecutará y se le dará muerte por la espada, su cuerpo habrá de ser enterrado bajo el cadalso, su patrimonio será confiscado...»

Glaris bajo la luz de junio. Un brillo cubre los tejados, las calles y las paredes de roca. Anna en medio de un blanco que la aturde y le provoca vértigos, mientras los macizos montañosos se juntan, aplastando todo lo vivo entre sus flancos, mientras solo se escucha el golpeteo de las piedras, los graznidos de las aves.

# Epílogo de la autora

El proceso desencadenó una publicidad insospechada. En el *Reichspostreuter* del 4 de enero de 1783 se empleó por primera vez, en relación al proceso contra la bruja, el término «asesinato judicial». El historiador August Ludwig Schlözer publicó el artículo en febrero de 1783 en el *Staatsanzeiger* de Gotinga.

Ya antes de estas publicaciones, la revista satírico-política *Chronologen*, en Núremberg, había dado a conocer un tratado de tal corte cínico, que las autoridades de Glaris citaron a su autor y editor, Wilhelm Ludwig von Weckherlin, hombre educado en el estilo de Voltaire, para que compareciera ante uno de sus tribunales. Weckherlin nunca compareció, argumentando que «solo de un loco podía esperarse la comparecencia ante un tribunal en el que el juez era al mismo tiempo parte».

A continuación, el «desvergonzado libelo» de Weckherlin fue quemado públicamente por el verdugo, y su autor declarado «proscrito» y «fuera de la ley».

Heinrich Ludwig Lehmann, candidato a la cátedra de Teología en Ulm, visitó Glaris después de la ejecución de Anna. En conversaciones con los testigos se hizo una idea del curso del proceso. Su libro *Cartas amistosas y confidenciales que atañen al llamado e infausto asunto de la bruja de Glaris*, publicado en Zúrich en 1783, fue concebido como una defensa del honor de las autoridades de Glaris.

Resulta significativo que en Suiza no se alzase ninguna voz crítica.

En Glaris, los textos originales desparecieron inmediatamente después del proceso. Algunas copias de la época de esos originales fueron halladas en 1783 y 1818 entre los papeles póstumos del juez de instrucción Heiz.

A raíz del caso de Anna Göldin parece haberse desatado una auténtica epidemia de niños que presentaban los mismos síntomas que la «embrujada» Anna Maria Tschudi. La *Gazette de santé* menciona en 1783 el caso de la hija de nueve años de Heinrich Egli, aquejada de convulsiones gotosas, y el caso de un niño de Wysslingen que vomitaba clavos, alfileres y piedras. El intento de cura emprendido por Irmiger, de Pfaffhausen, descrito en detalle en la revista de medicina, transcurrió sin éxito, pero el chico acabó confesando al canónigo Schinz que había simulado los ataques. Siete años después de la ejecución de Anna, el joven Heinrich Kubli, de catorce años y vecino de Netstal, cerca de Glaris, sufría a causa de contracciones y visiones y también vomitaba alfileres, clavos, ganchos y, como nueva especialidad, enebrinas. Una vez más las sospechas de brujería recayeron sobre una mujer marginada, Elsbeth Bösch, natural de Toggenburg, a la que pusieron bajo arresto preventivo. En esta ocasión, tal vez aleccionados por los ejemplos tenidos lugar en Zúrich, el joven «corrompido» fue puesto en cuarentena y sometido a observación en la parroquia. A base de buena comida y de juegos, el chico pudo regresar sano a casa. La arrestada Elsbeth Bösch, temiendo quizás un destino similar al de la Göldin, se arrojó por la ventana de la sala de interrogatorios y quedó sobre el suelo con los pies aplastados. Al final fue absuelta, pero quedó inválida para toda la vida.

A pesar de los elevados costes del proceso contra Anna Göldin (a los señores del jurado se les pagó por sesión una tasa de un doblón, que equivalen a 8 florines y 15 cruceros; para los verdugos Vollmar, padre e hijo, el pago ascendió a 314 florines), el doctor Tschudi no tuvo que poner nada de su bolsillo. Gracias a la liquidación de los bienes y la casa de Steinmüller, y a la multa al doctor Zwicki, el Consejo Evangélico de Glaris obtuvo unos ingresos netos de 754 florines. Esa suma incluía los 16 doblones de Anna Göldin.

De los documentos consultados para mi libro, me gustaría mencionar los más importantes:

*Frei- und Eigenbuch der Vogtei Sax-Forsteck* (Registro padronal de habitantes de la bailía de Sax-Forsteck).

*Taufregister der Evangelischen Gemeinde Sennwald* (Registro de bautismos de la parroquia evangélica de Sennwald).

*Akten des Anna-Göldin-Prozesses (kopien Schlittler und Heiz) im Landesarchiv Glarus* (Actas del proceso contra Anna Göldin –copias de Schlittler y Heiz) en el Archivo Regional de Glaris).

Lehmann, Heinrich Ludewig, *Freundschaftliche und vertrauliche Briefe, den so genannten sehr berüchtigten Hexenhandel zu Glarus betreffend*, Zürich 1783 de Johann Caspar Füessly (Cartas amistosas y confidenciales que atañen al llamado e infausto asunto de las brujas en Glaris, Zúrich, 1783, en la casa editora de Johann Caspar Füessly).

Heer, Joachim, *Der Kriminalprozess der Anna Göldi von Sennwald. Jahrbuch des Historischen Vereins Glarus*, 1865 (El proceso criminal contra Anna Göldin, de Sennwald. Anuario de la Asociación de Historia de Glaris).

Thürer, Georg, *Kultur des alten Landes Glarus*, Verlag Tschudy, Glaris 1936 (Cultura del antiguo cantón de Glaris).

Gehrig, Jacob, *Das Glarnerland in den Reiseberichten des XVII-XIX Jahrhunderts. Jahrbuch des Historischen Vereins Glarus* (La región de Glaris en los relatos de viaje de los siglos XVII al XIX. Anuario de la Asociación Histórica de Glaris).

Winteler, Jakob, *Der Anna-Göldi-Prozeß im Urteil der Zeitgenossen*, Verlag Neuer Glarner Zeitung, Glaris 1951 (El proceso contra Anna Göldin a juicio de sus contemporáneos).

Winteler, Jakob, *Geschichte des Landes Glarus*, Baeschlin-Verlag, Glaris 1954 (Historia del cantón de Glaris).

Aebi, Richard, *Geschichte der evangelischen Kirchgemeinde Sennwald*, Buchs 1963 (Historia de la parroquia evangélica de Sennwald).

Fischer-Homberger, Esther, Krankheit Frau, Verlag Hans Huber, Berna 1979 (Una enfermedad llamada mujer).

Quisiera agradecer especialmente a los empleados de la biblioteca cantonal «Vadiana» en San Galo y del Archivo Regional de Glaris, por su eficiente labor a la hora de proporcionarme los materiales sobre fuentes y genealogías.

# Nota del traductor

La novela *Anna Göldin. La última bruja,* de Eveline Hasler, forma parte de un proyecto a largo plazo iniciado en colaboración con el traductor y poeta suizo Markus Hediger, proyecto que tiene como objetivo dar a conocer a figuras fundamentales de las letras suizas contemporáneas que, por una razón u otra, han quedado sepultadas en el olvido por la voraz maquinaria de las «novedades» editoriales. Agradecemos muy especialmente a Eva Moll de Alba, editora de Vegueta, su entusiasta acogida en el catálogo de la editorial que dirige. También deseamos dar las gracias a dos instituciones sin cuya ayuda habría sido mucho más difícil ir llevando adelante nuestros propósitos: la Casa de Traductores de Looren, en Suiza, y el Colegio Europeo de Traductores de Straelen (Alemania).

José Aníbal Campos, Tenerife (diciembre de 2022)

Otros títulos de la colección

**EL HIJO DEL DOCTOR**
Ildefonso García-Serena

**CORAZONES VACÍOS**
Juli Zeh

**EL FINAL DEL QUE PARTIMOS**
Megan Hunter

**KRAFT**
Jonas Lüscher

**LA BALADA DE MARÍA TIFOIDEA**
Jürg Federspiel

**CAMPO DE PERAS**
Nana Ekvtimishvili

**LA ARPÍA**
Megan Hunter

**AÑO NUEVO**
Juli Zeh

**ARCHIPIÉLAGO**
Inger-Maria Mahlke

Vegueta simboliza el oasis cultural que florece en el cruce de caminos. Con el pie en África, la cabeza en Europa y el corazón en Latinoamérica, el barrio fundacional de Las Palmas de Gran Canaria ha sido un punto de llegada y partida y muestra una diversidad atípica por la influencia de tres continentes, el intercambio de conocimiento, la tolerancia y la riqueza cultural de las ciudades que miran hacia el horizonte. Desde la editorial deseamos ahondar en los valores del barrio que nos da el nombre, impulsar el conocimiento, la tolerancia y la diversidad poniendo una pequeña gota en el océano de la literatura y del saber.

Estamos eternamente agradecidos a nuestros lectores y esperamos que disfruten de este libro tanto como nosotros con su edición.

Eva Moll de Alba